陶丽群 |著|

万物慈悲

COMPASSION
OF
THINGS

天津出版传媒集团

百花文艺出版社

图书在版编目（CIP）数据

万物慈悲 / 陶丽群著. -- 天津：百花文艺出版社，
2023.11
ISBN 978-7-5306-8647-8

Ⅰ. ①万… Ⅱ. ①陶… Ⅲ. ①中篇小说-小说集-中
国-当代②短篇小说-小说集-中国-当代 Ⅳ.
①I247.7

中国国家版本馆 CIP 数据核字(2023)第 220533 号

万物慈悲
WANWU CIBEI

陶丽群　著

出　版　人：薛印胜
选题策划：汪惠仁　韩新枝
责任编辑：张　烁　美术编辑：郭亚红
出版发行：百花文艺出版社
地址：天津市和平区西康路 35 号　邮编：300051
电话传真：+86-22-23332651（发行部）
　　　　　+86-22-23332656（总编室）
　　　　　+86-22-27862135（邮购部）
网址：http://www.baihuawenyi.com
印刷：天津新华印务有限公司
开本：880 毫米×1230 毫米　1/32
字数：209 千字
印张：9.75
版次：2023 年 11 月第 1 版
印次：2023 年 11 月第 1 次印刷
定价：58.00元

目 录

净 脸

一

中秋的阳光闪亮在万物之上时，莫老太才出门。去年惊蛰之后，她再也不能像往年那样按时把铺垫的老棉絮从床上翻走时，她就知道生命又进入一道新坎了。冬天的夜晚不再让她轻易感到舒适的暖意，总是需要她把白天的事情，渐渐至半生的事情慢慢回忆，时间变得越来越长，直至老棉絮扎的粗布被套渐渐暖和起来，她才能在柔软的暖和里慢慢沉入睡眠。她知道不是棉被日渐稀薄，而是肉身变得需要更多的暖意，她生命中的热量在日渐遗散。这是无法避免的，没有人能避免。莫老太见过太多的死，对于生命最后的归宿，早习以为常。

她对温暖变得格外渴望起来，喜欢阳光灿烂的日子。伸出手，阳光在掌心上跳跃，温暖透过掌心的皮肤渗进骨肉里，驱散体内暗暗滋生的一寸一寸冷。

昨天傍晚，夕阳初现时，一个嘴唇上长着一层浓密绒毛的十四五岁的少年,带着抑郁的神情走进她的家门,请她到后山的姜村去给自己的母亲净脸。莫老太正在后院收拢白日晾晒的被子,她抱着棉被,望着尚未长成形的孩子,叹了口气。净脸之事一般由长子来请,莫老太在家里接待过五六十岁的长子,也接待过尚还在襁褓中由人抱来的长子,不管是前者还是后者,死别的悲伤于他们来说都不会过于强烈。前者经历世事,对人生死已然接受,不会过于哀恸;而后者甚至连悲喜都尚未感知。于他们,莫老太一般不会有太多哀怜,独独对这样半青不熟的长子,她内心总是充满难言的怜爱。他们的生命尚处于对生死半知半解的阶段,尤其是对死,既新奇,又充满疑虑和恐惧,死亡的骤然降临,最终会变成恐惧,像阴影一样长久笼罩在他们内心。死亡不应该这样过早困扰一个正在成长的蓬勃生命。

少年想要给莫老太行磕头礼,这一定是长辈教的,她急忙腾出一只手捏住他的胳膊,挽住他已经下坠的身体。他穿一件淡蓝色短袖衫,扣子扣得整整齐齐的,是个循规蹈矩的年轻人。劫难笼罩在他身上,但蓬勃的生命力并没因此离开他,饱满的脸颊上晕染着一层淡淡的健康红晕。

"坐下!"她说,并把少年推到靠背椅上。她想了解更多,他妈妈的年纪,生命因何种疾病而过早消逝,家中尚有何亲人。但最终她什么也没问,没有意义。她给少年做了一碗煎蛋魔芋粉丝。莫老太极少在家待客,多数人也忌讳她的家,但少年身上的蓬勃朝气和落落大方让她心生怜爱。母亲的卧病一定让他缺失衣食上的照管,父亲是指望不上的。少年很快被美食诱惑,埋首面碗,贪婪地吃起来,逼近的灾难被他暂时遗忘掉了。她仔细询问病人的情况,得知一时半会儿走不了,答应他明天中午一定去。对于死亡,每个久病之人都有预知能力,到时候了,他们便会嘱托孩子前来请她。当然也有一些执迷不悟的,分明感到死亡的阴影已经逼近生命,却依然贪恋某一件人间隐秘物件而不肯见她,这样的人往往会带着一张沧桑斑驳的脸和一身世俗之罪离开人世。

莫老太站在家门前,目送少年在渐渐浓郁起来的夕阳里朝山路上走,身影渐渐小起来。人被扔到山上,便显得小了,最终成为山上的一抔黄土。浓郁的夕阳瑰丽无比,让人不忍想到死亡,而它一刻不曾离开人间。

暖风吹过。闪亮的阳光让莫老太感到暖意在身体里一寸一寸延伸,像流淌在身体里的血液,她渐渐感到舒坦,脚步也变得轻盈起来。这具日渐老迈的躯体几十年来一直忠诚于她,极少给她带来困扰,偶尔一些诸如膝盖酸痛和头昏脑涨的小毛病,通常被她一把草药煎水服用治好了,她从不去镇上的医院。对于病痛,她看得和生死一样,该来的会来,没有必要与它们大动干戈。初秋的谷物在山梁上已渐渐成熟,黄豆、花生、玉米、南瓜、冬瓜、魔芋,渐渐往黄处走,风里已经开始有了谷物的香气,等深秋的霜冻一下,就该收仓了。有人影在山上移动,穿梭在谷物之间。人活一世,草木只活一秋,人却毕生在草木间忙活。腰间配着镰刀盒子的村人从山上下来,腋下夹一截白生生的芭蕉心。这东西可以炒来下饭,跟野菜差不多。来人渐渐走近,在莫老太前面定住。

"太婆,上山去?"是个妇女,脸被晒得赤红。山里人把出门干活儿叫"上山去",地都在山上,活儿也在山上。

"出门。"莫老太简短回答,在闪亮的阳光下眯起眼打量来人。

妇女凛然一怔,在烈日下冷不丁打了个寒战,脸上掠过惊惧的神情。她一时不知该说什么,片刻后慌乱地抓了下腋下夹着的芭蕉心,从腰间的镰刀盒子里抽出镰刀。

"地里的芭蕉死了,剥了截芭蕉心,太婆拿去尝一尝。"说着,镰刀刃就搁到那截芭蕉心上。

"你留着,"莫老太制止了她,"我受不了这口,吃了烧心。"她朝她摆摆手,妇女的动作凝滞在弯起来的手臂上,目光在阳光下闪闪发亮,然后她朝旁边稍稍侧身,让莫老太过去。其实山路很宽,无须避让,但莫老太是在"出门"。她有一套符合她身份的语言,出了家门干活儿去叫"上山去";若是去赴一场死亡的邀约,不巧被人问及,就叫"出门"。生命的消亡当然令人敬畏,死亡是沉重的,人会本能避让。

妇女一直站在原地,灵魂出窍般的。她刚才还在地里为亲手种出来的丰硕谷物欣喜,转眼死亡的阴影便站在面前。她茫然无措地望着莫老太慢慢走上那道山梁,拐个弯,不见了。

姜村就在山脚下,包围在一片山里,缓缓下了坡,有一个人坐在村头的地头水柜边上,晃着两条腿。那人看见顺坡而下的莫老太,抖动的腿停住了,从水柜上跳下来,三两下便跑到她面前。是昨天傍晚的少年,他今天换了件灰色的圆领短袖衫,胸前印有一匹扬蹄奔腾的白马。

"妈叫我来等你。"少年垂着头,像犯了什么错。她示意他在前面带路。他们安静地走着,少年失去了昨天的落落大方,在前面小心翼翼下脚带路,像怕惊扰了身后人。他走几步折回身,望向莫老太的目光充满惊惧。

病人是位不足四十岁的妇人,纸片人似的卧在棉被下,枕头上散乱的头发倒还浓密如墨。她闭着眼睛，几乎觉察不到呼吸，眼圈和嘴唇一样青黑，脸上一层黄皮裹着骨头。模样还是清秀的。莫老太只瞧了卧床的人一眼，便知道也就是这两天的工夫了。

屋里有干八角的清香味，是从挂在床尾的一串八角上散发出来的，它的香味可以驱散空气中的不洁气味。少年想叫醒床上的妇人，被莫老太制止了，她在床边的椅子上坐下。良久，病人缓缓睁开眼帘，定定瞧着她，像在辨认。

"太婆来了……"软软的声音，无力的，像根一拽即断的弦。

莫老太点了点头："你觉得怎么样？"她握住从被子下挣出来的手。她知道那只手在找她，只有预知并已经向死神妥协的人才会主动向她伸出手。手是湿冷的。

"这两天不怎么疼了，肝疼。"病人沉缓地挪动嘴皮，"我一直在睡觉，做梦，梦见我奶奶，我就知道到时候了。"她的嘴角动了动，似乎想笑："我是不怕的，只是孩子还小，要遭罪呀。"

"这不是你该操心的，我们生下孩子的那一刻，他就有了属于自己的活路了。"莫老太握住那只汗津津的手。有的人会在临近的最后那一刻一言不发，这样的人多半是经历太多疾苦，对于生，已然无言可诉，死于他们是一种彻底解脱。

病人闭上眼睛，累极了似的摇摇头。

"孩子，你准备好了吗？"半晌，莫老太轻声问妇人，握住妇人的那只手暗暗使了力。

枕头上的脑袋轻轻动了一下。莫老太起身出了房间。胡子拉碴的汉子站在房间外的厅堂里，背上伏着一个四五岁的女娃娃，耷拉着脑袋，睡着了。汉子见莫老太出来，喃喃地说："才半年，这才半年的。"

"柚子叶、剪刀，都备下了？"莫老太问得直截了当，一切的怜悯都无济于事。汉子点点头。少年端出来一盆热水，柚子叶和剪刀浸在热水盆中，他跟在莫老太身后进了房间。床上的妇人一直睁眼看着这一切，她的目光落在少年身上，干燥的眼角开始渗出泪水。

并没有太过复杂的过程。柚子叶清尘除秽，剪刀剪掉人间三千丝烦恼，人们深信它们合起来能变成神奇的力量，清除掉凡尘俗世中人的一切疾苦以及罪过，清明骨肉，洁净灵魂，澄明地去往另一个世界。

人还活着，是不需要念净脸咒语的。莫老太接过少年递来的浸了柚子叶水的毛巾，开始为卧床的人擦洗。脸、脖子、后颈。揭开被子，把妇人上身的衣物褪去，干瘪的身体卧着一个鼓胀的肚子，一层薄皮绷得紧紧的。妇人的手轻轻抚摸了一下肚子，泪水从她的眼角滑落。她还能配合莫老太，转过一个因久卧而发皱的后背给她净身。她的身体还算干净，没有明显的异味，显然她遇到一个大体上还算贴心的男人，没让她短暂的生命遭太多的苦。

一切都在默默进行，生与死在悄无声息更替。屋外阳光灿烂，山风在吹，山上的粮食在成熟，街巷传来各种与人相关的声音，人间的烟火一切如常，看不见死神的脚步经过。与出生相比，生命的结束显得过于寂寞。这样的场景，莫老太早已习以为常。无论一个生命的过往如何蓬勃与繁华，享受过何种大富大贵，到这最后一刻，只能一个人孤身上路，无可替代。

少年的喉咙里忽然冒出隐忍的呜咽，逼近的死亡使他瞬间成长，无须过多的教诲。他接过莫老太递过来的毛巾，在热水盆里清洗，拧干，再递回去。

汉子捧着干净的衣物进来,床上的妻子已经洁净一新,默默含笑,似乎那盆水已经带走了她的疾病和忧虑。

莫老太从房间里退出来,让亲人为她着衣。堂屋的饭桌上放置了一盆浸泡了柚子叶的清水,旁边是半碗清亮透明的生茶油:那是为她净手而准备的。女娃娃立在饭桌边,小脸上带着刚睡醒的红晕,两只细眼睛固执地盯着莫老太。

"叫什么名字?"莫老太站在桌边净手,目光落在女孩乱蓬蓬的小脑袋上。

"妈妈怎么了?"女孩很敏感,目光充满戒备。

莫老太沉默着。真相对于每个生命都是平等的,她不想撒谎,也不想找任何借口给予小女孩安慰。擦干净手上的水,她开始往手上抹生茶油。她的双手清洗过无数即将失去或已经失去生命的躯体,那些躯体带着疾病,这层生茶油能清除掉由于接触病体而产生的污秽。实际上她并不介意,她更愿意把这最后的涂油当作整个净脸的一部分。

汉子把净脸礼给她,封在一张红纸里,封口的米饭粒还湿着。莫老太坦然接过,这是她应得的,这是净脸的赐礼,她是生命最后的摆渡人。

午后的风暖和,深山里的天空高远,没有一丝云,阳光亮得耀眼。已经做了四十多年的净脸,经历过太多死亡,每次净脸结束,莫老太还是会感到陡然而来的空。那种空旷虚无的空填满了她的内心,她觉得自己只是一副空空的躯壳在行走,轻飘得可以不用迈动脚步。无论如何,她是敬畏死亡的,死亡让她感到孤独,没有人能了解一个净脸人的孤独。人们认为她们身上有神秘的力量,她们能和死亡交流,她们的内心比常人更坚强,她们的命格比常人更硬。

莫老太轻飘飘地走在巷子里，一阵恍惚，她站在一条分岔的巷子前，努力聚拢飞散的思绪，努力辨认，终于走进一条窄小的巷子里。没错，就是这条。她前年来过这个村庄，当然，之前也来过，这是无法避免的。阳光被挡在巷子之上，巷子里一片清凉，老人和狗坐在家门前，静悄悄的，时光无声无息地在他们身上流淌。她顺着巷子往里走，在一个围着矮石墙的院子前停下来。那棵夹竹桃还在，枝叶从矮墙上伸出来，只有顶部的枝叶才接触到一簇闪亮的阳光。院门闭拢，莫老太轻轻推门而入，一眼就看见屋檐下靠墙而坐的老人，老人脚边的椅子上放着一碗水，黑白格子头巾把小小的脑袋包得结结实实的，垂着头，仿佛在凝视地面上什么东西，脸上的神情平静。院子里的阳光已经开始西斜，从老人身上渐移渐远，她完全置身于阴影当中。莫老太的脚步落在泥土院子里无声无息，老人还是警觉地抬头，目光混沌而凝滞，视线之内是一片白雾，一团模糊的黑影在白雾里朝她移动。

"我闻到了生茶油的气味！"她直视前方，脸上的神色是严厉的。

"是我！"莫老太说，她走过去在她身边坐下来。

"我可没请你来，你来早了。"老人伸出手，摸索着朝她伸过来，语气很不客气，脸上的表情却是欢喜的。莫老太抓住那只硬邦邦的手。她们都有一双同样的手，给无数即将逝去的灵魂带去最后的抚慰和洁净。

"你手上的茶油还没干，是谁？"老人问，脸对着莫老太，双眼空茫无物，它们已经看不见好几年了。

莫老太说出少年母亲的名字。两位老人一时相互握着手沉默着。她们并不常常见面,但彼此关切。在这片古老的山里,几乎每个村庄都有这样一位老人存在,人们把生命的临终时刻交与她们,如同将初生的生命交与父母。她们当然不是一下子就老去的,像金子一样的葱茏年华也曾光顾她们,但她们常常比一般人遭遇过更多的厄运。没有任何的机缘巧合,厄运就是最好的安排,令她们走上了这条令人敬畏而寂寞的抚慰死亡之路。

"你有一阵子没来这个村庄了,有一两年了,我真想看看你,我的天数是一天比一天少了,不过我并不怕,没什么可怕的。"老人说,慢慢摩挲着莫老太两个光秃秃的手腕,她低下头,仿佛双眼还能看得见。

"总是会来的。"莫老太笑起来,她对这个比她大十二岁的老大姐充满敬畏。如今老大姐老了,她见识过老大姐年轻时的容颜,一晃,老大姐已经老得看不见活了一世的尘世的模样。莫老太是她带出来的,她帮助莫老太克服掉对死亡的种种恐惧,告诉莫老太死亡的真相,也告诉她生活的真相。

"那没什么。"这是老人的口头禅,老人总是以一种在莫老太看来极为超脱的心境对待一切。

老人说完笑起来,脸上是一副童真模样,她常常在她面前流露出这样的表情,里面含有一点看人笑话的表情。她当然明白她的意思。

"今天有点累。"莫老太说,那种被掏空的感觉依然没有离开,那两个尚未成年的孩子像极了两枚还挂在枝头、沾着晶莹露水的青果。

"你的心还是太软了。"老人叹道。

"人还很年轻。"莫老太轻声说。

"命都是有定数的,这么说你到现在还没有明白这个道理?"老人的语气里有责备,但并不严厉。

莫老太沉默。年轻生命离世,总免不了让她心生悲伤。她极少在人前流露出这种情绪,人们也不想看见她满脸沉痛地为他们的亲人净脸。他们需要从她身上看到镇定自若,看到生死如常,看到肃穆和尊重,这会给即逝者和他们的亲人带来慰藉和力量,消除他们对即将来临的死亡的恐惧。因此她总是一副面无表情的样子,在那样的时刻,她的情绪从来都不在她的脸上。

老人摸索着要站起来,莫老太连忙扶住她,以为她要上茅房。虽然老人双眼看不见了,但院子以及房间里的一切,她了如指掌。

"你坐。"老人制止莫老太,扶着膝盖站起来。也许是坐得太久,她的两个膝盖在沉寂的时间里僵硬了,站起来时膝关节发出很大的嗒嗒声响。她朝房门那儿走去,默数脚步,准确抬脚迈过门槛,隐进门洞里。

村里的房子都是石头块砌起来的,山里唯一不缺的就是石头,人住的房屋、牲口圈、围墙、屋门前的垫脚台阶,全是笨重而规整的大块石头。这种石头砖很难凿刻,一座房子,需要你带着年幼的儿子不断在山里选料凿刻,再把笨重的石头砖从山上背下来,往往要到年幼的儿子即将成家立业时,才能备好所需石料。古老的房屋代代相传而来,在多年的四季风霜中,屋墙的石块有了一种凝重而固执的深黑色,像包含一个个家庭不为人知的隐秘。靠近墙脚的地方,梅雨季节时往往会蔓延上半米高的鲜绿色的苔藓,饱含水色,一两个晴天后,苔藓便慢慢干枯变成灰黑色,边上卷曲,被迟缓的山风一点点剥落,墙脚便会呈现出半截不同的干燥的白色。单单看房子的表面,你无法辨别房子里的这一代人和上一代人有什么不同。房子是同样的房子,山上的地也是祖宗开辟传下来的,地里种着永远不变的粮食,也许夜晚祖宗做过的梦,儿孙们也一代代做了下来。

阳光慢慢西斜,院子里的空气渐渐清凉下来,带着暮色来临的气息。院子里干净而沉寂,从村庄深处偶尔传来一两声声响。没有哪一个村庄会漠视一个净脸人的晚年。她们无儿无女,没有伴侣,一辈子素食,人间的日常天伦和她们没有任何联系。待她们老得再也拧不动浸了柚子叶水的毛巾为即逝者净脸时,村庄里的每一户人家都是她们的家,每一个人都是她们的亲人。几年前,这个常年沉静的院子主人再也看不见任何可以触摸的事物后,她成了村里每户人家最令人敬重的长辈。主妇会轮流奉送一日三餐,为她清洁屋子,铺盖衣物。这是她该得的,她心安理得地享受着村人给予的一切关照,安静地等待生命最后时刻的来临。她唯一的遗憾是,终其一生,没能为这个村子物色和培养一个能够接替她的净脸人,这需要机缘,不能强求。这些年来,莫老太"出门"的村庄越来越多了,老一辈的净脸人上了年纪,再也无法进行净脸,村里人便开始请村外的净脸人,如若时光倒流回到十年前,这简直是令人无法想象的事情。在这片深重的山里,净脸人虽然都操守一套共同的规矩,终究也是外村人,不知道根底,其为人性情、规矩操守程度,一无所知,怎能将亲人在人间最后的礼仪交与他手?

莫老太站起来,朝屋里走去。屋里的光线比院子昏暗、阴凉、沉寂,简单的摆设,寥寥无几的几件古老而陈旧的木质家具,是山上普通的树木打造而成的。没有神堂,没有任何活物,这些是不允许的。屋里简洁干净得给人一种近乎萧索的感觉,可以看得出主人在平时生活上的严苛和自律。几件灰黑色的衣物搭在一把高高的靠背椅上。老妇人一辈子都穿这种颜色肃穆而沉闷的衣物,这成了她生命的底色,莫老太从未见过她身上有任何稍微光鲜一点的色彩。她的生活乃至生命中没有任何鲜活的东西。四十八年前,老妇人的丈夫、一对尚年幼的儿女,在山脚下一个简易的守瓜棚里,毫无征兆地遭遇了一场山体滑坡。那简直是整座山的倒塌,庞大而罪恶的赤色泥土结结实实覆盖在那个瓜棚上,瓜棚不见踪影,连那片种瓜的地也不见了边缘。劫难来得如此突然而巨大,把她过往的生活埋葬得一干二净。至今,她的三个亲人依然埋在那山底下,山上草木遵循四季枯荣,再也看不到任何劫难的踪迹。劫难一直在老妇人心里,她成了一个与世无争的净脸人,毕生给那些即逝者带去人间最后的慰藉。她说这是宿命。

像是站在时间最深处一般宁静,这间简洁的石头房子里透出的肃穆而凝重的气氛,是莫老太所熟悉的。她放心了,屋里的迹象表明老妇人目前的生活和以往毫无二致,尚在人间的安适之处。她多么担心老妇人忽然不辞而别,毕竟老妇人已是八十岁的高龄老人了。

莫老太默默退到屋外,一种清冷的气息使她不得不退出来。她重新坐回椅子,阳光已经从夹竹桃顶上退去了,留下一冠黑油油的绿。黄昏渐渐从村庄深处浮上来,清晨和黄昏的村庄像一个满怀心事的人。

老妇人从幽暗的门里出来,慢慢但利落地回到莫老太的身边坐下,右手捏着一只闪烁暗哑光泽的光面银手镯。她摸到莫老太的手,把银手镯套进莫老太的手腕。

"我戴了四十几年，如今再也不需要戴了。你得有这么一个东西，我早就对你说过了，做我们这一行的，身上必须戴点东西。"老妇人说，脸上的神情不容拒绝。

"我不忌讳这些。"莫老太握住老妇人那只手，触到银手镯一抹温润的冰凉。

"戴上！"老妇人不容辩驳。

就是一只普通的光面手镯，有合口，山里大多数妇人的手腕上都会有这么一只，不薄不厚，夫家给，或娘家给，戴在身上，就是一种规矩套在身上，一种日子过在身上。莫老太一生也没戴过它。手镯略显宽绰，很容易就套进手腕，她在合口处按了按，收小圈子。

沉甸甸的感觉。

两个老人坐着，天高地广般的沉默和孤独陪伴她们。

"霞光，你有没有怨恨过我？"半晌，老妇人像是喃喃自语般开口。

"你怎么会有这样的想法？我一直都做得挺好，是不是？"莫老太语气温和地说。

"我一直觉得你不适合干这一行，但转眼你也老了，我知道你是熬过来的。"老妇人脸上浮现面对一个问题束手无策时的苦恼神情。

莫老太沉默了。

"你心里一直有热气，有一团热气，你骗不了我，但你还是熬过来了。"老妇人说，"我有时候很怜惜你，老妹妹，假如当初我不带你走上这条路……"

"那我的骨头早就泡在莫纳河底了。"莫老太飞快地说，想要给老妇人一个有力的安慰。

"那是你自己说的,我相信我的双眼,没有任何东西能逃得过我这双眼。"老妇人笑起来,"幸好你熬过来了。有些事情,不管你甘不甘心,最终宿命会带你走上该走的路,你在这条路上无病无灾,这就是你该得的福,对于我们这样的人来说,不能奢望更多了。你要知道,不是每个人都适合干这个。"

"我明白的。"莫老太边说边抚摸手腕上的银镯子。山里人相信银子能辟邪,驱污秽,可到底什么才是真正的邪和污秽?假如它们在人的心底,又怎么能够去防?她在许多事情上的看法和老妇人相悖,但她从不和她辩驳。也许她那些异议的想法早就被老妇人看出来了,所以老妇人才说她的内心一直有热气。

黄昏的风若有若无地从简陋的院门外灌进来,带着村庄的各种气息。开始有铃铛的响声从村外远远传来:那是早上放出去的牛羊开始从山上慢慢返回来了。它们对一天当中的时间判断和人一样准确,归来的路途是熟悉的,脚步是从容不迫的,和一个在山上劳累了一天的山里人回家没什么两样。

"我该回去了。"莫老太轻声说,黄昏的空气中开始泛起凉意。

老妇人再一次摸索过来握住她的手,摸到那只套在她手腕上的银镯子,放心了。

她们没有任何告别的语言。两个老人站起来,老妇人拉着莫老太的手,朝院门走去,在院门石头砌的门槛前停下。

门外的巷子里有两个孩子在奔跑,尖叫声落在屋顶那些古老的瓦片上。

"走吧。"老妇人平和地说,那双空茫的眼睛转向莫老太,松开那只攥着她手腕的手。

二

　　暗夜来临,黑是慢慢开始从山脚下蔓延开来的,仿佛是从地底下钻出来。山脚下的房屋、人、牲畜,屋后的菜地、竹子、蓖麻,最先模糊了影子,最后毫不犹豫陷入黑暗中。而半山腰依然在发出朦胧的光亮,依稀可以看见山腰上镰刀似的弯而窄的土地,种植着玉米、黄豆、花生、芋头、木薯、芭蕉,当然,地头还有隆起来的完全被杂草覆盖的坟墓。三月初三挂上去的白色招魂幡早被风吹落了,只剩下坟头上一根光秃秃的挑幡棍子,半掩在茂盛的杂草中。晚风吹来,从它的身上跑过,它也挂不住风。半山腰通常要黑得慢一些,像一个迟暮人蹒跚的步子,拉拉扯扯,犹犹豫豫,当山上的庄稼也看不见时,夜晚便真正来临了。半山腰的黑是真正的天黑,而山顶即便到黎明之前,也永远是一副朦朦胧胧的模样,可以清晰看见山头的剪影印在苍茫的夜空上。

　　村庄的夜晚是静谧的,并非没有任何声音,虫鸣、狗叫、娃娃哭、拌嘴声,零零碎碎在夜晚响起,然而这些声响把夜的静谧衬托得更加深沉。静谧是村庄古老的底色,深邃浑厚,像村庄久远的往昔。人的生命是从夜晚开始繁衍的,人的灵魂也是从夜晚离去的……

　　莫老太通常会闭合了大门,坐在厨房门口。从那儿出去就是菜地了,菜地之外是莫纳镇的莫纳河,从越南那边蜿蜒而来。在夏季雨水频多的日子,那些带着水汽的湿润气息从河里攀升上来,穿过菜地,灌进厨房,有河水淡淡的水藻味、菜花的清香味和泥土潮湿的土腥味。

莫老太喜欢这些味，它们和夜晚黏稠的黑色混成了夜晚的气息。二十年前，她把晚餐戒掉了，进入黄昏之后的时光对她来说变得宽裕起来。她的屋子总是干净整洁的，屋后的菜地碧绿葱茏。那是一块并不大的菜地，她依循四季更迭选种当季蔬菜，春天的瓜苗、夏天的油菜、秋天的灯笼椒、冬天的胡萝卜，而在菜地朝阳那一角，永远有一片席子般大的红得触目惊心的小米椒。她从不饲养任何活物，这是对一个净脸人的规诫。牲畜的生命也是生命，它们像人一样有七情六欲，会发情、求偶、交配、孕育、分娩、哺育，和人一样繁衍生息，而这个过程会搅扰净脸人已经远离俗世红尘的心绪。净脸人的孤独是彻底的。

夜黑下来，夜空高远，风凉且迟缓，星星疏朗。晚饭戒掉了，但莫老太喜欢喝两口。喝酒是被允许的，酒在这片山里也是避秽的食品，能洁净人的三魂六魄。屋里的灯火没有点亮，各家间隔并不算太远，邻居的灯火在芭蕉叶间闪烁。莫老太喜欢沉浸在沉寂的黑夜里。半碗冬雾一样白的玉米酒搁在旁边的椅子上，没有任何仪式，像喝水一样，莫老太就着黑夜慢慢饮。她的酒量并不大，半碗就够了。玉米酒的度数通常不会太高，醇厚芬芳。夜晚静静流淌，人慢慢微醺，在轻微的眩晕里，莫老太感到一阵轻盈，她的双脚慢慢离地，像踩在柔软的棉花上，整个人飘了起来。通常这个时候，他们就出现了。他们不是一个个的人，而是一张张的人脸，在暗夜里重重叠叠出现，一张接着一张，像排着队来看望她，带着已然放下尘世过往的纯粹的笑。她当然认识这些脸，她为他们净过脸，她是他们最后的慰藉。漫长的四十多年的净脸生涯中，她为无数人净过脸，但她没能将他们忘掉，他们变成了她生活中的一部分。此刻，在微醺的暗夜时刻，他们来了。没有言语,他们静静地出现在她面前,从容不迫地默默瞧着她。她在黑暗中朝他们点点头,像面对一个个多年的好友。她甚至记得为他们净脸时的一些交谈。

"你终于来了!"

"嗯。"

"我这几天一直在等。"

"不要害怕,一切都会好起来的。"

"我明白,我早就想明白了,没有任何人能比一个困在床上的人更能明白生死。"

"这是不可避免的,没有人能避免,只是时间早晚,我们没必要太在意这个。"

"谢谢你。你知道吗?以前我可真怕你,觉得你有一双把我们推向死神的手,现在才知道我是多么需要你这双手。"

"你心里有所执戒,只有我这双手才能帮助你。"

"我明白的,那么,请你开始吧。"

太多的人到了生命最后一刻,已经无所争执,平静接受生命最后的礼仪。净过脸后,他们焕然一新,疾病和疼痛离开了他们,一生中看得见的信誉看不见的罪孽也离开了他们,这是另外一个生命,即将结束,也即将开始。

"你们来了!"莫老太在至暗中自言自语,慢饮,让那缕微醺变得越来越醇厚,带她到另一个世界。那些脸静静瞧着她,真实得像她白天见到的任何一张熟人的脸。

"其实你们不必来,我终究也是要到那边去的,我对你们说过了,这只是时间上的早晚,我从来不介意。"她和蔼地说,朝他们笑笑,玉米酒的芬芳从她的胸腔泛上来。她原本是滴酒不沾的,甚至连葱姜蒜这样稍有味的调料都不碰,那是年轻时候的事情了。年轻时候?她犹豫着思索了一下,很快一阵眩晕袭击了她,脑袋里像有一个固执的念头在旋转。她轻轻摇头,把那念头从脑袋里摇掉了,继续对视浮现在暗夜里的那一张张人脸。

"有时候我觉得,你们任何一张脸,都比活在这世上的任何一个活人的脸更干净更让人放心,你们心里再也没有任何恶念,恶念全被洗掉了,没有恶念的心是干净的,像这玉米酒一样。"她的声音变得微弱起来,像一缕若隐若现的微火,她瞧着那些人脸,在黑暗中低下头,"你们临死前对我说过各种各样的话,包括你们从未对人说过的埋在心底的罪过。你们其实知道拥有干净的心和灵魂对一个人来说才是最重要的,但这样的清醒直到生命即将离去时才拥有,这不仅是你们这些死人,也是活着的人的悲哀。"她的声音变得更低了,像一声轻微的叹息落入暗夜深处。

一阵夜风吹过来,那些人脸晃动了一下,消失了,像被夜风吹走。风过,夜安静下来,他们又出现,只有脸,好像整个人就是这张脸,一张张悬在莫老太眼前。莫老太冲着他们小声嘀咕,她早就习惯这样自言自语,黑夜是她的另外一副面孔,那些常年低回在她心底的话在这副面孔下得以宣泄。

"嗯,你们瞧,"她在黑暗中举起双手,"这双手,给予你们最后的洁净和慰藉,但是从没人温暖过这双手。它们在冬天靠炉子里的火取暖,我靠它们抚摸从我身上流淌过的四季,在冬天,我这双手上上下下抚摸我自己,连我稀疏的头发都没落下,它们不知从哪一年开始变白,但我知道它们已经白很久了。我真担心啊,摸到某一块连火都焐不暖的骨肉。你们这些人懂的,是吧?虽然我从未对你们说。如今我的脚在夜里不再轻易暖和了，它们一年比一年冷，这我是不怕的，我一直在等，人总是要死的，人死了怎么能不净脸呢？除了那些不幸夭折的小毛头，我还没见过哪个人死了不需要净脸的。我在等着净脸那一刻来临。不，你们这些死鬼都误会了，不是给我净脸，不是那样的。"莫老太在黑夜里发出一声悲怆的笑声，咽下最后一口冰凉的玉米酒，朝那些人脸摆了摆手。

夜深了，露水浓重，那些远远近近的灯火渐次熄灭，村庄陷入巨大的黑夜中，安静得可以听见季节朝深处走去的声音。

"谁说没有人在黑夜里行走？你们不就是在黑夜里行走吗？死去的人在黑夜里行走，活着的魔鬼也在黑夜里行走，这你们知道，我也知道。"莫老太再一次朝人脸摆摆手，"但天总会亮的！"这些人脸被天亮给惊到了，他们意识到会面该结束了，于是慢慢遁入黑夜中，最后消失了，黑夜黑得纯粹而深邃。莫老太扶着门框站起来，那点眩晕也消散得差不多了。她闻到了落在菜叶子上的露水的清凉味。腿脚像生了锈。她拍着麻木的腿脚，感觉到气血在缓慢流向冰凉的脚板。片刻后，她最后深深呼吸了一口带着露水的屋外空气，在黑暗中拖着沉重的步子返回屋里。所有的人都进入梦乡了，她也该让睡眠滋润日渐干枯的生命了。

净脸人屋子里最后的一点声响匿去，夜深沉起来。

最后一个睡去，最早一个醒来，像一个村庄的守更人。村庄的早晨很少能见到阳光，阳光被高大连绵的群山挡住了。但天光是豁亮的，阳光在山顶上闪耀。莫老太伴随着第一缕透进屋里的黎明之光醒来，隔夜的酒依然在口腔里芬芳，她两只手摸索着相互握住，慢慢揉搓每一根手指。她总是以这种方式驱散残存在意识里的最后一点睡意。上了岁数后，睡眠越来越少，因为离生命那场永久的睡眠越来越近。起来后，照例敞开大门，微明的天色立刻泻入静悄悄的屋内，还有带着山野清新气息的空气。莫老太照例扫视了一眼家门左右，没有什么可疑的新东西，院子里空空的，地面上湿漉漉的，那是深秋的夜露。在过去的一些年里，莫老太清晨打开大门，常常会发现一些新鲜的东西，比如刚从土里挖出来的新鲜竹笋，夏季雨后的新鲜蘑菇，一挂沉甸甸、个头儿饱满的芭蕉坠子。那时候她还年轻，夜里的觉睡得沉实，对屋外的一切动静毫无觉察。她把这件事情告诉老妇人，老妇人沉默半晌，然后用略显严厉的语气对她说："千万不要认为这是好心人的馈赠，你应该把这些不干净的东西扔得远远的，不应该让它们再玷污你一次。"莫老太不太明白这为什么会玷污她，又怎么会有"再一次"。好多年后，她才明白她的意思。当她再一次于清晨发现又有陌生东西出现在家门口时，她当着很多人的面，把它们甩得远远的，家门口终于清静了。

"将会是个好天。"莫老太望着山之巅那缕干净得泛着微蓝的白光，自言自语。大门敞开着，屋内的光线清幽幽的，只要经过大院门外，冷不丁撞上这幽暗洞开的大门，都会冷不丁打个激灵。但门必须敞开着，只要人在家，净脸人的家门是永远敞开的。莫老太站在门口望着远处黑黝黝的山巅，直到村庄开始渐渐有了各种各样的声响，牛铃声也清晰传来，她才转身返回依然幽暗的屋内。早饭通常是粥。在这之前，莫老太要用泡了一夜的赤小豆熬一碗汤水喝，只喝汤水，权当是早上起来的饮品。这一习惯也是老妇人传给她的。现在，莫老太六十八岁了，除了久坐会让关节显得僵硬发麻，即便在多雨潮湿的季节，她也从未犯过关节炎,赤小豆汤帮助她把体内多余的湿气去掉了,她的关节一点不比年轻人差。年轻时她还会嚼几口煮熟的赤小豆,如今她一口也吃不下了,那会让她腹胀一整天。她不饲养家禽,但别人的猫狗鸡鸭会来串门,她通常让它们帮忙吃掉那些煮熟的赤小豆。

灶烧了火,炉火映亮老净脸人刚洗过的还滋润的脸。虽然岁月已经在上面印下了足够的沧桑,但从轮廓来看,还可以清晰看出老人年轻时候的风华。她的眉形依然好看,浓而弯,靠近眉尾的地方微微往上拱了一点点,这点向上的弯拱使她看起来有一种与她的职业相匹配的威严和肃穆。这不是天生就拥有的,而是职业所造就的。人们极少在这张脸上看到开怀畅快的欢笑,不过这并不代表她是个严苛的老人,她待人平和友善,总是给怀有烦恼的人带去安慰和劝解。她脸上的皮肤已经松弛并布有皱纹,但没有老年人通常有的老年斑,甚至连晒斑都没有,肤色均匀干净,显示出她五脏六腑阴阳和谐和常年平稳的情绪。

往火灶里塞了足够的柴,莫老太在渐渐清晰起来的清晨打开厨房通往菜地的后门,一阵湿润的空气扑面而来,把起床后一直盘旋在她额头上的眩晕彻底驱散掉。于莫老太而言,新的一天这才算开始。她的大门敞开着,祈愿这一天不会有足音搅扰她家门的宁静。莫老太扫视了一眼菜地。如若说她平淡孤寂的生活里还有什么乐趣,那便是厨房后这块并不算大的菜地。莫老太的奶奶、妈妈、妹妹都在这块菜地上忙碌过,菜根下黝黑的泥土一定还留有她们的气息。妹妹嫁人后,奶奶和双亲也去世了,这块菜地便完完全全属于她一个人。她在山上还有几块山地,种着玉米和其他一些杂粮。早些年,她的山地要比现在多一些,她一个人侍弄那些山地,整天在山上忙碌,到了收获的季节,她便叫妹妹来。她一个人吃不了那么多。妹妹有时候带着丈夫来摘收老姐姐的劳动果实,孩子们长大后,便带着孩子们来。莫老太很喜欢妹妹那三个孩子,两个女孩和一个男孩,他们结实得像施了足够肥料的玉米,非常勤快,能整天待在地里不停劳作。比她小三岁的妹妹由于生育了三个孩子并操劳生活,看起来要比莫老太衰老。妹妹长得也很结实,每当她的目光扫视她三个健康勤劳的孩子时,她饱满的脸膛儿上的表情是满足的。孩子们长大后,两个女孩嫁到了县城,男孩被母亲强行留在身边,接着种植家里那几亩世代相传的田地。妹妹担心老无所依。妹妹是爱莫老太的,当初莫老太选择做一个净脸人时,妹妹甚至比父母反对的态度更强硬,并对带着姐姐走上这条道路的老妇人充满怨恨。莫老太上了年纪后,再也没有精力照管那么多山地了,只选了几块相对离家近,土质也相对好的山地种植粮食。老妹妹依然和她保持密切联系,十天半月的,会翻过两座山前来寻找老姐姐,带着自己酿制的玉米酒,或一摞用芝麻油烙得香喷喷的放了香菜末的金黄色玉米饼。姐妹俩在厨房后的菜地里一边忙一些实际上不用忙的活儿,一边闲谈久远的往事。她们总是在不断的重复交谈中发现新的快乐。然后当妹妹的就开始感叹,埋怨姐姐不该贸然走这条孤独的路,最后总免不了落泪,两个人的思绪又回到了一些不堪的往事上去……

菜地一片潮湿,菜叶上湿漉漉的,淌着露水,潮气从菜地之外的莫纳河泛过来。屋后开始有主妇在淋菜,她们要赶在太阳出来之前淋掉菜叶上的露水,不然鲜嫩的菜叶会被阳光晒伤。莫老太低声咕哝一声,步入菜地摘了几片大如蒲扇的肉芥菜叶子。她的早饭一向在早上十点左右吃。喝完一碗温热的赤小豆汤后她才开始熬粥。山地的活儿一向在午后开始忙活,假如有的话。她越来越喜欢在灿烂敞亮的阳光下干活儿,而阳光要完完全全照耀在这片山上,得等到临近午时。在还没喝上一碗热赤小豆汤之前,她再也没法像前些年那样先挑水淋菜了,她的腿使不上劲了。

袅袅的雾气在莫纳河面上慢慢飘移,整条河像是一锅冒着气的热水。莫老太从菜地里回到厨房,发现一只黄狗耸着身子坐在炉火前,盯着从灶孔里蹿出来的火苗,仿佛是莫老太吩咐它看着炉火似的。狗看见莫老太进了厨房,鼻子里呜呜地婉转叫了一声。莫老太早就习惯它了,它是每天第一个造访她家的客人。

"你这老狗,是不是昨晚又被忘记喂晚饭了?一大早就来找食。"莫老太说。她无法饲养家禽家畜,但她并不讨厌它们。没有人比一个净脸人更理解生命了。除了会说话,人的生命和它们又能有什么区别?

高压锅开始在火灶上喷气的时候,陆陆续续有更多的生命走进老净脸人的房子里,先是两只毛色发亮的半大公鸡,然后是一只在夏季第一次当母亲的母猫。母猫的孩子已经被主人家全部卖掉了,它悄无声息的步子充满忧伤。在莫老太的厨房,猫和狗和平共处,它们在她的房子里各有属于自己的领域,互不侵犯。猫走到莫老太脚边,毛茸茸的脑袋蹭在她脚踝上,喉咙里呼噜呼噜地响。这些蓬勃的活物给莫老太孤寂的日常生活带来不少慰藉。在她的眼里,它们是一个个不说话的人,像夜晚那些浮现在黑暗中的人脸。她从来不拒绝它们的陪伴。

喝过赤小豆汤后,赤小豆留给猫和那几只毛色鲜亮的公鸡。狗继续等待,莫老太当作早饭的粥才开始煮上,狗不吃豆,它在等待和莫老太一起吃早饭。光线越来越明亮,晨风迟缓地吹拂。

和任何一天的清晨一样，变化的只是四季不同的色彩。

莫老太挑着空水桶朝河边走去，猫和狗留在厨房里，狗依然坐在火灶前守炉火，眼中闪着火焰的光芒。

河里的水并不冰凉，在阳光还没照到河里前，河里的水是温暖的，水面上升腾起袅袅的水烟气。而到了午后，河面上跳跃着明亮的阳光时，河水便变得清凉了。有好几年了，莫老太再也不能朝河面甩下水桶，把两只水桶同时按进水里，灌满后一口气挑起来，走上那简易的但并不算太低的码头。那样的岁月一去不复返了，她的腰和腿再也无法支撑起一挑灌满水的水桶。她得把水一桶一桶提上码头，然后才能挑走。从河边到菜地，是一条弯曲的平路，她小心下着脚步，避开路面凸起的石块——没有一个老人到了她这个年纪还在挑水淋菜。不过，老净脸人倒没太多的伤感，毕竟这条路是自己选择的。其实她完全不必侍弄这块菜地，只要她愿意，在河边任何一块菜地摘青菜，都不会有人有异议，这是这个村子对她应尽的责任和义务——有哪一户人家送到山上去的先人在临终前没有得到过她最后的净脸呢？但她不想那么做，她甚至拒绝了一些主妇为她淋菜地的提议，她觉得身上这副骨头还能对自己的温饱担得起责任。

夹着双肩朝莫老太的菜地走过来的是一位瘦削的农妇，手臂上戴一副灰色防水皮革套袖，赤着的双脚湿漉漉的，沾满潮湿的泥巴。显然她也在淋菜。她走到莫老太的菜地前，停住了，脸上是一副欲言又止的表情。

"绿玉，吃了吗？"莫老太正在菜地一角淋那片结满了鲜艳果实的小米椒。

"太婆！"绿玉朝莫老太走过来。黄狗这时来到厨房门口，横样威严地站着。绿玉看见狗,踌躇了一下,莫老太朝狗转过身,狗便隐身进门里去了。

"我公公可能快不行了!"绿玉那双细小的眼睛紧紧盯住莫老太。

莫老太直直地注视着她:"这是你自己判断的?"她的语气有些严肃。

绿玉立刻低下头,脸上闪过惭愧的神色。"他好几天没说话了,也没怎么吃东西,我看着他不怎么好。"她低声说,脸上一闪而过的羞愧没能逃脱莫老太的双眼。莫老太的心软了一下。绿玉是个勤快的女人,两个女儿也很懂事,只是命运不济,嫁了个赌汉,赌汉整天东游西荡钻赌窝子,还轧姘头。绿玉寻死觅活过几回,可男人已经厮混成性,回不了头了,绿玉拉扯两个孩子过活,常常要靠娘家接济。仅是这样也还不算太糟,当守寡就行,偏偏家里还有一个时常瘫在床上的公公,得伺候吃喝拉撒。老东西叫顺义,年轻时根性不好,有些偷鸡摸狗的品性(他的儿子算是随了老子的品性了),老婆在他年轻时死掉了。渐渐上了年纪后,老东西倒是变得谦和起来。有一年镇子上死了一个外地流浪汉,他招呼几个年轻人,卷了席子把流浪汉埋了,算是做了一件善事。近些年来老东西七病八灾,一年倒有七八个月瘫在床上。你看他一口气快上不来了,喘了两天,又可以哆哆嗦嗦爬下床到屋外墙根下晒太阳,可想而知绿玉过的是什么日子。她盼望公公早走也没什么不对,毕竟七十五岁的人了。

"孩子,人命是有天数的,他能活到哪一天都不是我们说了算,你只管给他吃喝,不要让我们的良心在黑夜里睡不着觉。"莫老太温和而坚决地说。

绿玉眼泪汪汪的，掩面呜咽起来。"太婆，实在没法过下去了，要不是看两个孩子的面上，我真想往脖子上套根绳子一走了之。"哭泣声在越来越明亮的清晨里显得那样不合时宜，山巅之上的阳光倾泻而下，光芒四射。

莫老太放下水瓢，周围菜地里的邻居们在淋菜，菜地之间挨得并不算太近，没有什么人注意到她们。

"不要说这种傻话，绿玉，没有谁的日子从头到脚像一根绳子那样顺直。一个有了孩子的女人是不应该被任何东西打倒的，除非老天收走了她的性命，否则她应该像一块石头那样坚硬。你能明白太婆说的话，对吗？"莫老太直直盯着绿玉，她相信绿玉明白并且把她的话听进去了。生活的磨难更能教化人的智慧，这一点莫老太深信不疑。

"你到屋里待一会儿吧，看看炉火。"莫老太劝慰道，她希望绿玉安静待一会儿，平复心绪，别带着一张满是泪水的脸走在一天的清晨里。

绿玉摇摇头，泪光闪闪地冲莫老太一笑说："不了，太婆。"她抽搭着鼻子说："我真是昏了头了，怎么能有那样的想法，我这就回去了，我真是昏了头了。"她转身，默默走过地垄，出了菜地。

莫老太站在菜地里，一些久远的往事在朝晖里慢慢浮上心头。作为净脸人，成为一名净脸人之前的一切过往，早就该忘掉或放下了，"怀抱对往昔的怨恨或者爱，都不能成为一名真正的净脸人"，这是老妇人对她的教诲，她无时不记得，但在她的内心深处，她始终无法做到把过往剔除干净，在某些特殊时候，心灵深处依然会泛起令她不安的怨恨。怨恨像一缕隐匿的火苗，当意识到她的心绪波动时，火苗便伺机蹿出来，灼烧她，刺痛她。此刻,她又感觉到胸口灼热、发烫,她蹲下来,把双手浸入桶里凉爽的河水中,让冰凉一寸一寸从指尖蔓延进身体,平息蠢蠢欲动的火苗。

吃过早饭后,村庄的早晨已经过去了一大半。临近中午,阳光终于越过群山之巅,斜斜照拂在古老的村庄上。阳光是静止的,缓慢的晨风已经停息了。深秋冰凉的早上开始慢慢变得温热起来,山间传来幽远的牛铃声。莫老太喜欢每天从这一刻开始,满世界都是温暖而亮晃晃的阳光,她喜欢在棉花般的阳光下忙碌菜地里的活儿。其实也没什么活儿,她的菜地永远没有杂草,地垄之下干干净净,每一片菜叶她都心中有数。她蹲在地垄里,拿一根削尖的木棍,松菜根下的泥土。她种的都是能开花的菜,此起彼伏的菜花在她的菜地上依节气灿烂。在万物萧条的凛冽寒冬,那小片朝天椒就是菜地里最鲜艳的火光。她的菜地并不孤寂。老妇人双眼还明亮的那些年,常常会翻过山头来看望同道的姐妹。站在这片鲜艳的菜地前,老妇人总是眉头深锁,然后轻轻叹息。莫老太感到一阵羞愧,她明白老妇人看透了她的心思,不过老妇人从未点破,这一点,是老妇人对她的偏爱和怜恤:这片鲜艳的菜地,映衬了莫老太依然对凡尘俗世的某种牵绊,可能是依恋,也可能是怨恨,但不管是哪一种,都是不应该的。一个净脸人的心,应该像蓝靛浸染过的棉布一样,拥有肃穆而干净的出色品质……莫老太曾经希望时间能带走一切,然而年复一年灿烂如锦的菜地,提醒她自己的灵魂还囚禁在往昔的阴影之中。

当正午的太阳悬在山巅之上时,深秋中一天最暖和的时刻来临了,清晨的霜雾已经消失殆尽,年轻人都在山上劳作,村庄半空了,有一种天荒地老的宁静。等阳光慢慢爬上门扇时,虚掩的木门沉缓地被打开了,像一截年岁久远的光阴,缓缓地,从门里颤颤悠悠出来一个个已经不太轻易出门的老人。门外亮晃晃的阳光令他们打了一个趔趄,越过门槛的脚步像已微醺,这场温暖明亮的阳光被期待已久。他们在院子里东张西望,昏花的视线渐渐清晰起来。呼吸的空气是熟悉的,带着山上庄稼的味道,院子是熟悉的,院墙是熟悉的,那道小时候被绊倒过无数次的高门槛也是熟悉的,它们依然高耸在那里,脚步和时光赋予了它们一层细腻的光泽。屋墙上垂挂着几件旧农具,镰刀、柴刀、斧头,它们被放在各类盒子里,绑在腰间的绳索干燥而陈旧,变成了脆弱的棕色,刀具的刃口渐渐布满斑驳的锈迹,不复锋利。如今它们被长久地悬挂在墙壁上,老人的目光长久地盯着它们,然后慢慢垂落到地上:那些挥舞年轻强健臂膀披荆斩棘的岁月已经一去不复返。老人们呆立在院子里,脸上的表情是松弛的,心是释怀的,他们已然深谙时间的秘密,时间会为每个人的每段时光安排相应的际遇。如今,时间拿走了他们曾经强健的体魄和无所不能的力气,时间正把生命最后静谧的时刻赐予他们,他们只需等待。

温热的阳光透过厚厚的棉衣暖和到身上的老骨头时,一些新鲜的力气重新回到他们的筋骨里,晃晃悠悠地,他们便出了院门,朝莫老太屋后的菜地走去。没有什么约定,到了一定的岁数,他们便朝同一个方向走去,日渐佝偻的身影踩在各自的脚下。莫老太的房子在村尾,这条去路是宽广的,只有寂静的阳光相随。人们来了就在菜地之外的杂草地上坐着,莫老太在菜地里忙活,来人也不和她打招呼,先来的人和后来的人也不打招呼,各人找一块看着舒适的地方坐下来,把自己完全敞开在阳光之下。先后来了七八个人,一样深色的厚实衣物和毛线帽,分辨不出他们是男是女。他们太老了。

莫老太从不主动走出菜地坐到他们中间去，她不能带着这样的怜悯靠近他们，他们的身体即便已经衰老，但心脏依然在有力搏动。她可以主动靠近稚嫩的孩童、活力四射的年轻人，但她不能带着自己的影子主动朝那些生命力日渐衰弱的老人走去，这是不吉祥的，除非受他们的邀请。老人们安静地坐在菜地之外，彼此默默打量，打量着，忽然发现少了谁。记忆力越来越差了，到底少了谁？也不必去细想，想必那人永远不会来了。自从莫老太成为一名净脸人后，她的家门是落寞的，鲜少有村人串门，菜地之后这片杂草地，却在天气晴好的午后，为她带来了这些已到垂暮之年的沉默客人。这片杂草地像是他们最后的生命之旅，似乎最后的时光要在这片杂草地上度过才心安理得，似乎要靠近净脸人才心安理得。没有人能说得清楚是为什么，像有一种神秘的召唤，是一种归宿。

"霞光，到我们这里来坐坐！"老人中有人招呼她。

莫老太在菜地里站起来，驻足凝望他们。他们都比她老得多。在村庄里，莫老太六十多岁这个年龄还要上山劳作的，只有腿脚已经老得再也爬不了山的人，才能放下手里的农具。这些都是八十多朝九十岁上走的老人，是她的长辈，她坐到他们中间去不合适，她也不喜欢那样做。一个净脸人应该有独处的能力。

"你们坐着，天好，我松松土。"她温和婉拒。

也就不再有人强求。

"你们说，真有另一个世界吗？"一个老人先开口了。

谈话轻飘飘越过菜地，莫老太蹲在菜地里听着，这些谈话内容，她早已耳熟。从她年轻时候开始，村里一代一代老人，就这样坐在她家菜地之外的这片杂草地上,相同的等待,相同的沉默,或者相同的谈话内容,他们不再忌讳死亡。

没有谁对这个话题感兴趣,因为还在这里坐着的人没有见过那个世界,连做梦都不曾梦见过的。

"唉,你多半是活得还不够,指望还有另一个世界再活一世。"他们有一搭没一搭地交谈。

"当然,我从来没觉得活够,尽管我年轻时开始守寡,三个儿子已经死掉两个,但那又怎样?我永远舍不得山上壮实饱满的庄稼,那就像年轻时候的我。"

"这个傻婆娘永远只记得她的庄稼。"

"你这个生性懒惰的汉子,你永远不知道看着庄稼在你手里成长和结果是什么滋味,这就像你掌握着整个季节,你是不会知道的。"一个老太磨着两片薄薄的嘴皮尖刻地回道。

"我不用知道那些,我知道它们在嘴里是什么滋味就好。"老汉并不介意老太对他的嘲讽。

"那跟在山上吃草的牲口有什么区别?"老太不屑。

"我倒希望自己就是头牲口,在我看来,山上的牲口要比人活得舒坦,一年两季拉犁,两季闲荡,可人只要还睁着两眼,没有一天不操心,人哪能跟牲口比?"

"唉,你下一世投胎变成一头牲口吧,你这吃饱了撑的老东西。"

"如果行,我一点都不介意。"

"死了也没人给你净脸,尖利的刀尖将捅入你的脖子,你的血被放得一干二净,肉将被吃掉,骨头扔给狗啃,这就是牲口的下场。"

"净不净的,真那么重要吗?"老头儿的语气变得犹疑起来,这可能是他年轻以来内心就存在的困惑。

"当然重要,这个道理连初生的婴儿都知道,你忘了当年你老父亲是怎样请霞光去净脸的?你这老东西,假如你心存疑虑,当你觉得你快要归西时,你可以不必请我们的霞光去为你净脸,你就带着这副浸透了俗世的肮脏皮囊去吧,这是你的自由。"

"我只不过是随口说一句,你的脾气和你的年龄一样见长了……"老汉叹息道。

"随口?你这是人话吗?我看你现世就是头牲口,双肩扛一张嘴只是拿来吃的。你在我们霞光面前说这样的话,是要遭雷劈的。"老太的语气有着与她的年龄相匹配的威严,"我看你这副皮囊就不配得到净脸人的双手给你带去最后的洁净。"老人们沉默起来,片刻后都笑了,磨着两片皱巴巴的嘴唇,一种和解的笑。

这样的争执于莫老太而言早已习以为常。有人对净脸心存疑虑,她从不责怪他们,也从不去做过多解释,没有什么能比交给时间来解释更为妥当的。也许时间最终也不能给予那些心存疑虑的人完全满意的答复,但会慢慢改变他们的看法,给予他们类似信仰的力量去接受它。

"顺义那老家伙,估计很快就要来请霞光了。"

沉默之后,和死亡相关的话题再次被重新提起来。这些已经活得天地混沌的老人,谈论起死亡就像年轻时谈论圈栏里的牲口和山上的庄稼一样,没有任何顾忌,他们再也融入不了年轻人的生活了,关于年轻人的话题也已经远去。

"他和猫一样有九条命,死不了,过不了几天就能起来蹲墙根晒太阳了。"

"你倒是像盼他早点死掉似的,吃席也轮不到你了。"

人过了六十岁,红白喜事就不能吃席了。

"我再过两个月就九十岁了,还稀罕什么吃席。我心疼绿玉那孩子,儿媳妇伺候公爹,老天爷瞎了眼了。顺义年轻时也不是什么好东西,有十八条命也该死了,折磨人。"

"好了好了,人家也没赶你圈栏里的牲口,也没拔你地里的庄稼,有天大的怨恨,这会儿也该消了,都是黄土埋到鼻尖的人了。"

"也许是我老糊涂了,我记得他说过,不想净脸。"

沉默再次笼罩在老人们中间。莫老太一直在低头松土,阳光静谧地照耀在她身上,像什么也惊扰不到她似的。她是个身材娇小的老妇人,从年轻到现在,时间只老去了她的容颜,她轻盈的躯体包裹在深色厚重的衣物里,透出一种坚强的不容侵犯的力量。她手下的木棍毫无征兆地戳进一棵包心菜根部,手腕的力气顶进木棍里,包心菜根便从湿润松软的泥土里顶了出来。她吃了一惊,朝菜地之外的杂草地望去,老人们似乎凝固不动,密密层层的菜叶遮挡了他们的目光,他们看不见她手下的泥土。

"谁年轻时都会说些日后注定会后悔的话,我们都是这么过来的。"

"他说这话时可不年轻。"

"他会后悔的。"

"那老东西也不知修来什么福,老妹妹伺候他一生,如今是儿媳妇伺候。如霜那个老姑娘,她空空活了一辈子,图的什么?到死了扎个老姑娘坟,香只点一炷,只怕到那头也要遭她老子娘嫌弃。"

午后的风吹过来,缓慢的,是暖风,带着阳光的温热气息,暖洋洋的,让老人们犯困,入定般坐着,坐着坐着就睡了过去,脑袋一低,下巴抵在胸口棉衣领子上。

"祖——祖啊!"从村庄深处偶尔传来一声稚声稚气的呼唤声,寻找这些似乎已忘掉时间的太祖回家吃午饭。他们浑然不觉,在时间里迷路了。

暖和的风却给莫老太带来了往事。她回到屋檐下的阴凉处,厨房里的朋友们早已离去,静悄悄的,一些光线从屋顶上移了缝的瓦片上漏下来,斑驳地投映在地板上。

往事也是斑驳的。

她在厨房门口坐下,靠在门框上。如霜的脸很少在夜晚出现,但她会出现在她的梦中。不,不是年老时的如霜,也不是靠在她怀里过世的如霜,而是青春年少时的如霜。她比莫老太小六个月,任何一片能长蘑菇和春笋的山坡都布满了她们的身影和笑声,直到莫老太成为一位净脸人,她们的友谊才被老妇人制止。老妇人用极为严厉的话语警告如霜不要再靠近莫老太:"你们不是同一类人。"对于莫老太的选择,如霜的反对比莫老太的妹妹更甚,她甚至威胁莫老太,假如执意要走这条路,她会陪她一辈子,终身不事婚嫁。莫老太认为如霜只是一时被美好的友情迷惑了心智。然而当莫老太真正端着浸有柚子叶和锋利剪刀的清水朝向那些即将消逝的生命时,如霜的绝望震动了她。青春的光彩从如霜的双眼和脸庞上消失了,如霜望向她的目光充满彻骨的哀伤,仿佛将要行走在这条漫长而孤寂路上的人是她。她对莫老太的威胁也变成了固若金汤的诺言,鲜艳的衣物从她的身上褪去了,从清晨里走来的她,脸上笼罩着淡淡的哀伤,她变得寡言少语,劳作成为她日常唯一的乐趣。她身上的活力随着日渐寡语渐渐消失,她像一个满怀心事的暮年人,紧紧抿着双唇。在莫老太的净脸人生涯中,如霜是唯一一个一如既往靠近莫老太的人,她几乎是以戴罪般的虔诚靠近莫老太。清晨屋后的菜地,午后山上的庄稼地里,莫老太夜晚宁静的房子中,孤单的节日饭桌前,几乎都有好朋友的相伴。她们会聊一些关于庄稼和四季轮换的话题,谈论山上雨后的新鲜蘑菇,谈论偶尔出没的糟蹋庄稼的野猪以及村庄里刚出生的婴儿,却从来不聊莫老太所从事的净脸人职业。她们心照不宣地回避这件事情。而多半时候两个人沉默不语,让时间的脚步从身上悄悄流逝,从一个清晨到另一个清晨。莫老太了解年轻时的如霜,她的内心像清晨的露水一样清澈,她了解好朋友的任何想法和秘密。在她成为净脸人后的如霜,则让她感到迷惑不解,露水失去了它的晶莹剔透,仿佛落入灰尘中,带着看不清的污浊。如霜的目光深沉地盯着她,目光之后有一片她看不清的迷雾,她始终无法穿透那层迷雾。几十年来莫老太从未试图去理解或询问,因为她相信好朋友内心的任何想法都不会对她产生一丝伤害。没有人能向另一个人做到毫无保留的爱,她理解。

四年前,如霜逝世于一场疾病。此前,如霜日渐消瘦,饮食一天比一天少,到生命最后时刻,已经滴水不进好几天。被如霜视如女儿的侄媳妇绿玉日夜悉心照料她,在夜晚偷偷跑去请莫老太,希望能劝一劝枯槁而固执的老姑姑,喝下一口汤药。莫老太只是坐在床边,紧紧握住相伴一生的好朋友那只已经失去生命光泽的手。她感觉到如霜的内心有一种绝望,这种绝望绝不是对死亡的恐惧,她被这种绝望折磨着。

"你想要什么?"莫老太记得自己这样问她。

然而病人的头在枕头上轻摇，虚弱而专注的目光落在莫老太的脸上，似乎在辨别什么。

"不要独自承受内心的煎熬，我不允许你这样，你应该相信我，我会帮助你。"莫老太注视着老友。病中的枯槁容颜和白发让莫老太感到岁月的力量。

如霜的眼角渗出泪水，她轻微地说："我要请求你原谅，霞光，今后让宽恕指引你的内心去做每一件事情！"

如霜最后在她的怀里走了，拒绝在还有一口气时让莫老太为她净脸："我不配得到这样的礼仪。"直到落了气，莫老太才开始进行净脸。

"霞光，让宽恕指引你的内心！"

如霜年轻时候的脸在面前一闪，莫老太惊醒过来。她刚才靠在门框上睡过去了。午后的阳光已经偏西，斜斜地落在她脚下的地板上。菜地之外的杂草地，那些老人已经走了，草地空空的，好像他们不曾在那里待过。

三

一老一少在屋里争执，院门外站着一个宽肩膀的中年人，眉头紧锁，哀伤的阴影笼罩在他的脸上。

"带我去，太婆！就像当年那个带您去的人一样，请带我去！"金竹那双黑白分明的眼睛里流出恳切的目光。她太年轻了，一身朴素的麻布素衣也无法遮掩从她身上流露出来的青春气息。她把黑发编织成麻花辫，绑辫子用的是蓝靛染过的黑色细麻绳子。她脸色素净，一些细微的淡褐色小雀斑像遥远夜空的星星般点缀在她的颧骨上。她绞着两只手,站在莫老太面前。

"这不是一件容易的事情,金竹,我认为你不适合。"莫老太冷静地回答,注视着姑娘年轻逼人的脸庞。这张脸上有一些她极为喜爱的东西,比如和善,比如安宁,比如眉间淡淡的哀伤,这些都符合做一位净脸人的基本要求,然而内心有一股强大的力量阻止她做出这样的决定。

"太婆,我明白我想做的是一件什么样的事情,我已经想清楚了,请您相信我!我觉得这是我人生唯一一条出路,请您不要亲手掐断它。"金竹几欲哭泣。

莫老太仍然无动于衷。从年轻时候起,人们就开始叫她"太婆",有很长一段时间,她在心里极度抗拒这个称呼。她在深夜里用双手抚摸自己年轻的躯体,充满哀伤。当初,她又何尝不像眼前年轻的金竹一样,迫切地希望走上这条孤独之路,企图用净脸人无欲无求的平静生活抚平命运赐予的灾难。然而事实并非如此,几十年来她严格遵守规诫,成为一位受人尊敬的净脸人,但她明白自己内心深处依然有无法平静的波澜……她望向门外,天空阴沉,布满铅灰色的乌云低垂在山巅之上,老天在酝酿一场深秋的雨水,但它不会那么快就降临。她不喜欢在这种天气出门,但任何天气都无法阻止一个生命即将离去的脚步,院门外的中年男人一直朝她们望。

"你并没有真正明白你要做的是什么事情,没有真正明白这件事对你意味着什么。"莫老太严厉地说。

金竹过来挽住她的手臂祈求:"您为什么不试着相信我,就像当初您相信自己一样?"

当初!一阵剧痛汹涌至胸口,莫老太猛地闭上双眼,像被人劈面挥了一耳光。但这种突然而至的失态仅是一瞬间,她轻轻摇摇头,睁开眼睛,说:"这条路晦暗漫长,你走不了。"

"不,太婆,我相信我行。"姑娘的倔强如同她当年一样。

这次要去的是糯弯村,一个以种八角闻名的村子。这片地方山水连绵,然而方寸之间,土质气候也有天壤之别:八角在糯弯村几乎泛滥成灾,而和糯弯村仅一个山头之隔的村子,八角就无法存活,屡种屡死。在远离水源丰饶的莫纳镇的其他山头上,杧果树连片成荫,结出来的果实大如菠萝,而在莫纳镇河边的村庄,在滋润的土地上,每年开春,杧果树枝头繁花似锦,结出来的杧果却只有鸡蛋般大小。没人能解释土地的秘密。土地也像人一样,有不同的品性,人们要在土地上播种和收获粮食,只能顺应它的品性。

糯弯村。莫老太在心里哀叹,假如人的命运没有那么多不测,她应该在这个村子里生儿育女,死后将会被埋进夫家坟冢地里,每年三月初三,受到来自儿孙的三炷香火祭拜。而如今,她活着是孤独的,死后也将是孤独的,她连做了一辈子老姑娘的如霜都不如。在祭拜日,如霜的坟前尚有一炷老姑娘香,而埋葬她尸身的黄土前,将会比她生前的家门更加清寂。

后悔?似乎又不是,但她明白自己无法与她敬重的老妇人相提并论,老妇人内心的宁静和坚毅是她无法比拟的。这么多年来,她从未见老妇人为过往有过一声哀叹,她的双眼始终是干燥澄明的。

糯弯村原来也有一位净脸人,是个哑巴,据说是六岁时的一场高烧夺走了她的声音。她从未婚嫁,在老一辈净脸人的指引下,她成为一名净脸人。但在她四十六岁时,得了一个偏方,嗓子重新发出清亮的声音。哑巴不再是哑巴，净脸人的身份也被她扔掉了。她开戒杀生食肉，焚香拜祭祖宗，祈求能像个普通女人那样建立家庭生儿育女。然而过往的身份像烙印一样铭刻在她身上，人们忌讳这样的过往，她的愿望不仅没实现，反遭乡邻的唾弃和鄙夷。哑巴净脸人最后用一根麻绳结束了自己的性命。

莫老太依然记得一个名字：李双华。四十多年了，这个名字她未曾忘记，变成一道隐匿在她心底的伤疤。她曾经认为这个名字会锁住她一生一世，会给她一生一世的安稳。自古以来在这片山里，于女人而言，出生是第一次生命，出嫁是第二次生命，若一定要论及女人的出路，那么第二次生命无疑就是山里女人的出路。莫老太遵循习俗，初潮时在父母和媒人的安排下与糯弯村的李双华定下婚约。她在定亲之日给前来提亲的李双华倒了一碗茶。青年人穿着蓝靛染的挺括的麻布衣裤，鞋底纳得很厚，鞋帮沾染了一路来的泥土，但干净的地方白崭崭的，显然是刚做的新鞋。李双华细高个子，肩膀很宽，五官倒也没什么出众。莫老太印象最深的是他的双唇，他说着话，嘴角就朝上弯，是个说话带笑的人。然而两年之后，也就是这张嘴，说他们不合适，并退回了她的生辰八字帖子。怎敢和金竹提当初，她永远不会知道在那个风俗严谨的年代，一个女人被男方退回生辰八字帖子意味着什么。

此前她从未去过糯弯村，只知道这是一个以种植八角为生的村庄，这个村庄和越南北部山水相连，其边境线处是一片阔大的深山老林，遍布古木奇树和体形庞大的野兽。在莫纳镇集市上，时不时会遇到售卖的羽毛鲜亮的野鸡和毛发坚硬如针的带皮野猪肉，这些多半来自糯弯村的村民。深山里的这些村庄，老一辈的净脸人日渐年迈，又没为村庄培养出新一辈的净脸人，这个从开天辟地就流传下来的古老传统面临着后继无人的窘境，莫老太的家门便渐渐多了异村人的身影。

天越来越阴沉，湿冷的空气从山路两边的庄稼地里蔓延出来，初冬很快就要到来了，漫山遍野的庄稼加速往成熟里成长。这场雨水过后，山里将迎来今年最后的收成。

有山风吹来。

"要走的是你什么人？"莫老太终于开口。中年人在前头领路，步子跨得很大，很快便和莫老太拉开一段距离。闻言，他停下来，等着莫老太和金竹。

"是家弟，还没成家。"中年人低声说，"在山上遭遇了野物。"

"野物？"金竹惊叫起来。

"野猪。"中年人回答。

"人已经过了？"莫老太闻言放慢脚步。

"是的，今早从山上抬下来了。他夜里进山采野，踩到了捕鼠器，又遭遇野物，一夜未归，我们今早进山才找到的。"

莫老太转身看了金竹一眼，三个人继续赶路。靠山吃山，山有时候也会吃人。风低低地吹着。

糯弯村很大，四周遍布八角树，在深秋里依然一片繁茂，在茂密的八角林中露出简易的草房子屋顶，那是炼油房。

八角油可以制成香水和精油，这是莫老太对糯弯村最初的了解。像一个梦，她无法确定这个梦是否已经从心底彻底消失了。

是姓康的人家。屋门口的白蚊帐已经挂起来了，挡住行人通向屋内的目光。院子里人来人往，男人们在砌火灶和刨棺木，女人们忙着淘米和洗菜，从各家借来的饭桌靠在屋墙上，三个竹篾筐里装满了碗筷。丧事已经开始忙碌起来了。在屋檐的另一侧，几个上了年纪的妇人围坐在一个戴黑白格子棉布头巾的老妇人身边，只是守着，没有交谈。老妇人垂着头，脸上表情呆滞，似乎还没明白发生了什么事情。

中年人领着莫老太和金竹穿过院子，忙碌的人们停下手里的活儿。看见莫老太他们，垂头坐着的老妇人猛地站起来，步履踉跄地朝莫老太奔过来，举着两只空空的手。

"大姐……"老妇人呜咽起来，仿佛悲伤这时才忽然降临。

"收起你的眼泪，还没到流眼泪的时候。"莫老太直截了当地说，她知道此时任何语言都无法抚慰失去亲人的痛苦。老妇人点点头，泪水和悲伤溢满她的双眼。

"里头，是我最小的儿子。他在攒定亲的钱……我们当父母的无能，让孩子丢了性命，我们是罪人啊……"她扯下头巾，把呜咽埋进头巾里。

中年人来到屋门口，帮莫老太撩起白蚊帐。

亡者躺在正对屋门的地板上，双脚对着门口，身子下垫了竹席，身上盖着一条棕色的毛毯，一直拉到他的下巴处。那是一张年轻的面孔，死亡也没能抹掉他脸上年轻的光芒。此刻，这张脸因为失血过多而显得青白，像蜡一样泛出冷冷的凝光。他的脸和头部还好，没有什么损伤，下嘴唇有些肿胀。在亡者的头部旁边摆着一盆清水，碧绿的柚子叶和一把陈旧的剪刀浸泡其中。灵碗也准备好了，一碗大米摆在一只矮凳子上，凳子挨近亡者的头部，三炷香火平放在米碗上，只有开始净脸才能点燃。几位年轻的男性围坐在亡者两边。亡者太年轻了，按照习俗，他只配得到比他更年轻的小辈给他守丧，长辈们只能给他点一炷香火，而不能守护在遗体旁。年轻的死亡是寂寞的。

莫老太在亡者左手边的席子上跪坐下来，右手伸进毯子里摸索亡者的左手。一只沾满泥巴和污血的手被她从毯子下握出来，手掌呈半握拳状。金竹轻声尖叫一声，莫老太迅速回头严厉地瞪了她一眼。莫老太合住双掌，握住那只已经开始僵硬的冰冷的手，垂下头，凝视亡者苍白的面孔，念诵起净脸词：

容我剪去你凡间的执念，容我洗掉你俗世的罪过
还你初生的洁净，去往明净的新世
前方的路既幽暗又明朗，你要朝有光的地方去
那边的世界有风雨又有彩虹，你要朝七彩的凤凰去
火不是火，火是光亮
雨不是雨，雨是甘露
你不要怕，你是洁净的

诵读完毕，莫老太放下那只手，示意把净脸的水端过来，并点燃香火，把三炷香火插到灵碗里。毛毯被揭开了，一股冷腥味弥漫而来。亡者胸口以下一片模糊，深褐色的衣服浸透了鲜血，凝结成暗黑色，裤带也断掉了，变成两截耷拉在腰间，右裤腿膝盖处撕破了一条长口子，里面的腿血肉模糊。双脚上的鞋子已脱掉，左脚的前半截脚掌没了，伤口参差不齐，像被一把钝刀来回拉割过。

金竹迅速起身，撩开门口的白蚊帐出去了。

"你们来，帮忙把他的衣服脱去，干净衣服准备好了吗？"

"准备好了。"几个年轻人表示，并挪过来帮忙脱掉亡者衣服。衣物褪去，除了头部，这是一具破损不堪的躯体，整片腹部被

野猪的獠牙顶得一塌糊涂，一些肠子暴露在皮开肉绽的肚皮上，这是致命伤所在，暗红色的血已经凝固了。几个年轻人看着亲人破损的身体，沉默不语。

"毛巾！"莫老太朝他们伸手，一个年轻人把浸了柚子叶水的毛巾拧干递给她。一切如常，从头开始，但生命不能从头再来了。

换了六盆水。莫老太吩咐他们到屋后挖个深坑，一定要深挖，把暗红色的污水倒进去，覆盖上泥土。屋里人默默忙碌着，屋外的人声也压低了，大家都知道屋里正在给亡者净脸，这是亡者的肉身和灵魂得到彻底洁净的礼仪，没有人会在这样的时刻喧哗。净脸结束后，莫老太又吩咐人拿来针线，她要给亡者缝合破损不堪的肚皮。一个年轻人出去了，不一会儿院子里传来号啕大哭声，只是突兀的几声，然后声音像是被蒙住了。出去的年轻人拿来针线，一根缝衣针和两个线团，线团是黑色和红色的。莫老太示意年轻人穿红色的线。其实也没法做更好的缝合，只是把皮肉翻卷的地方粘连起来缝平了，把露在肚皮外的肠子重新塞回肚子里。窟窿眼大的地方，莫老太吩咐人拿来亡者一件干净的衣裳，剪了一块如伤口大小的布条，填补住窟窿眼，把布的边沿和皮肉缝在一起。膝盖处也有一条皮开肉绽的长口子，莫老太在昏暗的光线里耐心地穿针引线。在她的记忆中，再也没有哪一位亡者比这位年轻人让她花费如此巨大的心神。她敬畏年轻的亡灵，尽可能细心地为他们做好在人间的最后仪式。漫长的净脸过程终于结束，亡者换上干净衣裳，残缺的脚掌套上厚实的棉袜，体面地躺在竹席上，这时候才能给他盖住过头的长白布。莫老太摇摇晃晃站起来，眼前一片墨一样的黑，她跌坐回地上的席子，一只手撑在亡者白布下僵硬的手掌上。几个年轻人急忙过来扶住她。莫老太摆摆手，眼前的黑暗渐渐消散后，她把手伸进白布之下，再一次双手握住亡者冰凉的手，默念净脸词。

从白蚊帐内出来时，已经是午后时分，天空变得亮白不少，雨似乎不会再来了。院子里简单砌起来的火灶里炉火熊熊，几口大锅炖着大块猪肉，几只已经宰杀好的羊摊在一张羊毛毡上。莫老太慢慢抚摸两只手，她的手腕处隐隐生疼，两腿虚软得像踩在棉花上。净脸的时间太久了，几乎耗尽她全部精力，从未有过的疲惫盘旋在她衰老的体内。金竹一直在门口等着，见她出来，上前扶住。莫老太朝她点点头，全部的肉身倚靠在她身上。莫老太被引到院子另一边的一张桌子旁，上面搁着一盆柚子叶水和半碗清亮的生茶油。她站在桌边洗手，两条腿软得几乎站不稳。往手上抹生茶油时，丧子的母亲走过来了。

"大姐，谢谢你为孩子做的一切，好心会有好报的。"老妇人的感激和哭泣声交织在一起。

"这是我的职责，你不必感谢我。"莫老太疲惫地说。

"孩子还太年轻，真是罪过。"

"这是他命里带的劫数，你不必过于悲伤，他只是去了他该去的地方。"莫老太机械地说，类似的话她这一生说过无数次。

老妇人默默饮泣。中年人走过来，双手递给莫老太净脸礼包。

"太婆，请收下！"他说。

"你弟弟会走得好的。"莫老太接过礼包，慈悲地说。

依照礼俗，她们没吃饭。走出康家院门时，悲恸的哭声从背后传来，净身后，亡者的灵魂正式离去了。

山路上，两个人走得很缓慢，无语。金竹的脚步轻盈，细碎的响声从莫老太身后轻微传来。四十多年前，她也这样跟在老妇人身后。老妇人第一次带她去净脸,是为一个从山崖上摔下来亡故的孩子,他只有十二岁。孩子其实已经走了两天,但他的母亲认为他还会醒过来,抱在怀里迟迟不肯放手,直到孩子渐渐变得冰冷。孩子亡故于内伤,除了脸上的擦伤,肉眼看不到任何伤口。触摸他小小的胸腔,可以感知到他断了好几根肋骨。老妇人褪去他的衣物,抬起他的头为他擦拭时,暗红色的血从他的七窍流出来……莫老太为他擦干净,她沉静的神色赢得了老妇人赞许的目光。在那些微醺的沉寂夜晚,孩子的面孔也会出现在莫老太眼前,是净脸后的脸,洁净,一双细小的眼睛,脸上的表情腼腆羞涩,真实得让她以为只要叫一声他的名字,他便会点头答应,过来坐在她的膝盖边上。

"他们的灵魂已经远走了,只剩下一个肉身,没有必要对一具躯壳产生过多悲悯。"老妇人常常这么说。

然而莫老太不这么认为,净过脸后那些洁净的面孔,即便只是一张沉默不语的面孔,也是她暗夜里的亲人。

"太婆,我一定让您很失望。"金竹在身后沮丧地说。

莫老太默默地走了一会儿,温和地说:"这不怪你。"

身后传来压抑的饮泣声。金竹太年轻了,比当年莫老太刚开始走上这条路时还年轻。这个性格沉静的女孩子不知前世犯了什么罪孽,天生没有子宫。若是在几十年前,在这片古老的山里,一个女人失去了传宗接代的能力,她就没有第二次人生了,娘家人不可能给予她永远的庇护,她的前路是黑暗的。然而如今早已不是当年,年轻人的命运不再局限于山里,女人的人生价值也不再局限于生儿育女。金竹只是缺乏一点往山外的世界张望的勇气,她需要一点时间和机会,时间会把正确的选择带到她的面前。

山风徐徐吹来,午后的天空变得明亮许多,似乎酝酿已久的雨水也随风而散了。

四

雨水没有来。几天阴云之后,阳光重新照耀在山里,山上庄稼地里的果实已经成熟待收。这场收获将会持续半个月左右,果实颗粒归仓后,初冬的第一场霜冻将会如约降临。

山上是黄澄澄的,野草多半已枯黄,玉米棒子干在玉米秆上,黄豆和花生也熟了。村里的巡山人像警惕的猎犬,整日在山上转悠,防止有人烧山,引发火灾烧毁粮食。巡山人是村里的治保员,在粮食成熟的日子,整天黑着脸训斥村里的娃娃,搜索他们的口袋看是否有打火机,让他们离地里的粮食远一点,并警告他们没事别上山乱转悠。他把手里的竹条子甩得嗖嗖响,等到开山节,巡山人终于松了口气。

开山节是一个节日,意味着可以上山收山上的粮食了。这天家家户户要蒸糯米糕拜祭土地庙,感恩土地神带来今年的粮食。这是妇女们的事情。男人们要检查家里收割粮食的家伙,盛放粮食的竹篾很可能被老鼠咬破了,要重新修补,砍玉米的锄头也许得磨一磨,缸瓮也要搬出来晒掉湿气。

村里弥漫着过节的气氛。

莫老太不需要拜祭土地神,人间任何与香火有关的行为都和她无关,但她还是天不亮就起来,把前一晚泡好的糯玉米提到厨房的磨盘边,一丝不苟地磨起来。有家底的人家会用糯大米来蒸,而多半人家则依照古老的习俗蒸糯玉米糕。莫老太觉得这两种粮食在口味上其实并无多大区别，只不过拿糯大米糕到土地庙去祭拜时能长主人家的面子。

磨盘有些年头了，归置在厨房边的偏房里，这里放置着莫老太的劳作工具：两把手柄长短不一的锄头，几把手柄被磨得光亮的镰刀和柴刀，几只叠放在一起的陈旧竹篾背篓。在微亮的光线中，那几只叠放的竹篾背篓活像一个沉默的人影，让莫老太微微地心惊肉跳。上了年纪后，特别是近几年，猛一眨眼，看什么都像人影，能把人吓一跳。她把暗处的磨盘搬到厨房，清洗干净。这东西一年到头没用上两回，蒙满尘垢。晨曦慢慢从厨房的屋檐下透进来，村庄深处开始传来各种响声。厨房门板响起抓挠的声音，莫老太心里暖了一下。天没亮透，她没把大门打开，老伙伴转到厨房后门挠门了。拉开门闩，黄狗窜进来，两条前腿跃跃欲试要搭到老朋友的身上，莫老太拍拍它的脑袋，狗婉转哼了一声，算是打招呼。

猛地传来一阵响炮，脆生生地炸响在静谧的清晨里。莫老太手一抖，手里的饭勺落到地上，她的老伙伴惊恐地呜了一声，腰身一塌，缩进饭桌下。响炮很短，没几声便灭了。莫老太马上想到顺义那老东西。无端端的，只有丧炮才这么响。她的胸口剧烈起伏起来，绿玉是不可能让她的公公不净脸就落气的，除非那是他本人的意思。当她的目光落在清洗干净的磨盘上时，她很快便否定了自己的想法：今天是开山节，晨起是要在土地庙前燃炮的，告知土地神，今天是村民拜祭的日子。莫老太松了口气，跌坐在凳子上。

当晨曦的明亮光线透进厨房时，莫老太才从沉思中醒过来。一些沉寂但从未忘记过的往事也被那阵短促的响炮声点醒了，恍恍惚惚间，她又被往事拽了进去。她拍拍膝盖，狗从饭桌下钻出来,惊魂未定。今天的早饭她不打算吃了,磨好糯玉米粉,蒸上,午饭和早饭一起吃。这么多年来,大大小小的节日,她多半一个人静悄悄地过,村里人也习惯了这位老人的孤独生活,觉得那是她该过的日子。然而节日的喜庆气氛总是不浓不淡地搅扰她,她始终无法做到像老妇人那样把凡俗烟火戒得一干二净。

"爸,推磨盘。"

"妈,灌玉米。"

"妹,筛玉米浆了。"

她手里忙着活儿,默念家里每个人,在她的默念中,像是一家人还在一起。

莫老太的开山节糯米糕蒸得很少,两个竹筒,三斤不到。磨完后,清晨已经来临,明亮的光线透进厨房里,她转身回堂屋,把家门打开。每天都一样,打开门那一刻,她祈愿今天家门口不会出现陌生人的身影。

在大门口转身,莫老太的目光落在空空的厅堂屋墙上。本来,那里应该靠屋墙放一张高脚桌,上面摆上香炉和两盏油灯,而在高脚桌上方的屋墙上,应该贴有类似"祖德如山重,宗恩似海深"的对联。高脚桌上的摆设和屋墙上的对联,成为象征一个家的根脉的祠堂。然而多年来,这面屋墙空空如也。早些年父母还活着时,祠堂还在,给祖先烧香供奉食物,屋墙上留下了烟熏火燎的痕迹。父母过世后,莫老太"请走"了祠堂,这面屋墙就再没沾染过烟火气息。每年三月初三,莫老太和村人一起上山拜祭父母和老一辈先人坟茔时,也只是把坟头的杂草清理干净,给塌陷的坟身重新培土,别说拜祭的食品,连香烛纸钱都无法供奉。当然,父母的坟头不会真的连一根檀香都没有,周边的邻人总会好意点上三炷香,过来插在她父母的坟头,拜祭的食品也会盘过来一些。莫老太体面地为乡邻们送走亲人,却无法为自己逝去的亲人做任何体面的事。今天,本该也在祠堂上给祖先点上三炷香,供奉一碗蒸糯米糕和一两样荤菜的,然而她什么也不能做。她带着不易被觉察而又无法克制的哀伤回到厨房,在越来越明亮的晨曦里开始烧火蒸糯米糕。

临近午后,阳光终于照耀到菜园子里了,菜地之外的莫纳河亮闪闪的,有风,微风,带着山上粮食成熟的清香气息,这气息使山里人沉醉。那些已经上不了山的老东西,蹲在幽暗的墙角贪婪地闻着这气息,他们闻到了年轻时候的汗水味。

糯米糕蒸得不算成功,糯米浆滤水不够,蒸出来的糕软绵绵的,黏手,水分很大。在做节日食品上,她一向不行。如霜恰恰相反,她对于节日有一种天生的热情,用粗陋的食材也能弄出体面的菜肴。她喜欢为莫老太做各种食物,她在她的厨房里穿梭,用新鲜玉米粉加酵母蒸类似馒头的玉米疙瘩,把红薯切片,蘸上蛋黄下到热油锅里炸成红薯酥。莫老太常常幻想如霜有一群孩子,他们被能干的妈妈制作的各种美味食物抚养得健壮无比。毫无疑问,如霜将会成为一名出色的家庭主妇,但她把金子般的葱茏年华献给了友谊,陪伴莫老太。莫老太也曾对她的友谊心怀疑虑,毕竟,婚嫁的神圣光辉也曾无数次在莫老太的梦中闪耀,她知道婚姻对于一个女人的诱惑。如霜对友谊的坚守让莫老太心怀不安,老妇人警告她:"世事有因,不要妄自施舍你珍贵的怜悯之心。"她觉得老妇人心肠太硬,但过后生活总是用各种各样的事情给予她教训,证明老妇人的断言是正确的。

吃过半碗蒸糯米糕,莫老太开始收拾秋收的工具,最主要是装粮食的缸瓮要搬出来，把缸瓮底部的残渣清理干净，晾干晒透，不然缸瓮会返潮。早年她和村里庄户一样用竹篾围子装粮食。竹篾围子不那么牢靠，会遭老鼠咬，但透气，粮食不会返潮。村人们养猫灭鼠。莫老太不能养家禽牲畜，在围子下放了捕鼠器。捕鼠器一向是顺义做的，他还会编竹器，在山上弄到几根半枯的藤条，揉揉搓搓，半天就能编出一个镂空枕头，还绞着好看的花纹。他这门无师自通的手艺在晚年帮他挽回了年轻时糟蹋掉的名声，邻居们只要把竹条子送到他家里，嘱咐编织个箩筐簸箕，两天就给你弄好了，还给你送上门。莫老太成为净脸人后，屋里一些需要男人才能做的活儿，如霜总是命令他来做。人诚惶诚恐地来，做好后飞快地回去，生怕被吃了似的。莫老太一度认为这个天不怕地不怕的男人畏惧她那双看过太多垂死生命的眼睛和抚慰过无数逝世灵魂的手。她还是个露水般洁净的姑娘时，他可不是这样的，什么玩笑都能开，嬉皮笑脸说要让爹妈请媒人上门提亲，娶了莫老太给如霜当嫂子。那时候他已经有了些偷鸡摸狗的行径，名声不好，如霜不干不净地骂他一脸。这两兄妹，在莫老太的生命中太特殊了。如霜和她曾在山上幽静之处羞涩地讨论过婚嫁的嫁妆，并偷偷学会刺绣，开始设计枕头套、被套、门帘的图案。她们在集市上买了上好的彩色丝线，并约定出嫁时一定要穿棕色半高跟人造革皮鞋，而不像别的姑娘穿母亲给做的笨重的绣花布鞋。她们的鞋跟踩在石板路上，声音是清脆的、与众不同的。那些一起讨论的时光多么美好，风和阳光柔和地落在姑娘身上……风和阳光偷听了她们的秘密，最终把一切都带走了。净脸人的岁月充满挣扎，充满孤独，充满酸楚，充满不能自圆其说的裂痕，没人能知道如霜的友谊对于她的意义。每当恐惧袭来,厌倦袭来,至暗袭来,如霜的友谊便像一抹温润的光亮,给她带来无可取代的暖意。老妇人说净脸人不需要友谊,孤独就是她的命运,但她珍视并需要如霜的友谊,她为此充满感恩,直到如霜把生命留在某一个冬天里。

莫老太把一个圆鼓鼓的瓮蹾在厨房外的屋檐下,阳光亮得让人眼花,但不是很温暖。季节越往深处走,阳光越变得凉薄。冬天,是万物萧条,也是生命最容易离世的季节,很多年老力衰的人最终把生命留在寒冷的冬天里,也有很多人选择在这个季节缔结姻缘,把希望带进并不遥远的春天里。死亡与希望,一步之遥,很多人却跨越不过去,最终天壤之别。瓮子大概坐在一颗石头上,她一放手,它便倒了下来,滚到低处的菜埂里。她愣了一下,有些生气。往事总是轻易让她陷进去,她始终无法像老妇人那样,把所有的精气神花在迎面而来的每一天。把瓮子从菜埂里搬上来立好,瓮里面长了一层薄薄的白灰尘。必须把这层白灰尘抹干净并晒透,最容易起潮的就是这层白灰尘了。她回到屋里拿了干抹布出来,阳光正好缓缓照进厨房,菜地之外的杂草地空荡荡的,那帮混吃等死的老家伙今天一个没来,都在家里磨着门牙吃节日的糕点。

她搬出三个缸瓮,擦干净后晾着,阳光变得暖和了些,白花花的,人晒着,倦意便爬上眼皮。她站在厨房后门朝厅堂望,从大门那儿透进来的光线照得堂屋亮堂堂的,门口那儿立着一只公鸡,在光亮处羽毛光滑鲜艳。

静悄悄的。这沉静让倦意更浓烈了。莫老太搬一个板凳出来,靠在厨房门板上,却不敢闭眼睡去。人老了,睡意少,中午一觉,把夜晚的觉也给睡走了,就得睁眼到天亮。远远地,一声爆响由村庄深处传来,莫老太知道那是从村里的庙宇传来的。庙宇在村西头,一座用石头砌的矮巴巴的房子,里面窄小,只能放得下一张供桌。莫老太记得那里的一切。在成为净脸人之前,每年大年初一和开山节,她和母亲、妹妹都会抬着供奉的食物前往那里拜祭,供奉的食物不多,甚至有些简陋,但她们从不觉得丢人,供奉的诚意是在心里的。那是多少年前的事情了,遥远得就像逝去的前世。她记得每个祭拜的礼节,石头槽里插满点燃的廉价檀香、弥漫的浓烈香火味,以及那些散发着朴素香气的食物,如今这些于她已是物是人非……

明亮的阳光忽然黑下来,风也停了。影影绰绰,有一些模糊的影子在莫老太眼前晃动并慢慢清晰起来,还是那些洁净的人脸,不断出现又不断消失,像一个个回放的记忆,莫老太来不及凝视他们,眼前忽然又出现那片莫老太和如霜当姑娘时常常上去挖竹笋的山坡。那片山坡在村庄背面,长满竹子,遍地是裸露的嶙峋石头,能开荒的平地极少,被村民遗弃了。但它并不一无是处,这片不受待见的山坡春天会长出珍珠般洁白圆润的蘑菇和美味的嫩笋尖,闲来无事的年轻人会翻越山头到这片山坡采摘新鲜野味。

山坡清晰出现了,阳光明亮,浓密成荫的竹子、贴着地皮长的洁白蘑菇和破土而出的笋尖,是熟悉的风景。一晃而过,天又突然黑下来,风景不见了,如霜的脸悬在她在眼前,静静瞧着莫老太。她并不常常出现,她们生前形影不离,她离世后她们变得生疏了,像两人之间有着无法弥合的隔阂。

"霞光,"她注视着她,"让宽恕指引你的心灵!"她愁眉苦脸地说。莫老太沉默不语,一阵风吹来,如霜一晃不见了。莫老太的眼帘渐渐明亮起来,明白那是打盹儿时做的梦。她睁开眼睛,碧绿的菜地铺展在阳光下。菜地之外,一个裹黑棉衣拄拐杖的老人立在那里,两条棉裤裹住的腿弯弯曲曲的,像随时要朝前屈膝跪倒。人影凝固了似的。

阳光亮得刺眼,那人影黑乎乎的,她瞧不清楚是谁。

沉闷的咳嗽声传来,人影晃了晃,送过来他的招呼。

"霞光!"

莫老太猛地站起来,胸口像挨了闷锤,钝钝地疼。她在厨房门口站立片刻,走下菜地田埂,朝黑影走去。

"今天是开山节。"人影说。

"我知道,我从没忘记。"莫老太隔着一小片韭菜目光锐利地注视着人影说,"我记得每一件事情。"

他的脸色黑黄,像蒙着一层干燥的灰尘,土黄色毛线帽帽檐低低地压在额头上。那双眼睛看人时,目光永远是散着的,你无法捕捉到他的目光落在你身上什么地方。他有一个和如霜一样的方下巴,如今那里的肉松松垮垮的。莫老太见过太多逝者,她知道死亡的阴影是怎样的,它们像一层仁慈的忧伤笼罩在即逝者脸上的某个地方,比如忽然暗下来的额头,比如无色的双唇,比如突然潮红的颧骨,比如颤抖的手指,以及突然明朗起来的笑容和明显好转的精气神。死神是善于迷惑人的,但它狡猾的影子逃不过莫老太的双眼。

她的目光落在他的脸上,她看见在他的眼睛里盘旋着它的影子。

"你在我的脸上寻找什么?死神?"老家伙看起来混混沌沌,其实不糊涂。

"绿玉说你病了。"莫老太沉着地说。

"那是,孩子们巴不得我早点归西,但你看,我还是能从床上爬起来的,我又让他们失望了。"

"你这样说对绿玉不公平,她是你们家最有良心的人。"

老头儿的目光骤然聚起来,探究似的注视莫老太:"不知道怎么回事,如霜走了以后,我好像不是她哥了。你走过家门前,连脸都没侧一下,你以前可不是这样的。"他气喘吁吁地嘟哝,蹒跚转身,在那片杂草地上小心坐了下来。

"我身上带有晦气,每户人家的门槛都不欢迎我。"莫老太在韭菜前蹲下来,她无法撇下他转身走掉。有一些美好的东西在她的脑海里浮现,它们和那至暗的一刻一样深深印在她的生命里。那是关于童年的、少年的,以及多半的青春时光,她和如霜,以及他的事情。她为那些逝去的时光蹲下她的身子。

"我从来没这么认为。不过,霞光,我并不相信你那一套,等我死了,我不会麻烦你。死了就死了,柚子叶和剪刀能给我带来什么,我是不相信的。"老家伙毫不客气地说,脸上不屑的神情使人想起年轻时候他那些行径。

"我不勉强你,我从不主动上门,那时我不会出现在你的床前的。"莫老太说,她分明看到他眼里的惊慌一闪而过,"除非你来请我。"

老头儿脱口而出:"我请你,你就会来吗?"

莫老太拨弄韭菜秧子,她的手在韭菜丛里颤抖了一下。"我从来不拒绝每个有求于我的灵魂,即便是有罪的灵魂。"她平静地说。

老头儿似乎在思索什么,久久不说话,然后挣扎地从草地站起来，招呼也不打，颤颤巍巍地走掉了。莫老太还蹲在原地，她双眼干涩生疼，明亮的阳光成为一把灼灼燃烧的烈火。她已经很久没流泪了，四十几年来，那么多漫长的黑夜啊，像一块巨大的海绵，早就吸干了她的泪水。她揉了揉涩痛的双眼，注视着那个远去的黑色背影。

忙碌的秋收正式开始了，今年和往年一样，没有诱人的丰收，但也没有哪一棵庄稼辜负人们的汗水，它们竭尽全力奉献上自己的果实。村人们在山上忙碌，不断从山上背下金黄的玉米棒子、花生、黄豆、芋头。玉米秆堆满山地田埂，晒干晒透后，一把火烧掉，早春的雨水会让这些灰烬渗透进土地里，成为最好的肥料。

莫老太还剩两半缸玉米、小半袋赤小豆。她所剩的粮食一年比一年多了，也许明年可以再少种一点地。去年她给妹妹的儿子背去五十斤玉米、大半袋花生。今年她没种花生。她把玉米和赤小豆收整出来，打算叫绿玉拿去喂牲口。今年夏季，绿玉整整忙活了两天，帮她除玉米地的草，她应该有所回报。第一天秋收，莫老太照例等阳光照耀到山梁后才出去。她的地离家不远，是她所有山地中最平展的两块。其余的山地，她全给乡邻们种了。一路上山，从玉米地深处传出掰断玉米棒子脆生生的声音，人们隐在玉米丛里。她静悄悄朝自己的玉米地走去。爬上家里的地埂时，附近地块的村人还是发现了她。一声呼喊，邻近的玉米地里纷纷走出人来，七八个人，钻进莫老太的玉米地里。她无法拒绝村人的好意，也不应该拒绝。在村人的玉米地里，那些隆出地面的坟墓，里面安息的人多半是在她那双充满善意的手里干干净净离去的。她连地都不用下，不断有过路的村人钻进地里，半天不到，两块玉米地全收完了，玉米秆也全部砍掉晒在地里。十多个人背着剥好的玉米棒子,浩浩荡荡从山上一路下来。她的秋收只有短短的一天不到。莫老太上了五十岁后,地里的活儿没有哪一件是她一个人完成的。这是这片山的善意,但也并不是说它没有邪恶。

收获的粮食堆满了天井,看着好像比去年多了几背篓。莫老太在每天阳光晒到菜地后的那片杂草地时,搬出竹席子铺展在杂草地上,把玉米棒子背出去在竹席上晾晒。这是生活的一部分,她有条不紊地忙碌着。有很多年,莫老太一直把心思全放在她净脸人的身份上,日常的一切,吃的、穿的,欢乐的、悲伤的,全都徘徊在她的生命之外。她只看到一场场亡故,一次次分离,她生活的底色是灰色而忧伤的。

秋收渐渐进入尾声,山上累累的果实收仓后,山空起来。人们在家里收拾从山上运回来的粮食,这是一个家最殷实富有的时刻,玉米棒子和各种杂粮堆满房前屋后,余粮成为主妇们炫耀的资本,扬言家里的缸瓮不够用。

莫老太每天中午坐在晒玉米棒子的席子中搓玉米粒,再也没有一个老人来到杂草地上,新收获的粮食让他们暂时忘记等待,忘记死亡。

第一场初冬的霜冻降临时,莫老太在屋后的菜园里迎来了噩耗:老妇人离世了,她自己完成了在人间最后的洗礼、净脸,独自面对和吞咽死亡。莫老太没去参加葬礼,因为这是不被允许的。净脸人的一生见过太多的死亡,却不曾参加过一场葬礼。她什么都不能为她做。

夜暗下来了,夜已经开始有刺骨的凉意。没有什么菜,只是一壶暖酒。炉子里的火并不太旺,莫老太灭掉灯火,淡淡的暗红色炉火映出一片微明。渐渐微醺后,她背靠在温暖的、用红泥巴砌起来的高高的火炉上。没有谁来到她的眼前。炉火完全熄灭后，她喝下最后一口酒，直到温暖的炉身完全冷却，她依然等不到那张盼望的脸。她不确定是否能等得到她，毕竟她的双手没给她带去最后的抚慰。

她恍恍惚惚站起来，拉开厨房后门，饱含水汽的冷空气扑面而来。没有一丝光亮，黑色的深邃夜空没星光。

"大姐……"莫老太如梦般默念一声，悲伤如同夜的黑暗一样浓稠。

五

古老的风从屋顶上刮过，夜越深，刮得越猛烈。那些轻飘飘的物件，在风中弄出各种各样的声响，这些声音让夜变得更深沉，像坠入无底的深渊。他总是做梦，妹妹如霜站在他面前沉默不语，那双眼睛充满愁苦，而她还活着的时候，用另外一种方式折磨他：眼泪。他眼睁睁看着她从姑娘变成一个干瘪的老太婆。老年的如霜泪水渐渐少了，眼里却多了怨恨。她不再流泪，拿充满怨恨的目光瞧他，让他没有哪天得以安生。一辈子啊，她就那样拿一辈子谴责他，惩罚他，虽然她一直在照顾他。她死后，他以为可以安生几天了，她却不依不饶，来到他的梦中。他当然明白她的想法：承认罪孽并忏悔。

她越来越频繁地出现在他的梦中，爹妈都没那么关照他，二老死了多年，每年三月三他到双亲坟前，烧一箩筐纸钱，拜也拜了，跪也跪了，二老连半张脸都没在他的梦中露过，像不曾有过他这个儿子。他很委屈，父母死时，他用的可是上好的棺木，道场也做了,尽了孝心的。他深信父母如若出现在他的梦中,总该会给他一言半语,他们不会这么眼睁睁地看着自己的儿子活受罪,虽然他罪有应得。可二老偏不露面,消失得干干净净。而他多少有些忌惮的如霜却像追魂鬼一样,死了也不让他安生。

辗转着,身上每一根骨头都疼,屋顶上的风跑得像厉鬼。他已经好几天没睡过一个安稳觉了,肚子硬邦邦的,像里头装满了石头。儿媳妇每天给他端来稀烂的粥,他勉强喝两口。屋子里堆满了新收下来的粮食,他的鼻子似乎失灵了,再也闻不到谷物的香味。他想念儿子,那个没良心的浪子已经几个月不沾家了,似乎眼里也没他这个爹。这么一想,他伤心起来,二老不要他,儿子也不要他,如霜又那么怨恨他。他又想到老伴儿,那个右眼底下有颗黑痣的女人,像木头一样沉闷,一辈子也没过一天好日子。年轻时他也像儿子那样,整天四乡八里转悠,心思完全不在山上那几块薄地上。女人是怨恨他的,这一点他心知肚明,她不可能出现在他梦中了,说不定还怨恨被埋进他们老覃家的地里,死了也要成为他们家的鬼。

他成了一个没人要的人。

风似乎小了点,跑过屋顶的脚步轻了不少,一些细小的风钻进瓦缝里,弄出像从遥远的地方传来的哨声,一阵紧一阵缓的。脑子里一宿杂七杂八的念头,终于被夜风吹散了。挪了一下冰凉的腰腿,睡意迷糊而来。他不想睡去,梦中如霜那双眼睛比任何噩梦更让他惧怕和痛恨。他坚持了一会儿,眼皮上像坠着石头,终于沉沉合上了。

又到了这面山。

根本没什么上山的路,能插得下脚的地方就是路,他熟悉这个村庄背后的山。山的正面是生生不息的村庄、人、牲口、田地、水,而背面荒凉沉寂,要过午后,阳光才能斜斜照耀下来,坡体缓长,长满浓密的竹子。暮春和整个夏季,雨水过后,从厚厚的竹叶下能钻出珍珠般的蘑菇和美味的嫩笋。村人们翻越山头,来到山的背面收获大自然馈赠的美味。那时候的人们不像现在连老鼠都吃,村人们说这座山上有狼,有熊,但从没人在这座密不透风的山上碰见过比野鸡更大的兽。

野鸡他是见过的。他当然也会来这面山,通常是一个人来,不喜欢结伴,腰间绑上柴刀楔子,一个人遁入浓密的竹林里。他喜欢在林子里转悠,慢慢朝山顶走。竹林里安静,并不是说没有声音,有清脆的鸟鸣,类似于人踩在厚实的竹叶上发出的沉闷的脚步声,有什么东西从高处坠落到潮湿地面上时啪的声响,这些声音让阔大的竹林显得更幽静了。午后的阳光从浓密的竹叶间穿过,洒落到地上,微风拂来,竹叶沙沙响。待在这面山上,你会忘记另一面山里热气腾腾的生活。

他从来没想过山外的世界,他的父辈、祖父辈、未曾谋面的祖先辈,像山里的一块块石头,一辈子待在山里,他将毫无例外地延续这种生存状态。命运对他没什么特别厚爱之处,也没特别亏待他。当然,这并不是说他没有任何愿望,他当然有。他比如霜和霞光大六岁,当某天霞光像刚拱出地面的嫩笋般清新地站在他面前时,他发现她长成了他喜欢的样子。

没有任何悬念和机遇改变一切,山里人的情愫朴实而隐晦。他压抑下暗生的情愫,家里为他算过生辰八字,他是个晚婚的人,而她按照风俗已经有了婚约。他只能倾听她的脚步声在他家门前响起,关注她和妹妹窃窃私语的声音和忽然的掩面一笑。

一些纷乱的画面不断晃过，早春的风、初夏的雨、深秋的橙黄和隆冬的萧索……霞光仰面躺在厚厚的竹叶上，脸上盖一顶斗笠，一只手搭在胸口上，脱下的布鞋摆放在裸露的双脚边，像是睡着了。他感到新奇，在竹丛后朝她扔了块石头，石头闷闷地落在她身边的竹叶上，她仍然一动不动。四周静悄悄的，听不到任何声响。他觉得妹妹应该也在竹林里，她们一向形影不离。他在竹丛后静静瞧着躺在竹叶上的霞光，目光落在她两只裸露的脚踝上。它们圆润、结实，呈淡淡的棕色，像蜜一样吸引他。

恶是如何在一念之间产生的？还是它原本一直像血液一样潜伏在生命里？心里像有一头万恶的兽在驱使，他朝睡梦中的人走过去，蹲下，慢慢揭开她脸上的斗笠。她动了一下，他出手了，朝她的头来了一下，她连哼都来不及哼一声，便像重新进入睡眠，悄无声息。

他很狼狈，心中的恐惧和恶念交织在一起，他想就此罢手，什么事情都还未曾发生。但那头万恶的兽驱使他伸出邪恶的手，抚摸她裸露的脚踝，抚摸她毫无知觉的脸庞，拈掉落在她细腻脖颈上的黑发……

他慌里慌张，像个喝醉的人连滚带爬地下山。那么庞大的一面山坡，那么深阔的一片竹林，那么多可以下山的方向，他却在下山的途中遇见返家拿锄头回来的妹妹。他狂乱的眼神和脸上疯子似的表情让妹妹感到诧异，一切都像是魔鬼安排好的悲剧。

天光乍现，一片白得耀眼的亮光刺破了梦中的惊惶，他带着深重的惊惧从梦中醒来，感觉到下身一片湿冷，哆哆嗦嗦地往身下摸去，摸到一片潮湿。他呜咽起来。老头儿临死前也是这样，失禁了。半晌，有些不甘心，他扶着床沿慢慢探起半身，靠在床头上，喉咙里费劲地扯着气，喘不上来，像有一团茅草堵在那里。他朝床边慢慢挪，把半个身子探出床外，脑袋像突然被人挥了一拳，眩晕感猛烈袭来，身子一空，一头栽下床。

离黎明尚早，夜风依然在吹。

夜风从屋顶上吹过的声音，她再熟悉不过了。在她的一生中，黑夜和白天一样，她的睡眠极少，打个盹就可以支撑起一天的精气神。她倾听黑夜里各种声音，几乎从未错过每一场深夜降临的雨水和屋顶上刮过的风，季节交替的脚步声也清晰入耳。她对那场劫难没有任何印象和知觉，很少有关于它的梦。这是命运对她的一点眷顾吗？不得而知。

又一个冬天来临，生命面临寒冬总是格外脆弱。她在夜里小心抚摸自己身上的每块骨头，感知每一寸肌肤温度的细微变化：尽管才六十八岁，但她必须有所准备。净脸人的丧事可以免去很多不必要的俗礼。她们的丧礼没有哭声，没有杀生，没有荤腥，没有香烛纸钱，装殓她们肉身的棺木是素色的，只需要一些给至亲披裹的白色麻布就可以。六十一岁后，妹妹帮她准备了一匹自织的白麻布，存放在衣柜的一角。每年夏季，她会拿出来晒在从天井遗漏下来的阳光下，晒掉时光落在上面的味道。这些本该是由后辈准备的，而她必须亲自动手。她镇定自若地为这些身后之事忙碌，像忙碌一件日常琐事。

那匹白麻布就待在床头衣柜里，她在等待时间，而它在等待她，她们在共同的等待里有一种隐秘的亲近。

她还在等待一场忏悔。

睡意终于在风缓慢下来时来临，寒意渐浓了，她最后拉紧粗厚的棉被，恍恍惚惚要沉入睡眠时，急促的拍门声令人心惊肉跳地响起。莫老太的身体在被子里一阵哆嗦,绷紧了。上了年岁后,她开始担心夜晚的门被拍响。没有比在黑暗无边的夜里奔赴一场死亡之约更令人沮丧的事情了。

"太婆……"隔着厚实的门板和几面墙壁,莫老太听出是绿玉惊慌的声音,马上想到生命垂危的会是谁。她在黑暗中使劲闭上双眼,眼睛干涩疼痛,胸口剧烈起伏起来。

"太婆……快开门!"已经是呜咽声了,莫老太亮灯披衣起床。

绿玉披头散发,裹着一身寒气。风沿着门缝挤进屋里,莫老太感到两个膝盖一阵寒凉。

"太婆,我公公快不行了,您赶紧去看看。"屋外的人满脸惊惧,莫老太把她拉进屋里,掩上门。

"人怎么样?还能说话吗?"

"还能说话,一直喘气。"

"是他叫你来的?"她盯着绿玉问道。

"不是……他什么都没说,但我想他肯定希望您来。"绿玉犹豫起来。

"我不能去。"莫老太一口回绝了。

"太婆……"绿玉哭起来。

"他还能说话,但没叫我,我就不能去,这是我们这一行的规矩。"莫老太望着灯下绿玉闪闪发亮的泪水温和地说。

"可是,他看起来很不好。"绿玉说。

"回去吧,总之我不能去。"莫老太说,"他需要什么就给他,别缺了他的吃喝。"

"您跟我去看看吧。"绿玉坚持,捉住莫老太的胳膊,"家里只有我……"她哀求,莫老太在她的脸上看到了她对死亡的惊惧。

冬天的寒意在村庄的深夜里弥漫,风在脚下打着旋,一些细碎的东西贴着地面低低飞旋。两个人的脚步声在古老的村庄里沉闷地响着。在莫老太的一生中,这样的深夜出行并不少见,有时候甚至风雨交加,风和雨水打着披在身上的雨具,来请的人在前面引路,极尽周到,然而她还是觉得所要赶的夜路和即逝者所面临的去路一样,充满泥泞和黑暗。她当然还记得那些在暗夜路上流过的泪水和心如死灰的时刻。

屋里亮着灯火,他躺在厚重的棉被之下,枕头上的脸笼罩着令人不安的宁静神色。

莫老太在床前的凳子上坐下,盯着埋在枕头上的那张脸。她看到了熟悉的阴影。

"鸡叫了?"良久,床上的人微弱地吐出一句,显然没看清坐在眼前的人。

"不,还要再过一会儿。"莫老太沉静地回答。鸡叫过后,新的一天来临,阳气生发,生命会获得新的元气,她知道他在盼望阴气深重的寒夜快点过去。枕头上的那张脸一直没离开她的视线,她知道为时不多了。判断一个垂危生命的余光,她从未出错。

床上的人盯着说话的人,良久,眼帘慢慢睁开,像费了很大的劲。

"我并没请你来。"他说,手从被子里伸出来,捉住被子宽大的边角。

"我只是来看你,什么都不做。"莫老太问,"你感觉怎么样?"

他喘着气,一声不吭盯着坐在面前的人。两个人都不说话,好像陷入某种共同的回忆里。

"我很好。"良久,他喘着气说,突然像遭遇了巨大的惊吓,在被子里剧烈地打了一个寒战,这几乎要了他的命,他喘得更费劲了。

绿玉在莫老太身后惊叫起来,莫老太示意她换掉他身上厚重的被子,找一床轻薄点的盖上。

"太婆,现在非常冷。"绿玉说。

"他已经感觉不到冷了,这床被子只会让他觉得更不舒服,像一座大山一样压着他。"

绿玉出去,抱来一床秋天的薄被。

"我是不是该准备点什么?"换好被子,绿玉悄声问莫老太。莫老太轻轻摇头。准备后事不是她该操心的事情,而眼前的人并没开口要求她净脸。她只是陪伴,陪伴绿玉,或者是已死去的如霜的友谊,而绝非眼前的垂危病人。

盖上薄被后,床上的人似乎觉得轻松了些,睁着一双疲惫的眼睛,嘴巴微微张着,他企图合上,然而那两片乌黑的嘴唇似乎不再归属于他,不由自主地,又张开了。

············

这张脸已经完全变形,再也看不到年轻时的任何影子,这张正在渐渐失去生命活力的脸让莫老太想起童年以及青年时代一些譬如山上四月的野李花那样洁白而美好的事情。而在如霜去世之前,这些往事是她灰暗生命里的一豆灯火。她记得有一年初春,他在村庄背面那面山上的竹林里发现了一窝蜜蜂,兴奋地领着两个豆蔻年华的女孩钻进竹林,扬言要让两个没见过世面的女孩尝一尝世界上最美味的糖浆。那时候的他们粗布麻衣,如花的年华和扬在脸上的笑容是他们唯一的装饰品,他们如山上的草木般淳朴灵秀,没有任何不切实际的想法,山里明亮的阳光就是他们最好的礼物。女孩们用陈旧废弃的衣物帮他包裹住裸露的肌肤，用旧袜子套住他的双手，手指从戳破的小洞里伸出来，做成一副样子糟糕的手套。一件旧衬衫结结实实裹住他的头部，两只袖子在下巴处打结，眼睛部位也戳两个破洞，露出两只带着些许邪笑的眼睛。他的样子令女孩们快活了很多个日子。他小心翼翼爬上竹丛，靠近那窝蜜蜂。一只不知为什么死在竹子上的老鼠被他扔了下来。女孩们尖叫起来，诅咒他在上面碰上蛇，被蜜蜂蜇。他哈哈大笑，那些被惊吓的蜜蜂飞出来，雨点似的包裹住他，女孩们在竹子下幸灾乐祸，给他送上各种充满恶意的祝福。那时候，人间的一切不幸，包括死亡，和他们遥不可及。他在树上烧了一把火，浓浓的烟雾把那些蜜蜂熏跑了，他端着整个蜂窝下来，眼皮上被蜇出两个大红包。两个女孩第一次见到蜂蜜，褐色黏稠的透明液体拉成长长的丝线，散发出甜蜜的芬芳气息。他说得没错，那是两个女孩一生里吃到的最甜蜜的糖浆，她们连蜂房也吃掉了。那片竹林，有太多美好的记忆，无法否认它们曾经发生过。

    …………

　　病人沉重的喘息渐渐平缓下来，似乎最危险的那一刻过去了，绿玉轻轻触碰莫老太的肩膀，莫老太却从病人的脸上看到越来越浓重的死亡阴影。他缓缓睁开眼睛，似乎从一场漫长而疲惫的沉睡中醒来，事实上只是过了一会儿。

　　他紧紧盯着莫老太，眼神看起来是模糊的，他疲惫地眨了一下眼皮，艰难地吞咽起来。

　　"你去歇一会儿吧，绿玉，你去歇歇，这儿有我，有事情我会叫你的。"莫老太目不转睛地盯着床上的病人，轻声对身边的绿玉说。

绿玉犹豫着,觉得这时候抽身出去会很失礼。

"没事的,孩子,我和你公公、大姑就像三兄妹一样一起长大,我们一起经历了很多你不知道的事情。"莫老太依然盯着病人。

"太麻烦太婆了。"绿玉在她身后稍微站了一会儿,轻轻打一个哈欠,转身出去。她太累了。

他们就这样相互对望,深夜的冷空气在他们之间弥漫,屋顶的风还在刮,这样的风只能在黎明到来时才会消停。谁都不说什么。沉默。其实莫老太并不确定此刻床上的人是否还能说得出话,她在等待。她得承认她在等待,自从如霜去世后,她就一直活在等待里。也许这是最后的机会了。

他闭上双眼,好像累了,然后又睁开。

"你知道吗,霞光?"他艰难地嚅动嘴唇,但吐出的话还算清楚,"我这段时间,一闭上眼睛就梦见我们年轻时候的事情,我从来没做过那么多梦,闭上眼睛梦就来了,有时候甚至都不用睡过去,它们就在眼前晃。这些梦总让我以为自己还能活很久,但我知道时间不多了,一个人不知道生,但知道死,总会有很多暗示的……你会想起我们年轻时候的事情吗?"

他盯着她。

她轻轻点点头,不得不承认。事实上她确实也常常回忆起那些事情。

"你都想起些什么?我想听你说说。"似乎是想证实她是不是在敷衍他,他变得执拗起来。

"很多。"莫老太说,她无法拒绝一个垂危生命的请求。她望向靠床的那面墙壁,那上面镶嵌着一面小小的圆镜子,镜面乌蒙蒙的。这是风俗,每个房间都得有一件辟邪的东西,镜子、剪刀,或者一张画符。她盯着那面镜子,沉浸在回忆里。

"春天拾野蘑菇,夏天摘桑葚,秋天挖野山药,冬天垒窑子烤红薯。"她冷静地说。

枕头上的脸挪开一个模糊的笑容。"我以为你什么都忘记了,我这些年老生病,不瞒你说,这些事情,是我在床上想得最多的事情,有时候我觉得它们能给我这把老骨头一点力气,真奇怪。"他说,"你还记得些什么?"

"我还记得如霜为我做的每一件事情。"莫老太说,目光最终落在他的脸上。

床上的人沉默了,慢慢闭上双眼,微弱的呼吸使他的胸口微微起伏,然后他又睁开眼睛。"没想到她走在我前头了。"他说,"这个狠心肠的女人。"

"我倒觉得她解脱了,有些人活着是在受罪,不仅担自己的罪过,还替别人担罪过。"莫老太说。她眼看着他越来越累,他又闭上眼睛,慢慢地,呼吸又重起来,喉咙里一阵咕噜响,似乎那里有一口气上不来。她知道他喘不上气了。她站起来,掀开他胸口上的薄被子。好一阵子,粗重的喘气才又慢慢平复,像缓过一口气。他显得更疲惫了,灰暗的额头上渗出一层细密的汗水,在灯光下闪闪发亮。莫老太从床头那里扯下一条干毛巾,轻轻印在他的额头上,吸干上面的汗水。

"她……能受什么罪,一个老姑娘,没有比她更自在的了。"莫老太以为他会承认点什么,他却用最后一口气虚弱地反驳。她的眼神一下子黯淡起来。她知道,她等不到了,假如他不主动说,她是不会逼迫他说的。逼迫一个即将熄灭生命之火的人承认罪过并忏悔，那也是一种罪过。她心里升起一股绝望，宁愿如霜去世前什么都不曾和她说过，那样她会带着一个悬而未决的谜离开人世，她一生的怨恨将会全部落在虚空里。

他忽然笑了起来，像一个无辜的人，然后慢慢闭上双眼，从微微张开的双唇间长长吁出一口气，放在被子边上的手轻微痉挛起来，手指一根根张开，似乎要抓住什么东西。她看着他，他已经进入弥留之际，微微张开的双唇张得更大了，那口长吁的气渐渐弱了下来。

她伸出手，摸索着握住那只摊在床边的手，手温软，但对她的碰触已经无法做出任何反应了。

她一直忙到天色微明。走出亡者的家门时，清晨的冷空气扑面而来，莫老太打了一个寒战，裹紧身上深灰色的棉衣，袖着手。她双肩耷拉着，灰白的头发从暗褐色的毛线帽下露出来，有几缕发丝在晨风里轻微飘扬。一夜未眠，深沉的疲惫像一件厚重的衣服罩在她的身上，使她的脚步变得沉缓而迟钝。村路上静悄悄的，村人们还没从冬夜里彻底醒来，一座座古老的房屋像陷落在时间深处。莫老太安静地走着，有雾，轻纱一样落在村庄各个角落里。

她的脚步毫不迟疑地向前走着，内心的疼痛如此鲜明，它清晰得可以触摸到。这疼痛像是一个看得见的圈套，然而你却无处可逃，只能任由它慢慢宰割。莫老太轻声叹息，从袖套里抽出手，两只手相互抚摸起来，像是在相互安慰。清晨的冷风吹过它们，那上面的生茶油还是湿润的。这一生的疼痛不会轻易消散了，她没有得到应得的忏悔，但必须接受，因为这也是生活的一部分。她默默地想，带着疲惫穿过清晨。

万物慈悲

一

荒芜的。蓬勃的。寂静的。

空无一人的小径早已被野草淹没,房屋破损不堪,屋檐的檐角半耷拉,呈现一种一碰即落的脆弱感。洞开的门窗爬满各种藤类植物,居然有不少是丝瓜秧子和苦瓜秧子,繁茂的枝叶中绽放出夺目的嫩黄色花朵。但寻遍藤叶间不见半根丝瓜苦瓜,谁都不知道它们把果实结到哪里去了,或者根本就没有结果。万事万物在这失去人为秩序的荒芜中呈现出一种极为蓬勃的生命力,野草、树木、虫鸣、鸟叫、阳光,甚至是呼吸到的每口空气,都带有一种你看不见却无法忽略的强大气息扑面而来。这里实在太空旷了,颓败是空旷的,蓬勃是空旷的,四周的大山是空旷的,高远的天空是空旷的,时间亦是空旷的,从群山顶飞过的鸟群,看起来就像森林中的一片叶子,倏地一闪便消匿在白茫茫的天空里,这种空旷便猛地衍生出一种久远而深沉的,并布满忧伤的寂静。置身于这种寂静里,人就有一种找不到肉身的感觉,仿佛整个肉身被这种寂静融化掉了。但奇怪的是,如此颓败而荒芜的寂静却并未使人感到孤寂,深邃的寂静里分明有一种我无法形容的东西,像极了冬夜火炉里散发出来的光晕。

是什么?我努力思索,沿着野草覆盖依然依稀可见的碎石路,围着这个被废弃已久的村庄找了一圈又一圈,依旧一无所获。我有些累了,坐在一间已经倒塌了半边屋墙的房子前的磨盘上。这种用山上石头凿出来的磨盘每座房子前都有,磨玉米,磨木薯,磨各种可当馅料用的豆类。人坐在磨盘前,磨着磨着,不知不觉地,人的一生也被磨掉了。

磨盘木质的手柄已经腐朽掉,只留下那截嵌入石孔里的木头。我折了一根枯枝,戳入石孔,那截木头已经腐朽得很松软,没费什么力便给捣了出来。被清理干净的石孔像一只眼睛盯着我。它当然认识我,因为它身后这栋已然腐朽的干栏房子就是我家。它已经朽烂掉的木质手柄熟悉我右手掌心的每条纹路,以及手掌的温度。我在这个叫念井的村庄里待到十八岁才离开。念井其实没有井,一口都没有,只有一孔躲在一块凸出来的大石块下的泉眼,整个村庄的饮用水都来自这孔泉眼。它在半山腰上,旁边挨着一座用石块垒起来的小庙宇,非常小,只能容纳一个成年人盘腿坐在其间,里面供奉着一尊铜质的香炉。每年大年初一,村庄里的妇女便早早来给它上一炷香火,祈求一年的平安与顺遂。但其实这座粗陋的庙宇四处漏风,往往连初冬那场最小的雨水都没能为供奉于其间的香炉遮挡丝毫。因此,当母亲离开之后,我家再也没在年初一时给它上过香,那时家里只剩下我一个人了,而我并不迷信这座粗陋的庙宇会给我带来什么好运。

置身于这颓败的面目全非的出生之地，我竟然毫无陌生感，好像我们之间从未有过差不多二十二年的分别。当初我只身离开，如今我又只身回来。二十多年的时间被压缩成两张薄薄的书页，轻轻一翻就到了二十二年后的今天，轻轻一翻又回到了二十二年前的昨天。生命于时间而言，简直微茫到可以不置一词。

我朝洞开的门口张望，门洞那里长满了骆驼刺。这种灌木一般只长在半山腰，不知怎么竟然跑到这里来安身立命了。它的身上结满了拇指大小的椭圆形刺球，人走过去，会沾满两个裤脚。小时候大人带我们上山干活，将我们放在地头玩耍，一不小心，骆驼刺便沾满我们的头发，摘掉的时候往往也被拔下一把头发。如今它长成一大簇，霸气十足地把着门。两扇木门朝里开着，门板上千疮百孔，是虫蛀的，那也是时间流逝的隧道。我盯住那簇骆驼刺，有一刻产生走过去拔掉它的冲动，但我最终坐着没动。

其实我也不知道为什么要回来。当初离开这里时我从没想过要回来，内心积着一股连根拔起的狠劲。我十八岁离开念井，在县城待过一段时间，又去了市里。二十五岁时，这个村庄，不，应该说是这片山里的好多个村庄全搬迁到镇上去了，因为这片山里的生存条件实在恶劣。离开之后，基本上我只在三月三才回来，因为这片山上躺着我的几位祖先，我必须回来给他们清理坟头上的杂草，添新土，上香火。去了市里后我基本不回了，只有姑妈一家在拜祭。

前些天，我做了一个梦，醒来后打电话给姑妈，告诉她我梦见念井了。她是这么多年来我唯一联系的亲人，除了她我不知道该和谁诉说我的梦，特别是关于念井的梦。姑妈像是在梦中刚醒来，含含糊糊地对我召唤："小妖，你回来吧，你都多久没回来了。"我踌躇好久：回去干什么，有什么意义，能帮助我赶走铜墙铁壁般的孤独感吗？城里人满为患，即便你严严实实堵上门窗，外界的声响仍然能侵袭而入。但这个庞大而喧嚣的城市却常常让我有如置身于寸草不生、人迹全无的荒漠之中，黏稠而厚重的孤独感将我挤压得无处可逃。我终于下决心回来，又开始犯愁该给姑妈带什么礼物，最终什么都没买，只带了两身换洗的棉质衣服回来。

姑妈七十一岁了，姑父早已去世，两个女儿远嫁。不是一般地远，要坐动车，还要坐飞机。她们每年轮流回来过年，免得姑妈在大年夜落寞。难道一个人的落寞，只在大年夜才有吗？

我到达镇上时已经是下午四点，太阳偏西了，老人们东一堆西一堆聚集在一起，并不说话，只是单纯静静地坐着，好像怕冷，要在一起聚拢一点暖气似的。他们安静的样子让人觉得时间在他们身上凝固了，似乎此时此刻便是永恒。我从他们面前走过，他们安详地瞧着我，并无任何惊奇，有一种看透一切的淡然与平静。我不知道人老了之后是不是都这样。

姑妈的家在一处斜坡上，门前有一棵扁桃树。她正坐在家门口，穿一身黑衣，包头巾也是黑色的，黑黝黝地隐在一片阴影里。她身后的家门洞开，也是一片幽暗。姑妈一直朝着我该来的方向望，我就这样慢慢落进她的视线里，待我走到她面前时，笑容已经在她的脸上晕开了。她和我父亲长得很像，称得上眉清目秀。我父亲读过高中，她识字不多。姑妈在阴影里缓慢站起来，像极了一株被风吹动的古老植物。

我轻声唤她一声。这里实在太安静了。其实村子就挨在镇子边上，但镇子五天才逢一次集市，只有集市那天，山民才挑着他们的土货陆续从深山之处拥出来，会集到镇子上，这个群山之中的镇子才算有些许人声。热闹上一阵子，过了午时，下午三四点后，山民又挑着他们用土货换取的生活用品走上各条山间小路，一下子又隐匿进大山里。大山看起来像极了一座包罗万象的魔术城堡。小镇又恢复了多半数时候那种看不见底的寂静。姑妈一向很清瘦，那种清瘦里透出一种让我惊心的脆弱，我怕我的声音稍微重一点，就让脆弱的她不堪重负了。

她只是笑，转身慢慢走进门洞里，领我进屋子。一股清香而温暖的气息弥漫在屋子里。这种气息我太熟悉了，那是从山上采摘来的草药煮出来的茶水，饮用可祛暑利湿，令人神清气爽。它的气味有点类似桂花的香味，入口苦中有甘。小时候，每次走进姑妈家，多半都有这种氤氲的气息萦绕。

她给我倒了一碗温热的草药茶，又从锅里捞出三个水煮蛋。

"先吃一点，晚饭还早。"她说。

我和姑妈待了三天。碰巧都没有逢集日，我们便每天待在家里，早上到镇子上买点猪肉，蔬菜是姑妈自己种的。小白菜、西红柿、茄子、香菜，还有几架子豆角，都长得很好，杂草清除得很干净。我想找点事做，但屋内干净整洁，实在没有可插手的活儿。我们便坐在屋檐下。姑妈好像只有两身衣服，并且全是黑色的，我打开她的衣柜，见各色衣服都有，颜色也很鲜亮，肯定是她的两个女儿买给她的，只是她不肯穿。我则一身淡蓝色的棉布衣。我们两人就这样坐在屋檐下的阴暗处里，也并不怎么说话。姑妈不是一个爱唠叨的人，她的安静透出一种让我也逐渐变得安宁的神奇力量。

屋檐下的阴影越来越大，也就是这片阴影，才让人感觉到时间在流逝。我想到姑妈这样长年累月一个人坐在这片阴影中，忽然就心疼起来。

　　"姑妈，你应该留下一个堂姐。"我说。

　　"留下做什么？"她笑了一下。她的脸上有皱纹，但皮肤很细腻，透着健康的光泽。她一生都用牙膏洗脸，冬天抹一点兑水的蜂蜜当润肤露。

　　"陪伴你，给你养老嘛。"我说着，望着那片越来越宽的阴影。

　　"她们有自己的路要走。"她又笑了一下。

　　"当年你也是这么说我妈的。"我说。

　　"是吗？我不记得了。"她转过脸，仔细望了我一眼。

　　"你对我说她有自己的路要走，所以她走了。"我说。

　　她没再说什么，把脸转回去，又恢复到那副安静的样子。那真是一种彻底的安静，你望一眼便可知她既不在回忆之中，也不思索眼前，更不考虑未来，只是单纯地与此时的自己为伴，与此时此刻为伴。我从未在城里见过这样的人，城里的人似乎身上都揣着一个伟大并且迫切需要实现的梦想，他们的言行和表情之中总带有一种让人望而生畏的急迫感。我不知道我是不是也给人这样的印象。

　　在吃晚饭时我告诉姑妈，想去念井走一走。她点点头，对我说"你是该去走一走"。我有点吃惊，不知道为什么我就该。姑妈看出我的疑问，笑了，说："出生之地能帮你想通很多事情。"

　　"我没什么想不通的。"我笑起来，这个老古董，简直成精了。

　　"没有就好。我们的村子再往里走还有好些小村庄，你可以进去看一看，里头还是有人的，只要你不怕就成。"她说着，并小口小口地喝粥。她的晚饭只有粥，菜也不吃，就是白粥。她一向对生活的要求很简单。是不是这些日常并不能提供给她乐趣，所以她才变得如此简单随意？我并不能够确定。

"有什么好怕的。"我说。

于是我便来了，将自己扔进这阔大的荒芜与寂静里，草木如此蓬勃，山之巅如此幽远，天空如此浩荡，人如此微渺。

在空荡荡的村庄里慢慢行走，一座座腐朽的房屋就是一段段凝固的时间，里面曾经繁华的烟火生活也早已沉入时间的湖底，而我始终觉得似乎有很多东西尚未过去，或者说我不想让它们过去，它们像眼前驳杂的草木般羁绊在我的生命里，且越长越茂盛。

我从磨盘上站起来，朝敞开的门洞走过去，在那丛繁茂的骆驼刺前驻足。屋里的光线倒也不暗，因为堂屋正中的屋顶上已经塌陷了，豁开一个圆形的大洞口。天光从这个洞口直直倾泻而下，当然，还有雨水。因此对着这个洞口的地板上长着一片茂盛的杂草，一株肥硕的七色花长在杂草中，繁花如星星。它们长在屋顶塌陷后掉落在地板上的黑色瓦砾堆之中。一栋房屋里，即便再破败，但长着这样一片繁茂的杂草，还是让人产生非常奇异的感觉，难以置信我在这栋屋子里生活过。我静静驻足，周围安静得可以听见自己胸口的心跳声，最后我仰望屋顶豁开的洞口，目光沿着光束落在堂屋地板上那堆隆起的碎瓦砾上，以及瓦砾堆中生长的杂草上。这一切，是不是这栋房屋该有的结果？

我一直转悠到午后才走出这个破败的村庄，很快就在一个快被杂草淹没的岔路那里找到一条继续往山里延伸去的小路，顺着青葱的杂草往里走了。这条路我当然见过多次。留在记忆里的也是一条碎石裸露的山路,时隐时现蜿蜒在茂密的山林里。通常走着走着,一个人影便从天而降般忽然出现在你面前,想必对方也是这种感觉,因为彼此的来路都被山体遮住了。我还居住在这片山里时,从没往山里走过,里面没什么亲戚可走。况且越往里走,生活条件也更为艰苦,一般都是里面的人赶着出来,没有外面的人往里走的道理。

我妈倒是时不时往里面去一趟,这是念井人尽皆知的事情。我读过高中的父亲很有些文艺气质,他不知从哪儿学会吹长笛和口琴。当念井沉浸在一片如水般朦胧清幽的月光下时,我爸便爬到屋后一块巨大的石头之上,坐在那上边开始根据他的心情选择口琴或者长笛吹奏曲子。他总是吹同一首曲子,后来我才知道那叫《在水一方》。他的行为常常招致村人笑话。想一想吧,白天挑着臭烘烘的粪肥给庄稼地上肥,晚上弄这酸不拉叽的东西,还不招人笑死。对此我妈总是一言不发,不管我爸蹲在那块大石头上吹到何时,到该睡觉时,她都会非常果决地吹灭煤油灯,将自己毫不犹豫地放进暗夜里。偶尔,我会在黑暗中听见她一两声轻轻的叹息。我爸和我妈的婚姻是姑妈保的媒,我奶奶在他们还未成年时就去世了,爷爷是个只对喝酒负责任的人,因此我爸的成长、读书、成家等诸如此类的人生大事全仰仗我姑妈操办。我妈长得不错,是我姑妈在一次赶集时遇见的。我想姑妈肯定非常了解自己弟弟的品性,他不是个安分过日子的人,因此她想通过用一个女人的姿色让胞弟甘心过生儿育女的俗常日子。我妈的家并不在这片山里,而是在与我们的镇子相隔一条河流的邻乡。姑妈寻上门时,我外公外婆见姑妈长相端庄,又是给亲弟弟保媒,弟弟还读过高中,便一口答应了。

上初中后,我开始研究《在水一方》,歌词被我反反复复推敲,我想从中找到一点端倪。那时候离手机普及的年代尚早,我当然没机会听其音。当然了,我也不陌生,早就听够我爸吹的长笛和口琴。我没能研究出什么,也可能是我太过于迟钝。"有位伊人,在水一方",何为"伊人"?我爸和这位"伊人"怎么了?"在水一方"又是哪里的"水"?"方"又在哪里? 全然无头绪。我爸到底去了哪里,我和我妈一无所知,我姑妈肯定也不知道。我上小学五年级时,我爸在一次赶集后再没回来,与此消失的,还有他的长笛和口琴。关于他的消失,念井有很多流言,有的说看见他随镇上去县城的最后一班车离开了;有的说在省城见过他,像个乞丐流落街头;还有的说在别的乡镇见过他,他给别人当上门女婿去了。对于我爸的离开,我并没太多伤感,他从未打骂过我,我也没感受到他对我有多疼爱,我的出生于他而言像是一个意外,这个意外并不值得他惊喜。

我没想到会有一个村子离念井这么近,沿着快被杂草淹没的碎石路往里走,只拐过一片林子和一座山头,便在半山腰看见了山下这个村子。它坐落在一条狭长的山谷里,两边都是高耸的群山。村里长着树木,很高大的那种,站在半山腰上,看见它们直直地在某一栋房屋之上戳着,仿佛是从屋顶上长出来的,其实是它们的根部被房屋挡住了。这样的树很多,村子看起来不像是人住的村子,倒像是树的村子。房屋是那些高大的树木的点缀物。

我在路边一块岩石上坐下来。同样的寂静。其实也并非完全没有声音,山风吹拂过林木的唰唰声、虫鸣鸟叫声、忽然从山上林木间传出来的莫名声响……但这些声音在静默的雄阔无比的高山前简直不值一提,庞大的群山像一块磁铁,瞬间就把一切声响吸走并消解掉。我坐了很久,吹了很久的山风,晒了很久的阳光。带着浓郁草木气息的空气让我产生微醺的感觉,变得昏昏欲睡。我从石块上站起来,目之所及并无一块可以躺下的平坦石头。忽然我就笑了,要什么石头呢? 这浩荡天地,何处容不下我这微弱的肉身呢? 我把双肩包扔到满是杂草的小路上,就地躺下来。包里有一包抽纸、毛巾牙刷牙膏、一套换洗的棉衣。我把毛巾抽出来,包当枕头,毛巾盖在脸上,迷迷糊糊睡过去了。没有梦,很单纯的睡眠,等我一觉醒来,感觉人都被晒得酥软了。脖子左侧有隐隐的刺痛,一捉,是一只很肥大的黑蚂蚁,它拖着一个便便大腹,腿脚很健壮。我用两只手指轻轻一挤压,就感觉到它脆弱的骨架了,像薄而脆的纸张。我把它放到草尖上,它挣扎了一下,很快消失在草丛里。我真羡慕它。

站起来,往山脚下峡谷里的村庄一望,看见一缕轻柔的白烟从一栋房屋顶上升起来。

我一直在等待这缕烟火,这意味着这个破败村庄里还有因为某种执念而独守之人。

我的出现让僧手里的葫芦水瓢一下子摔到了地上。他站在那里目不转睛地盯住我,脚下的葫芦水瓢卧在他的脚边,直到一条毛色灰白的大狗从他身后的门洞出来,拿脑袋蹭他的腿,他才惊慌失措如从梦中惊醒。

那大狗真奇怪,见到陌生人也不叫,很温顺的样子。

僧红头涨脸的,弯腰拾起水瓢。

我擅自走到门边一块石礅上坐下来,问他能不能借宿,我可以付钱。

他的脸又涨红起来。他应该有四十岁出头,个子并不高,很结实,额头上有两道很深的抬头纹,宽宽的黑红脸膛儿,那双眼睛实在太清澈了,看人的时候很执拗,像是要看到你的心里,但这样一双纯净的眼睛怎么可能看得透人心?

　　"这里离镇上不远,你可以去镇上住,天还早,来得及出去。"他说。他身后的房屋很大,维护得相当不错,屋檐下吊着一排黄灿灿的玉米和黄豆,还有三个长条的冬瓜,外皮上结着一层浓厚白霜。

　　"我回来看看老屋,我住在念井,你肯定知道这个村庄的。我的老屋已经坍塌了,屋顶破了一个大洞。"我双手比画着说。

　　那双清澈眼睛里的疑虑顿时消失。

　　"那是的,"他说,"早就搬走了,我们上然村也早就搬走了。"

　　"你为什么不走?"我问,当然并不指望得到满意的答复。

　　"我不走。"他回答得很干脆,没解释原因。我告诉他我从市里来,已经离开很多年了。他又执拗地盯着我,然后说:"你的口音倒没变。"我说:"那当然了,剥了皮我也是念井人哪,大山里的人。"可能就是这句话打动了他,他当下就答应我借宿了。但他马上告诉我,屋里有个病人,是他父亲,已经七十七岁了,有今天没明天的人,而且家里就他们父子两人。我说我不介意。屋里的干净整齐程度让我震惊,你无法想象两个男人的家里竟会这般洁净,堂屋祠堂前的饭桌摆着四把靠背椅子,规规矩矩各靠着饭桌的一边。这种近乎仪式般的规矩让我觉得这个家里有一种我暂时无法弄明白的东西存在,这种东西有非常坚固的力量。

　　夜幕落下来时,我们开始吃饭了。只有我和僧吃饭,僧比我还小两岁,他叫我姐,边叫边脸红,那双清澈的眼睛透着些许羞涩,我无法想象这样的人在尔虞我诈的城市里该怎么生活。晚饭是玉米饭、干辣椒炒包菜、炒苦瓜、水煮腊肉片。山里一直有熏腊肉的习惯,僧的灶台上挂满了熏制的蜡黄的腊肉。他说每年都杀一头猪熏制腊肉。柴火灶烧出来的饭菜都很不错。饭后我去厨房刷锅洗碗,僧很过意不去,一会儿进一会儿出,生怕我弄错了什么事情。这种山里生活我何其熟悉,每个角落该归置什么东西我了如指掌。

僧用菜汤泡玉米饭喂狗,它叫洛。僧在屋里唤它,洛慢慢拖着身子从门外的黑暗处走进来,靠近它的饭盆,但并不吃,只是嗅了嗅,然后抬起它的大脑袋默默注视僧。在煤油灯昏黄的光晕里,我竟然看见洛在流泪,它的两个眼角湿漉漉的。僧蹲下来,抚摸它的脑袋,洛的两只耳朵便像花瓣一样倒垂下来。这是狗感受到爱抚时惯常做出的反应,我太熟悉了。

"它怎么不吃?"我问僧。

"它太老了,它真的老了。"僧好一会儿才回答。

"它也不认生?"我又问。城里人常常养体型彪悍的宠物狗,很凶猛的样子,遛狗时要紧紧拽住狗绳。

"不认生,这山里能有什么生。"僧低声说。他的话让我吃了一惊。

僧的干栏屋有四间房间,还有一间房放粮食和杂物。山里的房屋一般都是这格局,大是足够大的。他把我安置在靠近伙房的一间房间里,我和他的房间隔着杂物房。房间内的木板墙壁上糊着一层报纸,我仔细查看了一下,没任何破损。床是空的,没有蚊帐,也没有席子,上面放着一捆用塑料纸包裹得严严实实的东西。僧站在房门口,示意我打开它自己铺床。那捆东西居然是一床被子,床单、被子、枕头都很齐整,铺开来散发出一股浓烈的樟脑气味。我查看了一下,并不脏,洗漱后便熄灭油灯躺下了。

僧一直在屋内走动,然后就在一个房间里待着,没有人声,不断有拧毛巾时水落进水盆的声音传来。整个世界,只有这点微乎其微的声音,当这声音也停止后,这个村庄便像沉入水底般沉寂了。偶尔从屋后的山上传来一两声夜鸟的鸣叫,这两声鸣叫如此孤单,成倍地放大了村庄的寂静。一种很熟悉的感觉慢慢从我心底滋生出来,与这寂静的世界渐渐交融在一起。我倾听自己的心跳声,一跳一跳的,很快就跟上了周遭的节奏。我走了那么多年,其实也并没走多远,一下子又回到了原点。

"她并没在你还小的时候就走。"这是我妈要离开念井时姑妈对我说的。很显然她对我妈的离开抱着很宽容的态度。也许是出于愧疚吧,自己的胞弟不明不白扔下人家,如今要阻拦,显然也是没有底气的。她可以宽容,可我不能。来这尘世并非我所愿,不能把我带来了,又把我扔下,我并非一件物品。但她还是走了,她走的时候比我现在还要年轻,不到四十岁。我读完中专她便离开了,给我留下一只沉甸甸的光面银镯子,那是她结婚时我姑妈给她打的。如今落到我手里,似乎是物归原主。她什么都不想要。她嫁到四川去了,跟一个货车司机走的,据说他常常来镇上收购山民的药材。我不知道他们是如何相遇,又是如何产生情愫的。我妈和我姑妈一样,都是非常安静的人,在她平静的面容下,一般很难觉察到她内心的想法。我在镇上读初中,又到省里读中专,只有在放假时才回到念井。我妈整日操劳,她养了很多家禽,并且终日待在山上,黄昏时挑着在山上挖的药材回来。她确实隔三岔五会到上然村来,我听到最多的流言是这个村子有一位木工技艺很精湛的鳏夫……至于后来她为什么又辗转去了四川,我并不知晓。

她走了以后,我继续待在念井生活了将近两年。那时候中专毕业已经相当难找工作了,而对于繁华都市里的生活,似乎我并不怎么留恋。我便回到念井,在邻人和姑妈的帮助下磕磕绊绊地种植庄稼,养活自己。姑妈又开始为我操心婚事,但我坚决拒绝了。

我记得那两年我独自生活的时光。我甚至都不如一棵庄稼,庄稼尚有人除草、灌溉、施肥,我觉得我活得像山上的野草,任凭风吹雨打,随四季荣枯。特别是那些夜晚,整栋屋子就我一个人守着。它实在太大了,我未满十八岁的生命还难以产生滋养它的能量。房屋其实和人的性命一样,必须要有所滋养。房屋要靠旺盛的人气滋养,我的性命如此单薄,并且充满恐惧,我拿什么来滋养它?因此我的房屋总是流淌着一股清冷气息。那些夜晚,万籁俱寂,孤单和恐惧如厚重的暗夜笼罩着我,常常让我有种喘不过气来的压迫感。我在半夜起来,在伙房里燃起一堆火,营造一种人为的融融暖意。我记得松树皮燃烧时所散发出来的清香的气息。那些夜晚,我面对火堆坐着,恍恍惚惚总感觉火堆对面坐着一个人,一个满面忧戚的人,我再一细看,那分明是另一个我。

时隔二十多年后,我又一次睡在山里,就在我沉浸在往事中渐渐沉入睡眠时,我猛地打了一个激灵:那些也是孤单一人守着一栋阔大房屋的夜晚,我妈到底在想些什么?是否也会在半夜起来燃烧火堆取暖?

直到第二天早上阳光照耀在村子之上时,我才见到僧的父亲。僧很早就起来了,在伙房和另一个房间之间走来走去,依旧伴有毛巾拧水落在水盆里的声音。我蜷缩在床上,外面的光线从屋檐和木板缝泻进来。没有邻人的讲话声,没有牛铃声,没有狗吠声，没有孩子的哭叫声。一切都没有。当然不会有，上然村和念井一样，已经成为历史之物了。

我的房间靠近伙房，起来后我就直接进入伙房，并由伙房后门走到屋后。僧的房屋就在山脚下，它们之间隔着一块菜地，地里的蔬菜长得很好，大多是包菜，卷筒青也有，还有一片席子大小的朝天椒，挂满小指大的鲜红果实。有几只毛色鲜亮的公鸡在菜地边上踱步。在一块凸出来的石头上，架着一条竹子做的水槽，从山上某处引来水源。这是生活用水，用来做饭、洗衣、洗澡、灌溉。我在水槽之下洗漱好，深深呼吸了一口清晨山里的空气。清新的草木气息顺着我的鼻腔灌进肺部，我像被人从背后拍了一掌，胸腔一阵激荡。

洛懒洋洋地从伙房后门出来，走到我的脚边，埋头舔水。它并不瘦，但却有一种势不可当的衰败相，那是一种生命力的衰败。它的眼角依然湿漉漉的，只舔了几口，便又转回去横在门口趴下来，脑袋搁在两条前腿上，半闭着双眼。我从它身上跨过去，它一动不动，也没睁开眼睛。

老人实在太瘦了，从袖口和裤管伸出来的手脚就是一层黑皮裹着的骨头，细瘦的脖子让人觉得只要他扭头就会被挣断。凹陷的两腮和陷落的双眼彻底破坏了他的脸型，使人无法判断他健康时是怎样一副相貌。他微微张着嘴巴，那双眼睛也像洛的眼睛一样，半睁半闭。他躺在一张懒人竹椅上，小小的脑袋轻微颤抖，接着我还发现他的双手其实也在轻微颤抖，像他的身体里有一台微型振动机。他就那样躺着，上午的阳光无遮无拦地落在他的身上，他坦荡地祖露于天地里。

僧从屋里出来，端了一碗水。他今天穿了一件有细条格的淡

082

蓝色短袖衬衫,衬衫很旧了,不过很干净,衣角边卷着,扣子一直扣到最上面那颗,扣得死死的。他见了我,脸又一红。我盯住他扣得死死的衬衫,意识到是我的到来让他变得拘谨了。不过我并没产生任何愧疚,倒是对他产生了一种类似长辈对晚辈的疼惜,在我的理解里,拘谨在一定程度上是一种尊重。

他端来的是一碗温蜂蜜水。

"他吃不下东西了。"僧说着,在老人身边坐下来,拿小勺子往老人张开的嘴里小心倒入蜂蜜水。我看见老人凸出的喉结滑动了一下,显然是在咽下蜂蜜水,他并非毫无知觉。咽下蜂蜜水后,他终于缓缓睁开双眼,直直盯住天空。继续咽下半碗蜂蜜水,老人似乎缓过一口气来了,头也没那么抖了。

我想和老人打招呼,但僧对我摇头。老人执拗地盯住天空,这倒和僧有点相似, 也很有可能是他已经控制不住自己的意识了,只能这样盯着。山里上午的天空并不明亮,阳光被四周浓密、绿得近乎发黑的草木给暗化了,天空因此并不刺眼。给老人喂完蜂蜜水,僧轻轻捏他的手脚。他说老人在床上躺了两年多,只要不下雨,早上他会把老人抱出来晒一上午阳光,顺便给他捏捏手脚,活络筋骨气血。老人吃不下任何东西已是半个月前的事情。

他叫我先吃早饭。还是玉米饭,只是比昨晚煮得稀了一点,菜是冬瓜片炒西红柿,非常可口。我吃早饭时,洛进来了。我像僧那样给它的碗里放玉米饭,并倒了菜汁搅拌好给它。它还是只嗅嗅,并不吃。它抬起脑袋望我,一双眼睛湿漉漉的。我不禁仔细瞧了它一眼,忽然觉得洛和老人的状态极为相似,仿佛这一人一畜的身上有彼此的身影。

僧也进来吃饭了。昨晚我给了他五百块钱,我说想住五天。

他不肯要,表明屋子本来就是空的,住没问题,饭菜也是这山上来的,没费什么钱。我叫他收下,不然就不住了。那双清澈的眼睛盯住我一会儿,又是那种很执拗的表情。

"都是山里人,你知道我们山里人的规矩。"我说完,他就收下了。山里人热诚淳朴,不会占人便宜,我当然不肯白住白吃人家的。

我问僧家里还有什么人。他说还有一个姐姐,但二十年前出去打工后就没回来,现在都不知生死。我吃了一惊,又问他:"你怎么也不成个家?"他没回答我,只是笑笑。我觉得僧并非那种婆不到老婆的男人,这干净整洁的屋子和屋檐下的丰盛粮食足以证明,这个男人过日子是很靠谱的。

吃完早饭后,僧把他的父亲抱回房间,他要到山上给木薯除草。木薯冬天要挖出来酿酒,镇上有几户人家订的。他扛锄头上山,洛跟着他走了一段路,便趴在路边不走了,像累极的样子。

我又来到伙房后面。这里有一块巨大的石头,它就在伙房后的菜地上,与房屋相距不远,石头的底部已埋进菜地里。此时这块巨石上晾晒着辣椒和切成片的萝卜。我忍不住惊叹,僧把两个男人的日子过得像老婆孩子热炕头的生活,不知他的热情是从哪儿来的。这么多年来,我始终把自己过得如劲风之下的枯草般了无生机。

慢慢抬头,目光爬上庞大的群山。山上高大的树木并不算多,多的是灌木,到处是大块黑黝黝的裸露岩石,半悬着立在斜斜向上的山坡上。我想寻找一条往山上去的路。那时候还在念井,我在半山腰上的玉米地干活儿时,就常常被一种突如其来的委屈和怨恨惊扰,于是扔下锄头往山之巅爬。山顶上其实什么也没有,草木要比半山腰和山脚少很多。站在远处看山顶是尖的,但到了顶,那上面其实很平整,大到可以建造一栋木屋。站在山顶上,目光并没能轻易超越什么,视线被更高的山挡住了,但可以看见整个念井,看见袅袅升起的炊烟,看见如蚁的人影在对面半山腰上缓慢穿梭干活儿。尽收眼底的事物让人感觉到天地一种雄浑无边的阔大,委屈和怨恨便渐渐被稀释了。

但现在这些遍寻不见。也许原来有,后来被杂草给淹没了。

我只好在村里转。我数了数,上然村只有二十八户人家,比念井小得多。这里的房屋要比念井损坏得还厉害,有一栋屋子几乎被夷为平地,只剩下房基露在地上,里面堆满了碎瓦砾,当然也长满茂密的杂草,一棵蓖麻的枝干已经长得如人的大腿般粗了。屋子显然是被人为拆掉的,假如檩子和木板还结实,是可以卖掉换钱的。只有这一栋被拆掉了,其他房屋依然载着时间带来的斑驳与脆弱屹立着。在一栋屋子前的院子里,长有一片非常肥壮的太阳花,黄色、大红色、玫红色、紫色,星星点点铺满院子。这片暗自喜庆的繁花和它们后面那栋破损的房屋形成一种极为强烈的反差感,生命力与死亡相互交织在一起。

我独自游荡着,从一栋栋破损不堪且静默的房屋前走过去,这些房屋在破败中透出一种凛然的肃穆。我忽然想起前几天往姑妈家走时,看见那些静坐不语的老人,惊骇得打了个趔趄。他们,以及我的姑妈,和这些被遗弃的破损老屋都有一种让人揪心的孤独。但这种孤独没有棱角,不剧烈,不扎人,充满一种接纳所有残缺与破损的宽容和慈悲。

我在念井待了两年后,为了逃避姑妈给我安排的婚姻,只好离开念井。我在县里做过一阵幼儿园老师,临时工那种。那时候工资才两百二十块,这点薪水当然无法应付房租和生活费用。园长倒也是个热情之人,允许我住在幼儿园。作为回报,我在每天傍晚幼儿园放学后,包揽了园里所有的清洁工作。这些活儿通常是早上园里的老师来之后才做的。那幼儿园叫蓝天幼儿园,有九十八个学前孩子,大中小三个班级,五位老师和一位煮饭阿姨。煮饭阿姨我们叫她甘姐,四十多岁,长着一张圆脸和一双精明的眼睛。我通常在幼儿园傍晚放学后开始做卫生。三个班级和两个办公室的地板要拖干净,厨房是重点清洁区域。这个幼儿园位置偏僻,但生源很稳定,它有一条颇受家长认可的规定,家长可以随时现场参观厨房区域,这就很考验这个区域的卫生程度了。家长无非是想看孩子的饮食是否干净安全,因此花费在厨房的清洁时间相对就长了些,难度也大一些,必须要做到在贴着白色瓷砖的地板和墙壁上看不见任何污渍。不过这些通常难不倒我。比起这些,这世上任何一件事情难度都大。活动场所和卫生间打扫干净了,玩具也归置到指定的区域并做好消毒工作后,夜幕便开始降临了。

这个幼儿园的背后是一大片稻田,远处是村庄。我住在二楼的一间办公室里,打开窗户便能闻到稻田的气息。略带腥味的温润的泥土气息和快要成熟的稻穗散发出来的清香,让人产生一种莫名的悲怆,远处的村庄星火点点,与之遥望,这种悲怆就越发深沉了。我偶尔会想起我妈,始终无法理解一个母亲为何能轻易扔下自己的孩子。我极少想起我爸,对他也没什么情绪。

有一天晚上,我又盯住稻田远处的村庄那些若隐若现闪烁的灯火,看着看着,胸口一紧,泪水径自涌上眼眶了。我又感觉到了那种蚀骨般的孤独,那是我在念井那些深夜常常感觉到的。它们如此庞大、厚重、牢不可破,轻而易举就把我淹没了。我的孤独没有任何慈悲,它们长着尖刺,轻轻一触我便被刺痛得缩成一团。

泪水横流,成殇。

甘姐这时推门而入,我的孤独、脆弱、恐惧、渴望,瞬间被她那双精明的眼睛看个透彻。从那时候起她就开始关心我,从家里给我带些吃的,说一些很温暖的话。我很快便被她的关爱给融化了。与此同时,她开始和我借钱,二三十块地借。那时候工资都不高,多了也没有。她诉说家里的不幸,孩子要读书,丈夫整日与酒为伴,懒惰、贪吃、自私、不负责任。她很会说话,语气不急不躁,每句话都表达得很清晰,表情非常诚恳,并且那双眼睛一直坦诚地与你对视。我总是给她钱,我没法不给她,并不是可怜她的处境,实际上我的处境并不比她好。我太需要她那些暖心的话了,我太需要她给我带来的那些其实很普通,我甚至并不爱吃的食品了,它们就像空气一样,让我欲罢不能。后来她又借到五十块、八十块,我渐渐感到吃力,毕竟我也要花销。当我开始犹豫时,甘姐便开始收回她的热情。我立刻如丧家犬,那种孤独感比之前更猛烈地朝我扑过来。我只好又借给她,她便又赠予我关爱与热情。在蓝天幼儿园三年,我的工资至少有一半借给了她。时至今日,她没归还一分。后来这件事情被园长察觉到了,她非常气愤,帮我向甘姐讨回那些钱,甘姐却说是我自愿给的。园长叫我们当面对质。我望着甘姐,那张面孔多么熟悉,那双眼睛依然坦诚地直视我。其实我也早就知道,她给我的那些暖意,于我而言,那是饮鸩止渴,她太知道我缺什么、渴望什么了,她准确地拿捏了我的软肋。而我不能否认,她给予我的东西帮我抵御过庞大的看不见的孤独感。

那天其实已经临近放寒假了,下午的天空阴沉沉的,还有二十来天就要过年了。我当然会回念井,那时候念井还没搬到外面的镇子上,嫁在村里的姑妈平时会帮我照看我的空屋子。有那么一刻,我忽然觉得甘姐和我姑妈在什么地方有些相似之处,到底是什么地方,我又一时无法弄清楚。这种感觉让我一阵心酸。我沉默了一会儿,轻声对园长说,我确实是自愿给她的,不是借,不需要她还。放寒假后,我回念井了,年后就去了市里,再也没见过甘姐。假如可以,我真希望能把她忘掉,但我从未能够忘记过她。我相信她一次次从家里给我带吃食的过程中,肯定有某些时候是带着真心的,而那部分是我渴望的,是值得我珍惜的。

…………

往事纷乱扰人,我继续行走在废墟般的村庄里,草木的清宁渐渐让我平静下来。我在那些倒塌的矮墙边采了一大把野花,竟然发现在一栋倒塌了半边墙壁的屋宇之后有三棵很肥壮的向日葵,花开得正盛,阳光下那种夺目的鲜黄有一种逼人的力量,在周遭的破败中显出不容忽视的强悍生机。它们的周围长满杂草,那三个花盘高耸于杂草中,倨傲地灿烂着,无坚不摧的样子。我呆呆地站在原地看着,它们那种漠视糟糕的周遭、我行我素的纯粹热烈气息着实让我吃惊。我慢慢蹚过那些塌落的矮墙和杂草朝它们走过去。杂草中很多虫子被惊吓得四处乱窜,一条菜蛇倏然从我的脚背上飞快游过去。这种蛇并没有毒,那些有毒的蛇见着人一般都会像个冷酷的王者那样不动声色盘在那里,阴险地盯住你,基本上敌不动我不动,不会这样惊慌失措的。

我在三棵向日葵前站住了。它们比我高,还没结籽,因此向阳的弧度很直。硕大的三朵花开得寂静,没有一只蝴蝶围绕,假如我没发现它们,也许它们就这样自开自败了。但很快我便自嘲起来,我又怎能肯定它们需要来自他人的一瞥?或许我现在的驻足观望于它们而言是一种打扰也说不定。

我默默转身离开了。

山里人一般没有吃午饭的习惯。早上煮的饭菜多了,放在碗橱里,白天什么时候饿什么时候吃。在城市生活二十多年,我早就习惯了一日三餐的固定时间。当正午的阳光直落在村庄之上时,我在僧的厨房里热了饭菜吃起来。僧的父亲那间房一直掩着房门,我靠近过那扇门,闻到从门里隐隐透出来一种类似檀香的芬芳气息,可能是僧在里面熏了什么草药。人老了,又有病,屋子里难免会有些不洁气味,悬挂芳香的草药熏一熏,在山里很常见。屋里悄无声息的,木板墙壁缝隙被报纸糊死了,我并不能看到里面的情形。我不想推门进去,这不礼貌,也并不情愿见到这样的老人,他让我看到自己生命的最后状态,如此狼狈而又无能为力。

僧直到下午四点多才回来,挑回来一捆猪草,他养了一头猪。杀年猪是山里人的习俗,只是我不知道他一个人是怎么杀年猪的。他一回来就进老人的房间忙活了好半天,又喂了蜂蜜水。那碗蜂蜜水差不多又原封不动端了出来,僧的脸上一片委屈神情,眼圈也有些红。我无法给予他什么安慰,本来我也不是个会安慰人的人。

我们的晚饭和昨晚差不多,僧并没因为我付了钱而在饭菜上添加什么,我倒是非常喜欢他自然坦诚的性情,如这山里的万物般纯粹本真。我问他过年时一个人怎么杀年猪。他笑着说:"往山里走还有好些个村子,几乎每个村子都有一两户出去了又回来的人家。到时候去招呼他们一声就可以了。"

"为什么出去了又回来?"我问。

"不习惯吧。不习惯就回来了，活着就要待在自己喜欢的地方。"僧说。

"可山里生活不方便。"我说。

僧只是笑，不说话。他从地里挖回来好几个白心红薯，做晚饭时丢在火灶肚里，吃过晚饭，他把红薯从灶里挖出来叫我吃。我在城里其实常常吃，在路边小贩摊上买的。他们通常在一个大油桶里烤，用火炭烤，红薯大概是在沙地里种的，吃起来软是软，甜也甜，但完全没有那种沙质感。红薯失去了这点口感，感觉就不像是红薯了。我掰开一块红薯，那种清淡温暖的香甜气息让我瞬间口水猛生，烫乎乎的，咬了一口，感觉舌头都快被烫熟了。我嘶嘶吹着气，小心翼翼咀嚼，真是那种熟悉的沙质口感。沙地和山地种出来的红薯在口感上绝对是天壤之别，只有吃过山地红薯的人才能辨别得出。一口红薯，让我回忆起很多山里食物，山笋、蘑菇、魔芋、芭蕉心、山鸡果、野板栗……蓦然发觉，其实大山才是真正的物产丰富之地，虽然生活条件确实艰苦，比如行路、饮水、用电、就学，极为不方便，但山上随处可寻的果腹之物恐怕也是让人舍不得离开的原因，这些全是天地的慷慨馈赠，人们既舍不得物，也舍不得大山恩泽世代的恩情。

这晚，我和僧发现洛没回家。僧不断在门口张望，后来着急了，打着手电筒在荒村里转，吹口哨。我站在家门口，身后的煤油灯火将我的身影拉得很长，变成一个比我高好几倍的巨人，这个巨人却没有任何传说中的神奇魔力，找不到一只温顺的老狗。沉寂的村庄里，那点手电筒光亮时隐时现在废墟中，口哨声声传来。这口哨声越发衬得天地高远与空旷了，如此深邃的天地和夜晚，上哪儿去找一只衰老的狗呢？它甚至比人还渺小。僧转了一圈,徒劳而归。

"它从没这样过,"僧说,"但狗都会这样。"

我无法真正理解后面这句话,我从没养过狗,对狗不是很理解。洛很温顺,我也很牵挂它。一直到我们关门睡觉,洛还是没回来。半夜的时候,我听见瓦片上有清脆密集的响声,像晒干的黄豆颗粒倒在铁皮桶里。是下雨了。山里的雨说来就来,白天毫无征兆,乌云往往被更高的山挡住了。我听见僧开房门的声音,一些微弱的光亮从门板底下泻进来,然后大门被打开了,一声嘹亮的口哨声蓦地划破了黏稠的黑夜,口哨声一声接着一声,混合着越来越密集的雨点声。我实在听不下去了,这口哨声让人有种撕心裂肺的感觉。穿衣起来,刚要打开房门时,却又不敢,我有些不敢面对此时的僧。他真像一个在风雨之夜呼唤自己走丢孩子的父亲,他的双眼里不知道这会儿盛着什么。在这枯井般沉寂的深山里,一只陪伴你多年的狗不见了,心情绝不逊于失去一位至亲。我害怕看见僧眼里的脆弱与绝望。僧在门外站了很久,雨声越来越大,他不再吹口哨。好大一会儿后,我才听见大门关闭的声音,僧进了他父亲的房间,片刻后出来,进了自己的房间。一直到天亮,雨也没有停,不过似乎变得小了些。一大早僧就起来开大门,可以想象他这一夜是怎么过来的。我起来的时候,他已经把玉米饭煮好了,又给我烤了两个白心红薯,放在饭桌上。他双眼通红,依然对我腼腆地笑。今天他穿了件圆领的灰色短袖衫和一条深蓝色的裤子。

"洛还没回来吗?"我明知故问,实在不知道该说什么。

他点点头,朝门外的大雨张望。

一片白茫茫的雨水,雨线像一支支箭直直从空中射下来,落在茂密的草木上,发出簌簌的声响。破败的房屋在雨水中焕发出黑黝黝的光泽,草木越发葱茏了,绿得近乎发黑。目之所及看不见任何活物,了无生机的残破房屋、草木、高山、雨水,仿佛沉入一种永恒的时光里。老父亲卧床这两年,僧其实是与洛为伴的,也可以说是相依为命的。我能理解他,我妈离开念井时,我便有这种感觉:被抛弃,以及让人窒息的失落感与恐惧感。

"也许雨停它就回来了,也许它出去玩,正好碰上这场雨,被耽误在哪栋房子里了。"我望着雨中那些破旧的房屋说,这当然很难说服僧。僧在玉米饭里放了砍成块的老南瓜,有一种很香甜的味道,清淡的甜,并不腻人,既是饭也是菜,很典型的一种山里吃法。等僧给他的父亲喂完蜂蜜水,我们默默吃早饭。僧不时抬头往门口张望,神情比外面单调下落的雨水还要落寞。吃完早饭,雨渐渐小了,不过天空并没变亮起来,看样子还会下。

洛其实并没离我们很远,它就在厨房后菜地里那块巨石后边。它躺在湿漉漉的菜地上,浑身湿淋淋的,已经没有气息了。僧在厨房里洗刷早饭碗筷时,猛然想起了什么,扔下碗筷跑出厨房后门,一直跑向那块巨石,果然在那里找到了它。僧把它抱进屋里,显然它已经死去多时了,也许昨晚它就死了。僧蹲在它身边,静静瞧着它。

"它怎么不进屋?"我说。洛那副湿淋淋的模样让人心碎。

"它不想给主人找麻烦,狗都这样,自己找地方死。它太老了。"僧说完,擦了一把脸。他的头上脸上落着雨水。然后他站起来,找来一条干毛巾给洛擦身子,擦完它依然湿漉漉的。他站在洛身边,显然也不知道该怎么把它弄干爽。

"怎么处理?"我问他。

他朝屋外望了一眼，雨水渐渐小了，但看样子不会彻底停下，因为乌云依然低垂厚重。

"埋掉吧。"他低声说，站了一会儿，转身进杂物房，拿出一把铁锹。他弯下腰，把洛抱起来，朝厨房后门走去，我拿着铁锹跟在他后面。

我们就在发现洛的地方埋葬了它，那大概是它所愿意待的。僧把洛放到湿漉漉的菜地上，开始挖坑。菜地的土泡了一夜雨水，很软，挖起来倒不费劲。雨一直淅淅沥沥下，我和僧都没带雨具，雨水落在我们的头上、脸上、身上，凉冰冰的。即使是夏季，一下雨，山里的气温也如深秋般凉意森森。周围只有雨水落到草木上的簌簌声，很安静，一种肃穆的安宁。僧一声不吭地挖坑，脸上一副倔强的沉默表情。我们身上的衣物渐渐被雨水打湿了。

"够了吧？"我说，他把坑挖得很深了，周围隆起一堆新鲜的泥土，散发出浓烈而湿润的泥土腥味。僧似乎并没意识到自己正在挖坑，直到我说了，他才停下来，仔细瞧自己挖的坑。

"够了。"他简短地说，然后扔下铁锹，把又被雨淋湿的洛放进坑里，开始往它的身上盖泥土。洛就这样一点点消失在泥土的覆盖之下。它是幸运的，能活到自然老去、死掉，并且皮毛完整地归于泥土之下，一条牲畜的生命，再也没有比这更好的际遇了。

"它生过五窝狗崽！"在隆起的土堆前，僧说。他的脸上挂满雨水。

二

我没有衣服换，雨一直没停，洗的衣服晾晒在湿度很高的阴雨天里,干不了。出去的山路肯定很难走。我又极不忍心走,洛死后,僧的情绪明显低落。又由于一直下雨,人被困在家里,唯一可做的事情就是做饭和给他的父亲擦洗、按摩活络气血、喂蜂蜜水,除此别无去处也无事可做,越发地让人烦躁。我留下帮不了什么忙,但屋里多一个健康的人,显然也不会让僧感到过于孤单。他见我为难,搔搔头,脸一红,很不好意思地笑起来,钻进房间,搬出来一个用油漆漆成朱红色的大木箱子,放到饭桌上。

"有衣服,不知道适不适合你。"他笑着说,那双眼睛隐隐发亮。

僧的身上有一种与他的年龄极不相符的东西,我称之为腼腆,也只有腼腆的人才能有那样一双清澈的眼睛。腼腆,意味着知轻重,知敬畏,也更能自知。他完全不像一个四十出头的男人,倒像是涉世不深的少年。我不知道是他天性如此,还是因为长居于这闭锁的大山里才养成了近乎纯粹的本真品性。

这只木箱看起来很有些年头了,即便是在深山里,也早就不时兴这样的家具。箱子落着一把沉甸甸的锁头,也是很有年头的旧物,如今市面上已经没有这种古老东西了。锁头没锁死,三把钥匙连在锁孔上。他轻快地打开箱盖,一阵干桂花的香味趁机溢出来。满满的一箱子女人和小孩的衣物,蓝色、黑色、浅白色的居多,小孩的则是各种颜色都有。看得出来是女孩子的衣物,三岁左右。孩子和大人的衣物整整齐齐分成两半,各占箱子一半,一包用蚊帐布包得圆滚滚的东西搁在两堆衣物中间,香味就是从这包东西里散发出来的。

僧的脸红到脖子,双手支在箱子边上。"你瞧哪件合适,将就着穿。"他说。

我很吃惊。

“这是孩子和她妈的衣服，十几年了。”他又说。

“她们呢，如今在哪里？”我望着箱子里的衣物问，真害怕听到关于天灾人祸的事情。

“她们回去了。”僧说，声音很轻，怕打扰了什么似的，“回山西去了。”

“回娘家吗？”我问。

“不是。孩子妈是被拐来的，和我生活了五年，我们有一个女儿，后来山西那边找来，她就回去了。”

这简直令人难以置信，但僧活生生地站在我面前，这件事便也是不争的事实了。

“孩子也给她带走吗？那可是你的孩子。”我替他不平。

“孩子妈要带走，怕我不好再娶，也怕我再娶委屈了孩子。女人肯定是舍不得孩子的，母女一分离，只怕她一辈子连个安稳觉都没有，就让她带走了。”僧说着，目光落在箱子里的衣物上。

“不走不行吗？孩子都有了，干吗非得回去？”我说。

僧沉默了一会儿，说：“不行的，山西那边，她也有孩子，夫妻缘分也得讲究先来后到。”

又一次令人难以置信。这次我再也说不出什么了。我还能说什么？

“檀姐，你挑合适的穿，孩子妈和你差不多，还有人能穿上它们，我高兴。”他说。

我忽然想起那天我出现在僧面前时，他惊得失落掉手里水瓢的样子，我便痛恨自己，没事进这山里来做什么，扰了别人尘封的往事，大家都活得这般苦。我一时不知道该怎么办，穿与不穿显然都不合适。穿会让僧睹物思人，可我并非那人，我也不想成为别人。不穿,似乎又让僧失落,他兴致勃勃地搬出来,显然想得到一点什么。也许是慰藉?不得而知,而我又确实需要换洗的衣物。最后我挑了一件松紧带裤头、裤腿宽大的黑色裤子,一件浅白色的长袖斜襟衫。这是我们这边山里女人的日常穿戴,看来山西女人已经习惯这边的生活了。我换好后,在房间里踌躇好半天,不敢出房门,我不知道僧看到会有什么样的反应。衣裤挺合身,散发着干桂花清幽的香味,就是没有大镜子可以让我照一照。我拉开房门出去时,僧的目光一下子弹到我身上,我似乎听见那目光噗的一声射进我的身体里。

"弟妹的衣服很合身呀。"我装作很高兴地说,想让气氛轻松一点,"布料选得好,剪裁的手艺也真不错。"

僧搓着双手,他的脸又红了,想笑又笑不出的样子,最后还是笑了。"孩子妈穿时也是这个样子。"他说,可能觉得使劲盯着不太好,想把目光挪开,双眼闪了一下,目光又不由自主跳回到我身上。这一刻我觉得自己该千刀万剐,也蠢到家了,为什么不能生一堆火烤干衣服?何苦要折磨一个孤苦半生的男人。我便叫僧生火。他手忙脚乱地在火塘里引火,然后把烧旺的柴火从火灶肚里拖出来,在地上围成一堆火。

"她们走多久了?"我问。

"十四年了。"僧轻声说,火光在他的脸上跳跃。

那时候山里还没人搬出去呢,搬出去是两年后的事了。

"你怎么没再找?"

他低头往火堆上架干柴,不语。火生起来后,他便走开了,戴一顶宽大的尖顶斗笠出了家门。我独自在火堆边烤衣服。衣物温热起来后,白白的水汽便蒸发出来了。必须尽快烤干,穿身上这套衣服让我觉得是在冒犯什么东西，这种感觉很不好。十几年，这光阴，对于幸运的人来说可以是弹指一挥间，但对于僧来说，则是生死两茫茫的煎熬。这荒无人烟的落寂大山里，难以想象僧是如何度过的。我在熊熊的火边打了个很大的寒战，像被人忽然推进很深的冰窟里。

一直到我重新换回自己的衣服，僧还没回来。我把山西女人的衣服洗了，晾晒在屋檐下的竹竿上。忽然觉得不妥。僧远远回家来时，看见屋檐下晾晒旧人的衣物，他可能又一头坠入过往了，那将会是如何不堪的折磨？我把衣服收起来，往火堆上添加柴火，又烤起来。等我烤好并叠放整齐后，僧才回来了，带回一大把南瓜苗，开有很多喇叭状的鲜黄花朵。僧说是在山上玉米地里种的。我看了他一眼，他的双眼泛着湿润的通红，我便知道我真是冒犯到一些东西了。我们煮了一锅瓜苗汤，僧在汤里放了腊肉片，腊肉腌制得非常好，茶水般明黄透亮，还拍了蒜碎子，味道鲜美极了。这顿饭已经是下午两点钟了。这时候雨又开始变大起来，密密麻麻很快连成雨帘。我开玩笑说看来这雨是要留我多住几天呀。僧很认真地说，随便住，住多久都成的。我说我可没那么多钱。他便放下碗筷，从身上摸出我前几天给他的钱，很郑重地放到我面前。

"檀姐，你拿回去，这钱不能要的，"他说，"山里人走亲戚，住上几天，没有要钱的道理。"

我后悔不该开这样的玩笑，这个简单纯粹的男人，根本分不清玩笑和真话。我把钱推到他面前，放下碗筷。

"你要是不收下，这饭我也不吃了，就算冒雨，这会儿我也得走了。"我说。

雨一直在下，僧在屋里转着，找各种各样的活儿干，竟然找到不少。比如腿脚松动的凳子、将脱不脱的门板离合、该磨一磨的斧头、被老鼠咬坏的竹篾箩筐，他不紧不慢地缝缝补补敲敲打打。我真替那个离开的山西女人感到可惜，她大概也会遗憾后悔吧，也会躲到某一个无人的地方任双眼泛起湿润的通红吧。

入夜。山里的雨夜真是太安静了，簌簌的雨声根本掩盖不住洪荒般的沉寂。点着灯火，那点散发出来的暖色亮光倒是可以造出一点人为的"闹"来，灯火一熄灭，"闹"便也立刻灭了，噗的一声，整个世界沉入浩瀚无垠的寂静中，如在水最深之处，如在时光最幽远之处。躺在黑暗中，时间行走的脚步声清晰可辨。

我听见僧打开箱子盖的声音，内心抽了一下，这暗夜便越发寂寥得令人难以忍受了。

离开县里后，我去了市里，干过各种各样的活儿：小餐馆的洗碗工，糕点冷饮店的小工，书店的防损员，超市导购员，还进过两所幼儿园当保育员。在幼儿园当保育员的时间是最长的。我喜欢和孩子们待在一起，他们的简单和纯粹让人无须设防。后来私人幼儿园渐渐多起来，我便一直辗转在各个幼儿园之间，对幼儿工作摸索出丰富的经验，找工作相对轻松。

我在城市里生活了很久，不上班时几乎不出门。我租住在城市周边那些民房里，靠近城市的乡村人都往更大更远的城市扑腾去了，只留下老人独守祖屋。几乎每家都有空出来的一两间屋子，刷个白粉，置上床和柜子，便可以出租了，不贵，对留守家里的老人来说也算是生活有了保障。租客一般都是我这样从乡村出来的年轻人，以及在市里经营小本生意的外地人。居住的人身份驳杂，生活方式不尽相同，口音五湖四海，一锅大杂烩一样。

我记得我曾住在一个叫万柳的郊区村庄,村庄很小,市里13路公交车可以到达那里,当然,从公路边走到万柳,还是需要一段路程的。路也很好走,碎石路。万柳没有柳树,一棵都没有,倒有遍地的芭蕉,路边、房前屋后、地里、河边,长得极为高大,根部的叶子像被撕裂的扇面, 破破烂烂的。树上结着硕大的芭蕉坠子,有的已经黄在树上了,也没什么人去摘,年轻人都跑光了,没有人去顾及这些, 它们通常被外地租客的孩子们拿来当水果吃掉,村里的老人们也没说什么,这些整日打闹、操不同地方方言的孩子,倒也给他们孤寂的晚年带来不少慰藉,他们太孤单了。租客们的生活很拮据,但大家都极力维持一种体面,见面客客气气打招呼,从不串门。这也挺好,俗世红尘,各有各的不堪,不堪就是你身上的软弱之处,走得太近,软弱便容易被人看见。没人愿意将自己的软肋暴露给别人看。这种生活其实也挺好的。我来市里四年后,就开始在各个幼儿园上班,之后也一直在幼儿园上班,我不仅可以当保育员,还可以做财务工作,相对来说工作机会就多了。

那时候下班,从市里买菜回来,在农家的柴火灶上慢慢煮一顿饭,一个人安静吃了,吃完可以到河边走一走。万柳有一条绕村而过的河流,不算大,河边长满高大的芭蕉,还有菜地。看落日余晖在粼粼波光中跳跃,吹吹带有河水气息的晚风也挺好。在城里这些年,在物质生活上我从没感到怎么吃力,不是挣得多,除去房租和饭钱,基本上就没什么地方花钱了。没有父母,没有兄弟姐妹,也没有自己的家庭。有时候我会想起父母,我不知道我爸是否还活着,这么多年毫无音讯。至于我妈,她刚离开那两三年,偶尔还有一些消息,后来便也断了。据说她一直在四川宜州生活。我不知道把我带到这个世界的这两个人，是否还记得我。我们存活在相同的俗世里，却分崩离析，如同陌生人般互不相干。幼儿园里为家所累的同事们都羡慕我无牵无挂的生活。我笑了笑，也不辩解。围炉而坐之人，如何能理解站在冬夜旷野的彻骨寒凉。我并不渴望孤魂野鬼般的了无牵挂，我渴望抓住一点实实在在的东西。

因此，当韩新带着他柔软的笑容和隐藏着犀利的忧郁目光出现在我的生活里时，我便把他当成了我的救命稻草，希望他能将我带出寒凉无边的旷野。其实，韩新也像甘姐一样，乍见之初，便一眼看透了我的软肋。

我们是在万柳相遇的，他落魄、潦倒，比我年长八岁，人很和气，笑容里有一种让我在惊慌失措中一见就感到安心的柔和力量。我将我的房东介绍给他，他便在我隔壁住下了。韩新是个广告设计员，这个专业在十七八年前的小城市里，处境是极为艰难的。韩新每天一大早和我一起走出万柳乘坐 13 路公交车去市里。我们在到达站点分别，傍晚我买菜回来做饭。韩新常常十天半个月都接不到活儿干，生活拮据可想而知。我们在一起吃晚饭，他也不扭捏，大大方方地吃，并对我坦诚诉说他的处境。其实现在想来，那也不算是韩新的坦诚，而是他明白只要对我坦诚，我便能慷慨接受并力所能及为其分担烦忧。这更像是一种谋略，或者，难听地说就是算计。我坦然付出，他坦然地接受。时不时他就会向我展示他的一点好，比如在节日，买点菜回来做饭，并且在村口等我，带着他柔软的笑容。他这点难得的"好"，就让我毫无抵抗地沦陷了。在万柳住了半年，他建议搬进城里，我们租了一个一室一厅的套间，就这样住到了一起。

韩新像水一样,让我无处不感到被水包围的柔软,同时,也让我无法探得这水到底有多深,水深之处都有些什么。他对我有非常强的掌控力。在我们的生活里,房租、水电费、每天一顿的晚饭开销,基本上都是我承担。有时候他要约某个客户吃饭,便会带上我,将我介绍为他的助手。饭吃了,酒喝了,茶也饮了,助手要去买单的。我当然明白自己其实就是个买单的人而已。我开始有情绪时,韩新便像退去的潮汐,将他的柔软渐渐收回。他不声不响,但能让你明显感觉到他想要远离你。这种感觉往往让我瞬间崩溃,他只需要营造出这样的感觉,我便妥协了。钱可以再挣,钱甚至也可以没有,我甚至愿意掏出口袋里的最后一块钱,也不愿再次品尝那种被遗弃的孤独与绝望。

我和韩新在一起生活了十三年,这样拉扯了十三年。我们当然也没往婚姻上想,不是我不想,而是只要我一想,韩新便故技重演。这种演技其实非常拙劣,我在幼儿园工作多年,孩子们不善于表达,但他们一哭一笑我都能猜到其意,我怎么会看不穿这种小把戏?我不确定他是否喜欢过我,但我可以确定他对我没有爱,从来就没有。这十三年,我其实都活在患得患失之中,爱不该是这样的。

....

僧很忧虑,他说父亲好像快不行了,连蜂蜜水都不喝了。

"有什么办法吗?"我问他。他摇摇头。我又问他家里还有什么亲戚,他说镇上有,是从村里搬出去的本家亲戚。我想起他说起过的那个姐姐,便问他是怎么回事。

僧的目光顿时黯淡了,愧疚和痛苦纠结于他的表情里。

"她其实不是我亲姐,我们没有血缘关系。"僧说,"七岁时我妈带我嫁到这个村庄，父亲害肺病，在我四岁时死了。父亲的家还要往里头走很远，那里连玉米都种不上，只种木薯和猫豆，不过长着很多竹笋，每年春天挖春笋卖也能得一些钱。"

"我妈在我十三岁时也去世了，她和继父感情非常好，两个人总是形影不离地上山干活儿，对双方的孩子都非常疼爱。我妈带我嫁过来时，我姐九岁，她也是小时候死了妈的。我妈死后，继父可能念及和我妈的感情，对我很溺爱。姐姐有时候很伤心，我知道的，那时候她其实也还是个孩子。"僧垂下头。我们坐在家门口，屋檐滴落的雨水很密集，目之所及的世界全浸泡在湿漉漉的雨水之中，也不知道这雨要下到什么时候。

"姐姐对我非常好。"僧说，"我妈走了以后，我们父子俩身上穿的，缝缝补补的事情全靠她做，她没读完初中就出去干活儿了。那年她出去打工前，给我和我爸爸每人做了五双布鞋。"

"后来我全穿坏了，都扔掉了。我没有任何关于她的消息，一直都没有。"僧说。

我立刻想起我爸，我又何曾有过他的消息？有些人在你的生命里出现，走的时候连道别都没有，他们不会想到不告而别会给至亲骨肉造成什么样的伤害。

我想把这个话题转移掉，特别是在这雨水弥漫、布满阴郁的沉寂日子里。眼前这片大山，如今只有我和僧，还有一个生命之火随时会熄灭之人、七八只家禽。我们生命中的力量在庞大的荒芜与静默面前，太过于单薄，这种单薄会让人毫无来由地滋生出一触即碎的脆弱感，不能再触及这些伤人情绪的往事了。

僧在他父亲房间里待的时间越来越长，一坐就是大半天。我不知道他在里面做什么，毫无声响，也许他只是坐着陪伴。我便知道老人真的不行了。我始终不愿进去，任何离别我都害怕面对，都不愿面对。坐在屋檐下看外面笼罩在雨水中的破屋和草木，感觉自己也像一栋破屋，也像漫山遍野的草木，被冰凉的雨水浸透，还有一种来自骨头里的冰凉。这雨天让我想起山里有月光的那些夜晚。山里的月光和城里的月光绝对不一样。你站在城市的夜晚，白皎的月亮悬挂当空，你也很难在地上找见一片月光，城市璀璨的灯火将它淹没了。每年中秋之夜，城里人便纷纷往远离城市的郊外去寻找月光。只有远离灯火，月光才能在大地上有所照见。在山里，到了夜晚，黑是真正无处不在的，煤油灯所烛照的小片昏暗光亮，譬如无边黑夜里的萤火虫之光，微渺得可以忽略不计。当银白的满月爬上山之巅时，整个村庄便笼罩在柔和朦胧的白月光之下，这种光幽远、静谧、忧伤，与村庄里简陋的房屋、某些古老的传统习俗、山民们与世无争的生活如此完美地融为一体。我妈妈走后我独自待在念井生活的那两年，这样的夜晚也让我感受到那种来自骨头深处的冰凉。

当夜，雨也还在下，我来了六天，下了五天雨。僧这晚搬到他父亲房间里睡，他应该是在守候最后的时刻来临。我躺在床上，想着接下来该怎么办，但也想不出什么好办法。面对死亡，除了接受，已然无计可施。那便接受吧，我决定留下来陪僧渡过这一关。

老人的房间里整夜亮着煤油灯火。我起来两次，看见那火光从门缝下微弱地泻出来，房间里依旧悄无声息。站在清冷的堂屋里，时间与生命渐行渐远的脚步声都清晰无比，也都无可挽留。下半夜，我开始困了，感觉整个人在慢慢下坠，就在我快要坠入彻底的睡眠中时，一声巨响在黑暗中炸起，整个房屋像快要散架般剧烈震动了一下。我立刻睡意全消，马上想到是地震了。但房屋只是震动了那么一下,响声也立刻全无了,雨夜又恢复了先前的沉寂。我僵直着身子躺在床上,半天不敢动弹,直到房门响起敲门声。

"檀姐,你没事吧?"僧在门外问道。

"怎么回事?"我问,听见自己的声音在颤抖。

"还不知道,可能是山上的石头松动落下来了,雨水把土泡软了。"他说。

我打了个很大的寒战,立刻想到僧厨房后那块菜地上的巨石。

"要出去看吗?"我在黑暗中欠起身。

"明天再看,没事,你睡吧。"僧安慰道,他的声音听起来很平静,我的紧张略略缓了下来,但心依然剧烈跳着,要破胸而出似的。这巨大的惊吓耗尽了我的精力,让人精疲力竭,不久之后,我便在籁籁的雨声里沉入睡眠了。碎片般凌乱的梦,没有一个完整的。

醒来时,天光已经大亮,雨声也听不见了,但屋檐下透进来的光线依然昏暗。我听见僧在厨房里做饭的声音,便知道老人挺过这一夜了。

僧煮了南瓜玉米饭,他正在炒腊肉,放了蒜苗,蒜香味飘满屋子。僧双目通红,一脸倦态。

"那声音,是怎么回事?"我问他,不由自主地轻轻打了个寒战。

"山上的石头坠落了,就在屋后。"僧很平静地说。

我打开厨房后门,立刻被堵在眼前的巨石镇住了。那块石头比原来那块还大一些,裸露在外面的部分在山上时显然是嵌在泥土中的,有一圈被赤褐色泥土掩埋时的痕迹。它挨在原来那块巨石旁边,将原来的巨石挡住了大半,整片菜地的二分之一被碾压在它下面了,被巨石边缘碾压的包菜碎了一地,那片席子大小的指天椒已经完全不见了。好在洛的坟堆没被砸中。巨石离僧的房屋非常近，三五米之遥，此时看着这块巨石静静挨在房屋边上，也能让人感到强烈的压迫感与恐惧感。假如它再往前三五米，将直接砸在僧的屋顶上，我们三个人的性命，还有那些弱小的家禽，将在无人知晓的雨夜中瞬间殒命……

我站着，愣愣瞧着眼前忽然多出来的巨无霸，胃部开始一阵阵抽搐，犯恶心，后背密密麻麻渗出冷汗，整个人有一种晕船般的眩晕感，双腿一软，跌坐在湿漉漉的菜地上。

“僧……”我软弱地惊呼一声。他从厨房里飞奔出来，双手插到我腋下将我拖起来，搀进厨房。

“太……可怕。”我靠在门板上坐下，近乎虚脱地说。此时的自己，包括僧，包括这屋里的一切生命，毫无疑问都已是重生了。

僧给我倒来半碗温水，我的双手一直在颤抖，他便帮我捧着碗，我哆哆嗦嗦将半碗水饮完。

“大难不死，必有后福，这屋里的人都是有后福的人。”僧笑着说。

“另外那一块，是什么时候落的？”我问他。

“孩子妈生孩子那年。”僧说。

那是一块记载着记忆的石头。

三

雨势渐渐收住了，也还是稀稀落落飘着。僧站在门口观望了一阵天色，说要上山砍伐竹子。我问他这种时候要竹子干什么用。他说备着抬棺木。

我执意要跟他上山,他找来两顶大斗笠,我们各自戴上,他拿斧头,我拿砍柴刀,我们便出发了。野外的空气非常清新,湿度极高,湿漉漉的。草木吃饱了水,叶子肥嫩得可以掐出一把汁水了。我们是从僧屋后的一条小路上山去的。这座山与僧的屋子正对的那座山相邻,相对来说比较平缓。在茂盛的杂草中,依稀可辨一条条由碎石块垒起来的田埂,围着一块块山地。如今地里长满杂草。在半坡处有一块花生地,长势很好,杂草被清除得干干净净的。僧说这是他的花生地,花生以后可以挑到镇上榨油。我说为何不种下面那些地,如今这里哪一块不由你种的,找近的种嘛。他说那可不行,地也是认人的。我便笑话他死脑筋,说地就是地,哪还能认人。只要撒种子、除草、施肥,哪块地都能收获果实。他沉默了一会儿,说:"孩子妈喜欢吃花生,那几年她总在这块地里种花生。我种得没她好。"

我张了张嘴,却找不到任何回应的语言,心想他种的,哪里还是花生。

在这片缓坡上,有两块僧种的地,除了花生地,还有一块种玉米。玉米地比花生地稍大一点。连续几天被雨水浸泡,地里的泥土变得松软了,玉米根站不住,东倒西歪的。僧围着玉米地转了一圈,扒开几个口子放积水。其实也没什么积水,本来就是倾斜的坡地,哪蓄得住水。

越往山上走,地势倒越开阔,慢慢有竹子出现。开始是一兜兜的,慢慢连成片。僧带着我转来转去,想找合适的竹子。有些合适的,但它们的旁枝缠绕得太密实,而且都在高处,无法上去砍伐。即便砍断了根部,要把竹子从相互缠绕的旁枝里拉出来,实在不是我们两个人力所能及的。

"檀姐,你孩子多大了?"我们在半坡上转着,僧忽然问我。

"我没结婚。"我老实说,没必要和这个老实人兜兜转转。僧一点不惊讶,这倒让我惊奇。

"你不觉得奇怪?"我问他。

"不奇怪,"他说,"我也是这么过得嘛。"

"你有没有……信什么教?"我问他。我在城里遇到过好几个独居的人,不管男女,他们或多或少都相信一些东西,比如宗教,那是支撑他们的精神力量。

"我不信什么教。你说的教我知道,镇上有好几个人信基督教,每个周末乘车去县里做礼拜。"他说。

"那你信什么?"我又问。我有些不甘心,一个男人十几年如一日待在这深山里,心里怎么可能没有一点什么东西。

"真没信什么。山里人过日子,没那么多想法,种庄稼,转一转山,你看这山这样大,转一转一天也就过去了,也没觉得难熬。"他转身望了我一眼,认真地说。

我竟无言以对。想了想,当年要是遂了姑妈的心愿,在山里寻一个老实本分的男人过日子,会不会也像僧一样,能心如止水地待在山里?我无法给自己一个肯定的答案,我的父母都不是安分的人,很难说我会循规蹈矩待在山里过日子。

我们在半山腰处转了小半天,终于在一丛比较小的竹子跟前停下来。说它小,并非指竹子长得小,竹子长得挺高大粗壮的,而是说这丛竹子不像其他竹丛,长有十多二十棵竹子,簇拥成庞大的一丛长在一起。这丛竹子只有六棵竹子,它们之间的旁枝相互纠缠得没那么密实,相对容易砍倒。僧站在竹丛前,目光顺着竹子慢慢往上爬,仔细打量竹子,然后决定砍伐这丛。

"两棵就够了，每棵砍两截。"他简短地说，然后叫我离开竹丛，他抬腿就往竹子上用力踹，竹子上的雨水纷纷坠下来，吧嗒吧嗒打在我们的斗笠上，藏身于竹丛里的各类虫子也惊慌失措蹦出来，四处逃窜。僧对着每棵竹子都踹了几脚，直到上面的雨水都落得差不多了，但这时天上的雨却又密集起来，噗噗的闷声打在竹叶上。这里的地上铺着一层厚实的竹叶，踩上去软绵绵的，倒是没有多少杂草，偶尔长一两株野生的芦荟，叶片非常肥大，锯齿很坚硬，箭一样挺着。奇怪，这地方竟然长有芦荟。

僧抬头望望天空，空中坠落的雨打在他的脸上，他无奈地朝我笑，开始砍伐起来。他的斧头很利，把手光滑，看得出来是经常使用磨出来的。山里人品性淳朴，却并非个个勤劳，有些人家里的农具把手就很粗糙，如他们家的日子。僧挥舞斧头，斧头在空中划出一道短促的弧度后砰的一声咬进竹子根部，竹子唰的一声抖，树上便落下一层雨。雨变得越来越密集。我们戴的斗笠很大，像一把小型雨伞，站着是不会淋到雨水的，但僧弯腰砍伐竹子，雨点直接打到他身上，他的后背很快湿成一片。我想叫他停一停，但想到他做的是这样一件事情，便没出声。寂静的群山回荡着僧砍伐竹子的单调声音，这声音跌跌撞撞，最后落于村庄之上。站在半山腰往下望，山脚下那个掩映在巨树中的村庄显得更灰暗和颓败了，但也就在这无可救药的荒凉与颓败中，却显出了一种匪夷所思的安静力量，看起来坚不可摧的样子。

砍伐声在回荡。不知道这群山之中是否还有其他人，是否也听到这种为死亡发出的声音。我极少思考死亡，生本来就是奔死而去，明白无误的结果在那里等着，这对谁都不可避免。但活着的方式有很多种，活着的感觉也有很多种，我只想以我的方式并跟着我的感觉活，我思考得更多的是如何在活着的每一天没那么空落与孤单。我一直感到孤单，这种感觉仿佛与生俱来，像我的血液一样孜孜不倦流淌在身体里。我的生命中时刻都有一个巨大的空存在，必须往里填一点什么才能让我抵御得了那种空洞的孤单感。我时刻都想抓住一点什么，但我最终什么都没捉住。

　　一年零三个月前，韩新的前妻带着他们十五岁的女儿从澳大利亚回来，说要给可怜的女儿一个完整的家庭。似乎直到现在才知道孩子需要一个完整的家。我觉得很可笑。这么多年来，他们其实一直没断过联系，他们的女儿才两岁时，同是广告设计专业毕业的前妻偶遇一位澳大利亚画商。多情的外国画商对韩新貌美又极具艺术气质的前妻一见钟情。那时候出国真是太风光了，只要踏出国门就等于进了天堂，仿佛国外俯拾皆是黄灿灿亮闪闪的诱人金子。前妻就这样以美貌为翅膀，飞往澳大利亚，并带走了他们两岁的女儿。不，她们真正走的时候女儿已经三岁多了，那时候出国是一件极为麻烦的事情。韩新期望在等待的漫长过程中，前妻有所悔悟并回心转意。但在等待各种手续申请的过程中，前妻的美貌却肉眼可见地日新月异，或许是因为多情的澳大利亚商的甜言蜜语滋养的结果，越发地让澳商也疯狂迷恋了。那时候他们很穷，真是太穷了，连买两斤云南丑苹果都得等人家快收摊时才去买，急着回家的水果贩子那时候往往会大甩卖。澳商不仅有进口苹果，还有蓝玫瑰和黄玫瑰，以及澳大利亚纯羊奶制成的美容洁面皂、闻名遐迩的葡萄酒。也许前妻日新月异的美貌就是被玫瑰花和葡萄酒滋养出来的。她成功挣脱了连苹果都吃不起的婚姻。所有的男人都渴望得到美貌的女人，但女人的美貌极具危险性与挑战性,绝非等闲之辈可以驾驭得了的。那时候韩新就是个彻头彻尾的等闲之辈,一败涂地的失败者。

"那么多年,她们在外面受苦了!"十几年后,当得知前妻有意从国外回来破镜重圆时,韩新几乎哽咽地对我说,神情恳切,眼圈发红,双眼满含泪水。那模样像是前妻和女儿一直在国外流浪以乞讨为生。

那时候快过中秋节了,我从超市买回葡萄、板栗、柚子、哈密瓜、石榴,月饼是幼儿园发的。我给姑妈寄了一盒精装的黄公馆月饼和两饼 2000 年制的云南熟普洱。她喜欢吃月饼时喝一点温热的普洱茶解腻。我给她钱她从来不要。好多年前,她告诉我她给我打了一对老银手镯当嫁妆,后来流行黄金手镯,她又买了散金打了一对,上面盘着一只长尾巴凤凰。直到如今,我的嫁妆还攒在她的手里,我一定让她伤透了心……

韩新看我把那些节日食品摆在饭桌上,来回踱着步,然后开始和我说这件事情。我在饭桌边坐下,最后他也坐下了,还剥了一个颜色鲜亮的大石榴,把石榴籽一粒一粒剥出来,放在小白瓷碗里。那些石榴籽颗粒真是太晶莹剔透了,像一粒粒宝石,闪着迷人的水润光泽。我捏起一颗放进嘴里,轻轻咬了一下,它便破裂了,甜滋滋的汁水在口腔里四溅,然后从我的双眼溢出来。

韩新就坐在我对面,我们之间隔着那些节日食品,还有一盒抽纸。自始至终,他也没伸手替我抽一张,他就那样看我流泪。然后他开始给我分析,他说其实我们两个人并不合适,我们没有共同的兴趣爱好,我们的知识结构有天壤之别。广告是一门艺术,他向往艺术,只有艺术才能使他真正臣服并获得他全部的爱。他说到艺术,这个词语让我一下子自惭形秽,我对艺术没有任何了解，我天生对不自知的事物心怀敬畏。我努力回想我们在一起生活的种种细节。在我的理解里，艺术应该也是一种学科知识，一个人具备了这种学科知识，他的思想乃至言行，或多或少都会受其影响，并带上这种知识所独有的特殊属性。譬如财务知识总是让我对数字极为敏感，通常一个银行账号，过眼一次，我基本上就能牢牢记住。而对数字敏感的人，思想、言行中都具有一定程度的强迫症，凡事都要确定其准确性与秩序性，它是一，它必须排在二之后。我想起韩新在我们生活的过程中，对我表现出来的忽冷忽热、忽远忽近。他总是心安理得地享受房间的干净整洁，而从未主动拿起过一次扫把；我们外出买东西或房东来收房租时，他总是习惯躲在我身后，一个月四十多块钱的水费，也没主动交过一次。这难道就是所谓的艺术知识所滋养出来的一个男人的言行？更要命的是，这时候我忽然想到我爸，想起我小时候他总是在白茫茫的月光之下吹奏《在水一方》。我无端觉得我爸似乎也是很艺术的，他最终毫不犹豫地扔下妻女一走万年，仿佛他的生命中不曾有过我妈和我。我不禁疑惑，艺术是不是专门滋养出这样的人？当然，也可能是我冤枉艺术了。

他坐在我对面，依然给我讲艺术，我想着想着，忽然露出笑容，而脸上的泪痕未干。他一下子停住了，未说出来的话在他的舌尖上打转，然后韩新的脸慢慢涨红起来，像一个被人看穿了谎言的人。很好，他还能为谎言脸红。我笑得更歇斯底里了，泪水也很配合，欢快滑落。韩新的脸红得发紫，渐渐地我看见怒火在他双眼里燃起，越来越炽烈，最后他站起来，居高临下地瞪着我，我也仰脸瞪着他。他在我的泪光中变得模糊，变得重重叠叠，分裂出好几个他。我们平时也会发生矛盾，一向都是我先服软，我从未像这样对他无动于衷。韩新的怒火最终发泄在那些八月十五的食品上，他手一挥，它们便从饭桌上四处飞溅。小白瓷碗飞到墙壁上，碰碎了，宝石一样的石榴籽落满整个房间的地板。我终于忍不住哈哈大笑起来。

韩新是浙江人，他有江南水乡人的隽秀与阴柔气质，但做事决不优柔寡断。过完中秋节他就走了。他说对不起，说了很多次。我在他的脸上看不到任何伤悲。他的对不起是为了结束，然后马上开始，他的结束和开始是无缝衔接的，当然不会有悲伤，而开始的喜悦又如此巨大。我的结束则是悬崖绝壁般的、无底深渊般的，无路可退，更无法前行。我们没有告别，他在我上班时走了，傍晚回来时，我看见饭桌上放着两把钥匙，一把是单元门的，一把是我们房门的。两把钥匙决绝地把我们十三年的生活变成了过往，一去不复返的过往。我在饭桌边坐着，冷冷地盯住那两把钥匙，直到窗外暮色落下，黑夜来临。我听见自己的身体内有噼啪作响的声音，像有东西在我的身体里破碎了，锋利的碎片划过我的五脏六腑。在黑暗中，我看见自己被开膛破肚，五脏俱碎。我又一次品尝了我妈当年离开时那种洪荒般的孤独、恐惧、绝望。韩新走后，我快速清理掉他所有遗留下来的物品，然而又在某个时刻发疯般想寻找一件他的东西。我就这样在理性与疯狂的不断交叉中度过他离开之后最初的那段时光。

后来我开始给姑妈打电话。傍晚从幼儿园回到家，我饭都没煮，就立刻给她打电话。姑妈总是在电话响起的第一声就接了，仿佛电话时刻被她抱在怀里。姑妈的声音很轻柔，她还是很少说话，多半是在听我说。我拿着手机从客厅来到阳台，又从阳台转回客厅，然后来到卧室，从卧室出来进厨房，出厨房又拐进卫生间。我的线路周而复始，从夕阳漫天一直走到繁星满天。中秋后的星空是多么灿烂啊，星星密密麻麻缀满幽远的天空，那种密集让人觉得窒息，又有一种疏离的盛世感。我站在阳台上仰望蓝幽幽的星空，和姑妈说白天在幼儿园上班的事情，说我每天吃的饭菜，说我胖了，说我想念念井，说在念井时的事情。姑妈在那头不断地"嗯"，然后她说要去做饭吃了。我才发现我们已经通了三个多小时电话。有时候我也会在晚饭后才给她打，一直打到她说要去睡觉了，这时往往已是午夜十二点。挂掉电话，房间里静下来，我听见自己咚的一声又无可救药地掉进令人绝望的孤独深渊里。那孤独真像一片茫茫无涯的海面，而我像一叶孤舟，前方没有灯塔引路，不知如何靠岸，也不知岸在哪里。

和姑妈的通话也没能驱散我内心庞大的孤独感，渐渐地，电话我也不打了。夜晚，我将自己囚于没有灯火的房间内，蜷缩于沙发或床上，双臂抱住膝盖，像冬夜一只受伤的小兽。我并没流泪，身体里像燃着一团火，我的疼痛是炙热的，这炙热将我的眼泪烤干了。那些夜晚，我忽然想到了我妈，对她产生前所未有的怨恨，她自私地将分离与孤独留给了我。其实我也无法肯定对韩新是否有真正意义上的爱，爱情之爱，也许我只是可悲地需要一个人永不言弃地陪伴罢了。我对孤独的恐惧深入骨髓，而我的孤独又过于荒凉和广阔，我无法从自己的内部产生与之对抗的力量，所以我渴望陪伴。

我变成了困兽。其实我一直在等待奇迹出现。毕竟我们一起生活了十三年，是我陪韩新走过他生命中最灰暗最失败的岁月，他怎么能如此毫不留情地离去？我期待某个夜晚来临时，房门被敲响，打开门，韩新风尘仆仆地站在门外，并对我表达离开后对我们过去生活的无比怀念。然而这世间的奇迹啊，你是如何期待它，它便会如何让你失望。在反反复复的希望与失望中，我终于精疲力竭，找了一个新的住处，搬离我们共同居住了七年的新华苑小区。风过无痕，可我不是风，我害怕房间里的任何东西，它们无一不带有韩新的气息。

走的时候一个人，二十多年过去了，回来的时候也还是一个人。从念井搬出去时，我在镇上也得了一栋屋子，但我长期不住，后来在姑妈的担保下借给一位族里的亲戚住了。每次回来（其实很少回来）我都在姑妈家落脚。姑妈视我如己出，她总觉得亏欠我，她不负责任的弟弟让人家的女儿遭罪，也让自己的女儿受苦。我觉得她的亏欠有些悲怆，一个人犯下的过错与罪孽，任何人都无法替他做出弥补与赎罪。

于是我回来了。我是真的想念念井，而它如今已是废墟一片，无一处可以为我遮蔽风雨的屋檐，只剩下残破的瓦砾堆和淹没往昔烟火的繁茂杂草。这广阔的群山和满山的草木能给我什么？

⋯⋯⋯⋯⋯⋯

僧没费什么劲就砍断了两根竹子。根是断了，竹子却依然屹立不倒，相互纠缠的旁枝稳稳扶住了竹子。僧直起腰，他的后背湿透了。

"要放倒有些难。"他望着那些缠绕的旁枝说，"不过也不要紧，你要帮一把劲。"

"当然了。"我说。我们放下手里的家伙，扶住竹子的根部往外拉扯。相当费劲，它们的枝叶缠绕得太结实了，我们像在拔河，劲一松，竹子便被往后拉，一使劲它就哗啦一声响，往下坠一点点。我们就这样一点一点把竹子从竹丛上拉扯下来，两个人都弄了一身汗。雨一直在下，在浩荡寂寥的大山里，我和僧就像两只忙活的蚂蚁，我们本身微乎其微，我们为生死的忙活也微乎其微。两根竹子拖着杂乱的枝叶躺倒在湿漉漉的枯黄竹叶上，竹子白森森的断口处发出新鲜的青涩气息。我们开始砍削长在竹节间的枝丫，僧不断提醒我不要过度使力，竹子外表光滑，刀刃也光滑，很容易打滑，一打滑刀斧就失去方向，很容易误伤到自己。他建议我帮忙砍掉那些比较细小的枝丫，比较粗硬的由他处理。

　　我拿的是柴刀，这种刀具我不陌生。独自在念井生活那两年，我上山砍柴拿的就是这种刀具，通常把它挎在木匣子里，匣子绑在腰上。它的形状类似普通菜刀，比菜刀要长，刀腰也偏窄，尾部有向内扣的弧度。我已经有二十来年没碰过这种刀具了，站在竹子跟前，手一握到它冰凉的手柄，山里的生活便跋山涉水而来。我以为我会生疏，但挥刀的动作、力度的把握、找落刀的恰当部位一气呵成。虽没有僧的行云流水，明眼人一看也知道我曾有过砍柴经历，那些动作已经在我的骨头里有了属于它们的永不磨灭的轨迹。

　　僧抬头看了我一眼，又看了一眼。

　　我们在唰唰的雨声中挥舞刀斧，利落地砍削那些横生的旁枝。柴刀落在竹子身上时，力的作用反弹回我的手臂上、我的身上、我的骨头上。柴刀每一次下落，我的身体便随之一震，那些长久以来被我刻意隐匿起来的不堪、卑微、屈辱、懦弱，在这种极为原始、简单、纯粹的劳作中被释放了出来，它们让我看见另外一个自己，她像极山脚之下的村庄，湿漉漉的、破损的、脆弱的、固执的，有一种无与伦比的悲凉。我的泪水无声无息地滑落下来，如此坦荡与旁若无人。广袤的天地与寂静的群山、丰茂的草木与晶莹的雨水、不善言辞的僧,包容与接纳了不堪与不甘的我,在他们面前流泪并不羞耻。

我和僧很快把两根竹子结节处横生的旁枝削掉,竹子有碗口粗,直溜溜绿森森的。僧砍掉了它们的尾部,和砍下来的旁枝堆放成一大堆,晒干后可以捆回去当柴烧了。我们身上的衣服全湿透了,和着汗水沾在身上,我们只顾着擦脸,看见彼此的脸庞和双眼都是湿润的。僧感激地看着我笑,我也感激他。

"僧,你孩子妈在那边过得不好,回来找你,你会接受吗?"我忽然问他。

"当然会,自己的家人。"他说着,目光落在那两根直溜溜的竹子上。

"她过不下去才想起你,你不憋屈得慌?"也许我不该在这种时候问这些事情,但我实在忍不住。僧的回答让我难以理解与接受。人心是肉长的,如何能够长期遭他人冷落甚至遗忘后,在他转身之际还能捧出如初的心甘情愿?

"不憋屈,没什么可憋屈的,凡事都讲定数,她回来,那也是定数,你命里该着的。这样想,你就没什么可计较了。"他说。

我默默站着,说不出话。他讲定数。定数是什么?是这群山里万物的永恒孤寂?是村庄必须接受被抛入历史之河,最后成为残垣断壁?是这漫天雨水粉身碎骨般从天庭奔赴大地,最终却被大地消融?是离开与等待,并且接受离开与等待才是常态?也许还有人类必须接受死亡,最后成为黄土之下的一堆白骨?

我无法确定僧所说的定数的具体指向。但此时此刻,僧脸上某种类似于悲伤,或者说悲怜的表情,以及雨水中群山和草木天荒地老般的肃静，让我心底忽然涌起一种毛茸茸的柔软……

僧摸出一根绳子，当作尺子从头到尾将竹子丈量了一遍。我知道他在丈量什么。抬棺的有八位四十八岁以下的壮年男丁，山里人称之为八爷，这意味着需要四根长短一致的竹子，每根两端站两位八爷。他丈量完，又着腰打量那两根竹子。

"够不够？"我问他。

"够的。"他说，"这里本来应该有个仪式的，要给竹子开光，现在山里没人了。没事，将就吧。"

"该怎么做？"我又问他。

"要点一炷香火，这事儿孙不能做。"他说。

"我来做。"我说。

"你是女人，也不能做。"

我们沉默起来。僧说将就，其实还是很在意的，他一直站在那里一筹莫展，因为我们得把这两根竹子扛回家。

雨唰唰坠落，万物静默，时间如永恒。我们湿漉漉地站着，良久，僧叫我待在原地等着，他转身便朝山上攀爬，很快消失在竹林里。不一会儿，一声粗犷雄浑的喊山声便响彻山间："啊呵呵呵——啊呵呵呵——啊呵呵呵——"这是山里人寻求帮助的方式。在山上干活儿的人，碰到难处时便呼喊，若有离他最近的人在干活儿，会寻声而去提供帮助。小时候念井人在山里干活儿，不小心踩了别人设的捕兽器，便喊山求救。

僧的喊山声不断传来，像一匹孤狼望月引颈哀号。只是这幽深如井的大山里，哪儿来的人？大约过了半个小时，我听见从山上下来的脚步声，还有交谈声音，不禁觉得这大山神秘莫测，它看起来似乎空无一物，但其实应有尽有，只要你有心召唤，它便像个潘多拉魔盒，将你所需之物捧出来赐予你。我想起那块在深夜坠落于僧屋后的巨石，它让我们与死神擦肩而过，算不算也是大山的恩赐？

一位戴斗笠、穿一身湿漉漉草衣的汉子跟在僧后面下来了。汉子手里提着一只白色蛇皮袋，装有小半截东西。他见到我，也像僧初见我时愣了。僧解释说是家里的亲戚。汉子对我点点头。他黑红脸膛儿，浓眉大眼，嘴唇很厚，典型的山里人。他的眼神没有僧那么清澈。

"像他孩子妈。"汉子盯住我说。看来他们认识。

僧笑了笑。草衣人姓黎，住在隔壁村，就隔一个山头，也是他一家占山为王。据说他在外面混过世界，做过不少能挣钱的生意，当然，钱最后全败光了，只好回到山里。山里人能吃苦，挣钱也许比守钱更容易些。他也算是个见过世面的人。他和僧都比我小，随僧叫我姐。他赤着一双蒲扇般的大脚，湿淋淋的，裹着泥巴，也不顾忌山地里的荆棘，裤管高挽，露出两截粗壮的褐色小腿。如今他和老婆两人住在山里，镇上也有房子，两个孩子在县里读中学。

我问他为什么又回来。他也没回答出个所以然，只笼统地说就是喜欢爬山，心里有什么事情搁着，爬爬山，爬到高处，什么事情都变小了，都想通了。我便不再问。那几年，我不是也常常这样吗？

汉子把潮湿的袋子放在地上，里面是蘑菇和山笋，他是到这片山找笋来了。连续几天的雨水，催生出很多新鲜美味的山货。把这些东西晾晒制成干货，价格可不低。汉子望着两根滑溜溜的竹子，摘下斗笠放在竹子上，然后摸出一包烟。是自卷的卷烟，烟纸是深褐色的。他哒哒哒地拨动那种一块钱一个的打火机,一连点燃三根烟,放在斗笠之下,权当三炷香火。烟草燃出袅袅烟气。我们都默不作声,只有雨落于草木之上的啪啪声。四周安静极了,连一声鸟鸣也没有,草丛中也无一声虫鸣。这简单的仪式在广阔幽深的群山面前如此卑微,却令人无比敬畏。

"家里都准备好了?"草衣汉子开口说话,雨簌簌打在他的头和草衣上。

"孝布、寿衣、棺木都备好了,栏里养了猪,小了一点,也够的。亲戚不多,镇上的村人就不请了。"僧说。

草衣汉子点头。"我妈前年走时也这样,亲戚来就成,也不好请村里人回来,来也应付不了,桌椅碗筷锅灶都不够,不像以前可以去左邻右舍借。棺木有亲戚抬就好,也不讲究,到时我会过来帮忙。你放丧炮我在那头听得见。"草衣汉子说。僧不断点头,在草衣汉子的果决面前,僧的脆弱与无措袒露无遗。他默默凝望斗笠之下那三根轻烟缭绕的烟草。此时他的心情我无法感同身受,我未曾经历过死亡。即便是我的双亲、姑妈去世,我也不可能感知僧此时的心情,因为我们与死者之间的感情不一样。僧和他的继父是生死相依,是这群山与草木的共生与拥有。我和我的亲人之间是什么?我忽然很难过,为僧即将的却也是永恒的失去,为我仍然存于世间的却也如同永恒般的失去。

三根烟草烧完,汉子和僧各扛一根竹子下山了,我拎着柴刀和斧头跟在他们后面。三个人小心翼翼朝山下走,竹子将我们彼此隔得很开。假如有一只鸟站在某一座山头,一定会看见我们像三只小兽般狼狈地抬着家当穿行在草木与雨水中。我们都没有说话。

回到家里，竹子被搁在屋檐下，汉子脱掉草衣，和僧进他继父的房间，想看看老人家。直到我换好湿透的衣服出来，他们还在里面，静悄悄的。我来到房门口，看见僧湿漉漉地垂头坐在床边，拉住老人一只枯瘦的手，汉子直挺挺立在床前，挡住老人上半身。他回过头看我一眼，然后转身走了出来。

"人走了。"他简短地说。我一阵惊愕。

"早上还好好的……"我说。早上我和僧准备上山时，他还进去看过他的继父。

"很正常，人老，又久病，有早没晚的。"汉子说，"你去烧热水，要给老人净脸。"

"有净脸人吗？"我问。

"如今哪还有净脸人，我们自己动手。"他说。

我便去厨房引火烧热水，汉子戴着斗笠出去了。僧在火灶肚里埋有火种，我很快便把火引了起来，在火灶上坐上水壶。干燥的柴火在燃烧中发出噼噼啪啪的爆响。僧一直待在老人的房间里，我叫他出来换身干衣服。他垂着头，依旧握住老人一只手，一动不动坐在幽暗的光线中。我来到厨房后门，雨一直在下，似乎可以下到地老天荒。我看见汉子站在那两块巨石之上的山腰处，他在深草中，正攀折一棵柚子树的枝叶，树枝晃动，他被抖了一身雨水。沉寂，像千年前的时光，生命的告别如此悄无声息。我忽然浑身哆嗦了一下，像是害怕自己也沉入千年前的沉寂里。

我把烧热的水倒进一只木盆里，汉子将摘来的柚子枝叶泡了进去，四处找不到剪刀，只好放进一把小小的水果刀。柚子叶能清除尘世污秽，剪刀能剪掉凡间三千丝烦恼，生命纯洁降临人世，应当如初离去。他把热水盆端进老人的房间里。我因是女性，便回避了。里面传来拧干毛巾的水声,屋里的两个人没有任何交谈。我伫立于门外,这山间岁月,无声无息无波无澜,我自以为是凝固的,是不变的,其实它从未停止流逝与变幻。我来时,有洛,有老人,有僧,如今只剩下僧了。短暂几日光阴,阴与阳两个世界便黑白分明横亘于我眼前。我感觉像有什么东西从我的心上坠落,又有什么东西从心底升起。

僧端了木盆出来,双目泛红,脸上是一种微醺的茫然状态,似乎不太相信眼下已经确凿无疑的事情。他走得有点头重脚轻,双脚相互打着,差一点被绊倒,木盆里的水一晃,洒了半盆出来。我连忙上前扶住他,他才如梦初醒,端着木盆出门,将水倒在门外的杂草丛中。

"要报丧。"三个人站在堂屋里,汉子说。僧点点头,他转向我。

"檀姐,你该回镇上了,白事,你待着不吉利。我大伯的孩子们在镇上,你帮我带个话,他会招呼其他亲戚回来的。"僧给我报了一个名字。

"我这就走。"我说,"假如我姑妈家没事,我跟亲戚们回来。"

"不要来,拜(谢谢)你了!"他说,"往后有时间你再来。"

我没和他争执,立刻回房间收拾我的东西,把剩下的几百块现金放在枕头上。

汉子已经开始着手锯那两根竹子了。他的草衣挂在屋墙上,不断滴落水滴。我和他道了别。僧拿着两顶斗笠跟在我后面,要送我到路边。雨看来今天是停不了了。我们穿行在杂草淹没的村路中,走过一栋栋破败不堪的房屋前。这些房屋,连续几天浸泡在雨水里,越发显出腐朽的败落相。

"你会出山去吗？"我走在僧身后问。

"不会。"他毫不犹豫地回答。

"就你一个人了，如何能待在这里？"我问。

"孩子妈走时说等孩子大些会带她回来看我。"僧说。

"所以你要守在这里？"我说完，察觉到自己的声音忽然高了，像带着愤懑，立刻又被这愤懑弄得羞愧无比。

"我姐也可能随时回来。"他又说。

"你到镇上去住，她们回来也能找到你。"我说完，打了个寒战。我无法想象这沉寂深幽如海的大山里，夜幕落下之后，一个人该如何度过。

"那不一样。"他说。

"有什么不一样？"我问。

"她们熟悉这里。"僧轻声说。

我不再言语。

我们在路边告别，僧转身往村里走，往低处走。我朝前走，往高处走。就在我快要拐过一道弯时，我已经处在半山腰了，忍不住转身朝来路张望……我的眼前忽然浮现出城市的高楼与车水马龙的幻象，它们像一幅幅剪影般投在眼前的群山之中，奔跑着一闪而过，片刻后群山又恢复沉默，草木依旧清宁，落雨还在潇潇，村庄越发颓败，小径被杂草淹没了，微渺的人影几乎看不见，这一切在我的眼中忽然变得如此慈悲，让我产生宽宥一切的力量。

我哭着从包里摸出一封皱巴巴的信。信封是土黄色的，标准信封那种，封面不落一字，没有地址，也没有封口。它当初是通过快递寄到念井的，这封信套在快递袋里，然后快递辗转送到我姑妈手上,姑妈又通过邮政快递将信转寄到市里给我。

　　只有两页信纸,我已经很久没见到过这样的信纸了,白纸红格,像小时候用的语文作业本。我并不熟悉那种字体,因为我没见过我妈写字,应该是由别人代写的。她告诉我她老了,浑身各个关节都疼痛,尤其雨天疼得更厉害。她说她在那边没有自己亲生的孩子,老头儿的孩子们嫌弃她。她说她对不起我,她特别想念念井,常常梦见半山腰那眼泉眼变成一口常年满水的大井,可以灌溉山脚下的庄稼地。她还说想回来,并且在信末尾留下了电话号码。

　　这封从四川宜州某镇寄来的信是两个月前落到我手上的,我反反复复读,但从没能顺利一次从头到尾看完,看个开头,看到一半,我总是怒火中烧地想将它撕个粉碎。我努力一次又一次克制怒火,它才得以完整保留至今。

　　我边走边将两张皱巴巴的信纸再次展开,那些字迹在我眼里渐至模糊、消失。在皱巴巴的信纸上,我看见炊烟缭绕的村庄、结满果实的庄稼地、长满草木的群山,以及群山之巅辽阔的蓝天与璀璨的星空……

临水之地

一

我们到达河边时,已经是暮色四起的黄昏时分,一轮橘红色的融融落日悬在河对面的群山之巅。白天阳光刚烈刺目,夕阳却极尽柔和绚烂,气势磅礴地铺满半边天。一条并不算宽的河流横在我们脚下,河水极清,水流平静,站在河岸上,听不见任何流水的声音。无风亦无浪,斜晖脉脉水悠悠。一艘挺大的机动船正从对岸码头航行过来。河流对岸是一个掩映在绿树中的村庄,楼房的边角若隐若现在葱茏的树木中,太远,看不清是什么树。村庄后面是群山,山上应该种植着经济作物,看过去山坡上的树木很整齐,应该是经过规划种植的。对岸的河边挺开阔,坡度比我们这边相对平缓许多,缓坡上种满蔬菜,不少菜农在那里蚂蚁般挪动着浇菜。一条呈 Z 字形的水泥路从岸上迂回到河边,这样设计是为了减缓坡度。我们这边也是一条 Z 字形的水泥路通往河边码头,从岸上往河边下沿走,多了不少冤枉路。莫纳镇群山怀抱,八分山两分水,没有一处像样的流水,因此面对这条并不算宽的河流,我还是被它的气势镇住了,呆呆地站在高高的河岸上,有一种溺水的感觉(我曾在游泳池里溺过水)。

她往我们的右手边走过去,望向往河边去的斜坡,自言自语:"以前不是这样的,根本没有这条水泥路,就是一条泥巴路,从这里直直下去。"她说话的口音很轻软,和我们莫纳镇人说话的声调不太一样,一听就知道是外地人,当然,是在莫纳镇生活了很长时间的外地人。她一直很瘦,六十八岁了,好多年前她的个头儿就已经比我矮。她不像镇上别的老妇人那样染头发,用的又是劣质染发剂,头发黑得硬邦邦的,毫无光泽,看起来像在头上扣着一块质地坚硬的黑铁。父亲还活着的时候也喜欢染发。他有一头茂盛的头发,年过七十发量仍然可观,只是变白了,刚睡醒时支棱得像一蓬杂乱的稻草。他因此颇为自豪,因为老友们早就成秃瓢儿了。父亲顶着铁盔般的茂盛黑发坐在她身边时,那种得意表情便越发明显。她无动于衷,任由青丝日渐变成灰白。她的笃定往往会惹得父亲满怀怒火,又发不出来,因为她并没招惹他。她一直话很少,尤其是在父亲发火时,总是一声不吭,平静的面容之下没有谁能轻易窥探出任何内容。她总顺着父亲,我老觉得她怕他,但等我谈了恋爱后,这种看法便完全颠倒过来了,我觉得父亲的暴戾其实是色厉内荏,实际上是他怕她。父亲和她或许都知道这一点。

她在一棵壮硕的蓖麻前停下,目光在长满杂草的斜坡上寻找什么。我朝她走过去,她指向一条隐约可见的斜道对我说,以前从这里上下,下雨时特别泥泞,不小心就会一路摔到河边,不过极少有人摔倒,因为他们知道在哪里落脚最踏实。我望向她所指的地方，那条斜道覆盖着杂草，但它比周遭凹陷，是踩踏出来的，草也就比周围的矮了一个头，依然能辨得出以前是条路。

"从这里上下？"我迟疑地问。

她点点头，目光仍然落在那条道上，仿佛想从杂草中寻找点什么熟悉的东西。我立刻想到漫天大雨时，爬坡的人脚下一滑，便会连滚带翻筋斗顺到底，然后像只装满土豆的麻袋栽到河里……这时落日已经被山尖吞了一半，夕阳照射不到的山体开始慢慢阴下来。那艘机动船也驶到我们这边了，人们陆续从船上跳下来。竟是一船老人，脑袋上都扣着一顶红色遮阳帽，他们沿着Z字路慢慢往上走，数了数，有二十二人。一个年轻小伙子腰间别着一只小型扩音器，不断提醒老人们小心脚下。

"那边有风景区？"我问她，她并不抬头，安静地凝视平静的河面，轻轻摇头。那群老人从我们跟前过去了，有些老人肩上竟然挂着几只已经晒干的小葫芦，显然是把它们当成工艺品买的。

"要过去吗？"我问她。

"明天吧。"她迟疑了一会儿，答道。

我感到很累，我们一路飞机、动车折腾前来，到达这个小县城时已经是下午，接着马不停蹄奔这里而来。近些年来夜里失眠得厉害，我习惯在中午闭目休息一时半刻，补一补精力。但在旅途中，环境、气味、声音都不对，我无法闭目半刻，只想躺倒长眠。到达县城住下时，她犹犹豫豫问我累不累，我便立刻明白她的想法，喝了半瓶冰镇啤酒提神后打车前来。其实这里离县城不远，有公交车到达。她也说离县城不远，但她离开毕竟快四十年了，很多时候不仅物是人非，也会人物皆变，或许连她惦记的"浣纱村"也早已搬迁他处也说不定。我们便打车，师傅连导航都没开，嗖地一路奔来,出城半小时不到。

太阳终于完全掉到山那边去了,暗下来的光线使天边的晚霞越发显得浓墨重彩,河面像在燃烧。那艘船终于开走了,拖着船身劈出来的 V 字形波纹,斜斜朝对岸码头航行。那边码头边上有一株非常浓密高大的竹子,像变魔术似的,一群白羽毛鸭子忽然从那丛竹背后蜂拥而出,挤满对岸的码头,然后毫不犹豫地飞奔下河。这一幕发生得过于迅速,我一时竟看呆了,瞪着那群白毛鸭浮在燃烧般的橘色江面上。

"傍晚河里的水螺吸附在靠近河边的水藻上,鸭子喜欢吃水螺。"她说。果然,鸭子跳下水后,并不往河中心游,而是沿着河边排成一排长长的鸭队伍,极像河岸线穿起来的一串白珍珠。

"河螺也能入菜,炒河螺是这带很有名的菜肴。"她又说。我不置可否。我们莫纳镇海鲜河鲜极为少见,大节日时偶有贩子从县城贩些小鱼小虾来镇上,价格堪比抢钱,贵得吓人。因此对于江河里的东西,我一直保持莫名的排斥感,有种吃不到葡萄就觉得葡萄酸的心理。

我们一直在岸边待到夜幕降临,月亮早早升起来了,朦朦胧胧悬在空中。当最后一抹夕阳隐去时,河面上的橘色波光变成了鱼鳞般的银色光彩,一波波在河面上荡漾。对岸浣纱村的灯火在树丛中隐约闪烁。我们两人站在高高的岸上,脚下河流盛满银色的月光,隔河遥望对岸,那点点若隐若现的静谧灯火,竟让人有种恍若隔世感。

有晚风吹来,带有河水清凉的气息,这点凉爽与舒适让我有了些精神,却也令我忧虑。我知道这种时候获得的清醒必定要付出整夜无眠的代价,明早我的脑袋肯定会涨痛欲裂。失眠折磨我已经多年了。

"你在对岸待了三年？"我问她，我母亲。

"嗯。那时候村庄离河没那么近，村庄在半山腰，如今坐落村庄的地方是一片稻田。中秋过后要收割稻子，那段时间空气里都是稻子的清香，我一辈子都没闻过那样的清香，麦香也比不上的。如今都变了。"她说。

"当然会变，你都离开快四十年了。"我说。

我们的脑袋上方盘旋着一团团蚊子，嗡嗡嗡地飞来飞去。朝脑袋上方挥动手臂，碰到无数的蚊子弹在手臂上。

"回去吧。"我说。一整天我几乎没吃什么东西，没觉得饿，只感觉累。她看起来毫无倦态，到了这个年纪的人似乎并不需要睡眠和休息了，很多时候我不得不承认她的精力比我好。我们往回走。从河岸到有公交车的公路，需要十五分钟左右的路程。这是一条水泥路，两边都有蓄水的沟渠，沟渠之外是大片的芭蕉树，树下的月光被巨大的芭蕉叶割得斑斑驳驳的。偶有老鼠沿着水泥路飞快穿越，从一边的芭蕉地窜到另一边的芭蕉地，它似乎被我们吓着了，我听见有老鼠慌张跳跃过沟渠时，一头撞到硕大的芭蕉树根的声音，砰的一响，然后吱吱尖叫，应该是被撞得眼冒金星了。我们很顺利地在公路边搭上公交车，到达县城时，却怎么也找不到登记住宿的宾馆。我记得宾馆前有一棵巨大的小叶榕，长长的根须从树上直垂下来，有些根须粗到可以荡秋千了。母亲试图按照记忆中的路线寻找那家维也纳酒店，最终失败。她摇摇头，指着一个十字路口说，原来这里有百货大楼的。我望了一眼，如今这里已经是一家灯火通明的大型超市了。我便向路人求助，那家宾馆竟然就在超市后面，越过正门，朝后走就能看见那棵巨大的榕树了,挂着一树的灯火。

我们订的是标间,进房间我便蹬掉鞋子洗漱,不打算再外出。我实在累极了,每根神经都痛,像有无数把锤子在敲打它们。等我从卫生间出来,母亲不见了,我蹬掉的鞋子整齐地摆在卫生间门口,白色短袜横放在鞋子上。我不担心她,她识字。她肯定是出去寻找那些曾经熟悉的东西去了,当然,也可能是出去找熟悉的感觉,不一定非得是物。很多时候我们都会这样,面对人物皆非的熟稔之地,只能寻找一种过去的感觉。

只是我不理解她为何要找这种感觉,这个地方于她而言应该是一个噩梦,包括她从十九岁起就一直生活的莫纳镇。前些日子是父亲去世一周年忌日,忌日一过,她便要求我陪她进行这趟旅途。我无法猜测她真实的想法,对于这个地方、那段时光,她从未对我说过。

我们住的是八楼,小县城的建筑物都不怎么高,这个高度几乎能将县城的一半纳入眼底。站在窗前,窗下灯火阑珊,我望见不远处有一个湖,嵌在周遭的建筑物中间,一圈闪烁的彩灯把湖的轮廓衬了出来,挺大一个湖。这个地方不算太闹,但可以肯定我将不会得到一个好睡眠。我对于气味很敏感,家里的床怎么乱都成,但熟悉的气味让我有安全感,好歹也能迷糊上两三个小时。早几年前我吃右佐匹克隆助眠,这东西倒是能在半小时之内让我沉入睡眠,但第二天整个人都是绵软无力的,似乎睡得过于深沉,浑身的肌肉骨头都在沉睡中全部松弛了,力气也跑光了。那种浑身乏力提不起劲的感觉让我觉得很可怕,不得不戒掉。我还做过半年针灸治疗,效果甚微,也放弃了。我在无数个毫无睡意的夜晚苦苦追溯失眠的源头,想对症下药,但居然忘记了因为什么而失眠。我的睡眠一直都不好,随着年龄渐增,它也亦步亦趋,也许会一直跟随我直至生命结束。

我从窗边返回床上,调好空调,关掉房灯,只留卫生间亮着,将自己沉入柔软的床铺里,什么也不想地闭目。有一刻,我居然有整个人快速向下坠的感觉,这通常是预示人快要进入难得的睡眠。房门这时候开了,那点生涩的睡意立刻闪电般消失得无影无踪,我蓦地睁开双眼,一阵眩晕猛烈袭击额头,心脏剧烈跳得几乎要破胸而出。

"小妖,睡了?"母亲轻轻关上门,大概是她看见屋里灭灯的缘故。

"没。"我叹息着回答。屋里的灯一下子亮了,她在门边开灯,脱掉鞋子轻悄悄走进来。她买了矿泉水和一串只有四个的芭蕉,每个都比玉米棒子大,吃上两个足可撑死人。我又闻到了一种含有干辣椒的菜香。

"起来,我买了炒河螺,你尝一尝。"她说。她手里捧着一个白色一次性饭盒,站在灯下笑眯眯地看我。我只好起来。那是一盘佐以薄荷叶、酸笋、干辣椒、姜丝炒的河螺,每只大如拇指,尾巴被剪掉了,暗黑色的壳子被油炒得油光水亮的,散发诱人的香味。她还买了两罐冰啤。我们坐在窗前的小圆桌旁就着啤酒吃炒河螺。她摸出一把用纸巾包着的牙签给我,教我把牙签捅进河螺壳里挑出肉来吃,河螺尾巴那一节要吐掉。我挑了几只,果然美味。她并不用牙签,嘴巴对着河螺一吸,便把整个河螺肉吸了出来,极为熟练。我学了一下,大概吸的方法不对,河螺肉死活不肯出来。

"我也是练了很多次才吸出来的。"她有点得意地说,"那时候清晨有很多村民到河边摸河螺,河螺吸附在河边浅水处,还在沉睡，一摸一把。等太阳出来，阳光射到河里，岸边浅水的地方水温开始升高了，河螺就醒来往深水里去了。没想到这么多年过去，这里的人还在吃这东西。"

"既然是菜，肯定是要吃的，人的口味不容易变。"我说。她从这里回去以后，变得很会吃辣椒，顿顿断不了。这也是让父亲火冒三丈的原因之一。

"只是价格比以前贵了好几倍。"她叹息，已经放下筷子。她吃东西一向这样，浅浅几口，吃东西似乎不是为了吃饱肚子，而是尝尝味儿即可。她对许多事情都很克制，不知道她为何这般。我们虽然是母女，可我从未真正理解她，她有一种以不变应万变的笃定性情，和父亲不点也炸的性情完全相反。一个安静的人，即便再简单，你也会觉得有些琢磨不透。

那盘河螺被我吃得精光，一吃饱便觉得昏昏欲睡，但我不会被这种假象蒙骗的，这种感觉几乎每个夜晚都有，也没有哪个夜晚能顺利睡过去。母亲进去洗漱了，出来时我闻见力士香皂的气味。几十年来她一直用这个，从来不碰沐浴乳。她灭了灯，又打开，从包里摸出一盒药，连同一瓶水递给我，叫我按照说明书服用。那是一盒酸枣仁安神胶囊。"你试一试。"她说。我拆了盒子，服了四颗，吞得太猛，胶囊被堵在喉咙里，硌得生疼，赶紧大口喝水，那胶囊才顺下去了。

我们都躺下了，不知从什么地方传来唱歌的声音，卡拉OK那种，我细细一听，是李克勤的《夜半小夜曲》，洗脑般循环唱了很多遍，有一点催眠作用，令人昏昏欲睡，也有可能是安神胶囊起的作用。不久后，我便又产生了那种身体急速向下坠落的感觉。

"小妖，当初我并不是被卖到这里的，不是这里。"

正当我眼皮开始变得沉重时，母亲在黑暗中轻轻说了一句，那点睡意又迅速遁形了。

"不是这里？"我有些惊愕，"那我们来这里做什么？"我一直认为她此番旅途是想要寻找些什么。

"我是逃到这里的。"她说。

"逃到这里？"我更不解。

"你先睡吧，以后我再告诉你。"她说。

"我睡不了，你知道的。"我说。

她沉默不语。

"你和我爸，有过感情吗？"沉默了很久，我还是忍不住问她。这是困扰我很久的一个问题。

"我们是亲人。"她含糊地说。

我一时语塞，猛然醒悟她在我爸面前那副永远沉静的神情，那或许不是性情所致，而是丧失了表达的热情。对于心所不属的人与事，除了沉默不语还能怎么样？

"既然你和我爸没感情，你怎么不从这里回你的老家？"我问完，立刻发觉问了个愚蠢问题。果然，听见她在旁边叹息。

"不是有你嘛。"她说。

她这辈子被卖了两次，第一次被卖到莫纳镇，生养了我，在我八岁时，又再一次被卖。三年后她自己回来了，对于第二次被卖的经历，她始终闭口不谈。直到父亲去年去世，满周年后她才忽然向我提出这趟旅程。她老家在山西，第二次被拐卖回来后，她回过一次老家。父亲怕她一去不回，没让我随她一起回去。半个月后，她回来了，从此再没回过老家，不过保持着和老家的联系。据说我还有两个舅舅，她是老大。我的外婆在母亲被拐后第四年去世了。

"那边也穷,莫纳镇稍好一些。"她几乎不提老家的事情,被我逼急了,给这么一句。我羡慕镇上那些有舅舅的孩子,羡慕他们过年去外婆家能常常得到舅舅们给的红包。于是我便凶巴巴地骂父亲,怨恨他娶了一个一开口说话便遭人嘲笑的老婆,外婆家还那么远,让我讨不到舅舅们的红包。父亲往往会给我一顿鞋底吃,但我不长记性,每年都闹得他不得安宁。其实莫纳镇上没有舅舅的小孩不止我一个,像母亲这样的外地女人有不少。这个被包围在群山之中的遥远小镇,有淳朴厚道的一面,也有令人不齿的龌龊一面。我后来还有一个弟弟,只是一生下来便夭折了,难产,母亲也差点丧了命,从此再没一儿半女。父亲有时候骂我丫头片子不中用,我便回骂他:"你最好连丫头片子都没有。"他想了想,有点后怕,丫头片子也是能给他披麻戴孝摔火盆的,若连这个都没有,连他过世时摔火盆的人也没有了,只能找一只公鸡代替,在公鸡脚上系一根绳子,绳子一头拽在作法的道公手里,他不断扯绳子,公鸡不断扑腾,一直到公鸡扑腾翻了火盆,才能起棺前往埋葬之地。父亲脾气暴躁,但我不怕他,挨鞋底也不怕他。他常常感叹不知道我像家里的谁,奶奶说,还能像谁,一窝里。奶奶对母亲挺不错的,她不像别的和她一样买儿媳妇的婆婆,对异地儿媳妇看管如犯人。母亲生下我后,基本上就可以自由活动了。她就是在一次独自上县城时,遭遇第二次拐卖的。

半夜时分,忽然毫无征兆地下起了雨,很大,密集地扑打窗户。我听见母亲起来关窗户的声音,关好窗,她安静地站在窗边朝窗外望,透进来的光给了她一个模糊的轮廓。她不高,一米六不到,老了以后又变得矮小了些。凭良心说,母亲在家里并没吃什么体力上的苦,假如忽略掉"买卖"这一层,她其实是嫁了挺不错的一家人。家里有一片林木、几块种玉米的坡地,父亲还经常从镇上往县里倒腾山货,家外的活儿基本没让她操劳,她只负责家里的一些家禽,以及照管我和全家人的衣食等,因此她看起来比实际年龄年轻不少。雨水很大,没有风和雷电,像从天上忽然倒下一盆水。她站在窗前很久,不知在张望什么。

我终于在精疲力竭中模模糊糊睡过去。碎片似的梦一场接一场,没有一个是完整的。所有的场景都在我们莫纳镇,而且梦中的我都是小时候的,总是一副惊惶不安的面孔,不是在莫名其妙奔跑就是背靠墙角蹲着。我努力紧缩着身子,像怕冷似的。

"小妖!"迷迷糊糊听见有人叫我,并且像在拉扯什么,我在梦中把自己抱得更紧了。然后有人拍我的肩膀,我才慢慢醒来,睁开眼睛看见母亲坐在我床边。她正试图把我抱在怀里的薄被扯出来。

"天亮了!"她说。

我松开被子,翻身朝窗口望,窗帘拉开一条缝隙,外面阳光灿烂,车来人往的嘈杂声灌窗而入。我晃了一下脑袋,居然没感到以往睡眠不足惯常有的头痛,似乎昨晚的药物真起作用了。

母亲把手伸进我后背,"你看,全是汗水,你做的什么梦?"她问。我没吭声,她当然不会明白我的梦,她当然不会明白她被拐那三年我遭遇了什么,也不会理解那些遭遇给我留下的阴影。

洗漱后我们出去吃早餐,顺便问前台服务员,浣纱村是不是个景点。她说那里搞农家乐,城里人喜欢周末去吃柴火饭。我又问有没有民宿,她说有,整得挺干净的,并极力推荐我们去看看,说村庄的生活很有趣。我笑起来,我们莫纳镇不就是村庄生活,柴火饭,这叫法真有意思,不就是烧灶火煮饭嘛。

我们又一次来到河边。这次坐公交车,下车后拖拉杆箱顺着那条水泥路走进来。阳光很火辣,晒在裸露的手臂上有强烈的灼热感。走过那片芭蕉地时,芭蕉叶浓郁的青涩味让我接连打了几个喷嚏,我到水渠边摘了一片硕大的芭蕉叶,扛在肩上当遮阳伞,竟也得到一片阴凉。我鼓动母亲也去摘一片,她刚走到水渠边,嗖地从芭蕉地里猛窜出来一条个头儿很大的黄毛狗,吓得我尖叫起来,肩上扛的芭蕉叶大伞也落地了。几乎在一瞬间,母亲猛地蹲下,大狗嗷一声大叫,飞快掉转头又窜进芭蕉地里,在离我们不远的地方夹着尾巴朝我们凶狠地吠。这时从芭蕉地深处传来一声尖锐的口哨声,那大狗身子一震,不甘心地瞧我们一眼,掉头朝芭蕉地深处跑去了。

"不用怕!"母亲站起来,过来捡起芭蕉叶伞,"小时候教过你多少次,总不长记性,遇见狗朝你跑过来就蹲下,狗以为你捡木棒打它,就不敢上前了。"

"吓……吓死了。"我结结巴巴地说,后背渗出一片冷汗。最后我们母女各扯芭蕉叶的一端,躲在阴凉下朝河边走去。

"这河叫洛河!"我们又站在昨天傍晚站的地方,母亲望着暴烈阳光之下金光闪闪的河面说。洛河,浣纱村,这临水之地。

河流在白天看起来比黄昏时显得宽广不少,河水也更为清亮,河面上跳跃的白亮阳光刺得人眼发花。有人在划竹筏撒网捕鱼,对岸河边的菜地有菜农忙碌的身影,昨天的客轮刚从那边码头驶出,发动机的突突声越过水面隐隐传来。我们拖着拉杆箱走上Z字形水泥路,路面散发出热烘烘的气浪,很熏人。这地方远比我们莫纳镇炙热得多,莫纳镇四周环山,山上百年的树木数不胜数,一年四季都有来自草木的阴凉气息。

码头上有十来个等渡船的客人,从衣着上看应该是村人。看见我们渐渐走近,一位戴草帽穿蓝色短袖上衣的壮实大嫂朝我们迎过来。

"大姐,走亲戚还是玩?要不要住家?很干净的,家里没有仔,晚上也安静,仔在县上读书住校了。"她朝母亲打招呼,极热情,两道浓密的黑眉,赤红的圆脸,显然是被晒的,上唇有一圈细密的胡子,人看起来很干练麻利。她的普通话讲得荒腔走板的,倒也还能听懂。

"我们……来看看。"母亲有些犹豫地说。

大嫂瞧了一眼我们的拉杆箱,说:"那就住家里去吧,便宜干净,六十块一人一晚,你们跟我去看地方,不合适再换别家。"她很大气,她说仔(这地方管孩子叫仔)小名叫六指,生下来右手大拇指有两个指头,村里人叫她六指嫂。她对我们比画她的大拇指,大家都笑起来。

这是我第一次坐轮船,有种轻微的眩晕感,不像晕车,晕车只是感觉车在移动,而晕船则是脚下整片土地都在移动,那种什么都晃动的感觉让人晕得更难受。我紧靠栏杆,生怕一不小心栽进河里。母亲很平静,她连甲板栏杆都不靠,一直凝视着金光闪闪的河面。

六指嫂刚上县里买作料去了,她的藤条篮里装满了瓶瓶罐罐、鸡精、蚝油、酱油、醋、料酒、胡椒粉、辣椒酱、蒸肉粉、苏打粉,还有好几包老鸭汤汤包。他们一直在聊天,我一句都听不懂,不知母亲是否听得懂一句半句,毕竟她在这个村庄生活过三年。一直到靠了码头,她依旧一声不吭。

码头边上那丛竹子比我在对岸看见的还要大,挤挤挨挨长在一起,成为庞大的一簇,四五十棵恐怕都有了。它们的旁枝在空中相互缠绕纠结,想要砍倒一棵几乎不可能。这丛竹子为码头遮挡了阳光,倒也得一片凉爽。古老的大树在莫纳镇并不少见,这样气势磅礴的竹丛我还是第一次见到,像几十个筋强骨壮的大汉搂抱在一起。竹子足够老,竹根部已经泛黄了。我们莫纳镇人相信,足够老的树吸足了天地精华,变成了树精、树神,是要膜拜的。我果然在一些竹子根部看见了绑着的红布条。这地方与我们莫纳镇相隔千里,山高路远的,连阳光都不一样,但人们心之所向似乎是共通的,都相信有看不见的神秘力量在掌控人间生灵的福祉。

下了渡轮,六指嫂领我们向岸上走。转过竹丛背面,竟然有一栋红砖瓦房,不算大,瓦房前的空地上满是白毛鸭子,正是昨晚我们在河对岸看见的那群。从河对岸看过来,竹丛把瓦房给挡得严严实实的。一个穿绿色挂线背心和土黄色中裤的老头儿躺在瓦房前的懒人床上,正悠闲地摇扇子。老人的脚边趴着一只黑毛大狗,舌头伸得老长,脑袋搁在两条伸长的前腿上,看见我们头都不抬,很淡定。

浣纱村的基建搞得很好,走路的小道都铺了水泥,并且巧妙隔开那些树木,都是我认得的苦楝树。此时正是苦楝花盛开的季节,树冠上挂着一团团淡紫色、米粒般大小的苦楝花。村里这种树极多,房前屋后都有,因此阳光虽暴烈,却也处处见阴凉,三三两两的老头儿在阴凉里下棋,一律挂线背心加大中裤,都晒成了酱油色,身边都蹲着几条狗。暖乎乎的空气中夹着隐隐的清香,那是苦楝花香。村里的房屋全是两层红砖楼房,外墙裸露,门是双开的,木板门很厚。

"以前是土坯房。"母亲轻声说,"如今全变了,以前这里是一片很好的稻田。"

"当然会变,都过去多少年了。"我说。一条肥硕的花狗远远朝我们奔过来,我立刻闪到六指嫂背后。

"不咬人的。"她笑着说,"村里的狗生人见得多了,早就不会叫唤了。这东西也草包,你慌里慌张它就凶你,你凶它它就跑掉了,别怕。"

我笑起来,她把狗的性情形容成草包,挺新鲜。

那狗夹着尾巴从我们旁边一溜小跑过去了。

六指嫂的家在浣纱村西头,也是一栋两层红砖房,门前种有一株很茂盛的三角梅。她给三角梅搭了架子,成了一个棚子,也是一处阴凉,下面有几把光滑的竹椅。屋里收拾得非常干净,厅堂只有电视机和一套锈红色的木沙发,有点脱皮了。电视机挂在墙上,下面是墙柜,摆有一大两小三个香炉,成为一个小神堂。

"这一层我们自家人住,三个房间,二楼也是三个房间,两个单间一个标间,单间是公共卫生间,标间有单独卫生间。你们先坐,我进屋看一下我公公。"六指嫂风风火火放下篮子,进了厅堂一侧的房间,很快推出一个坐在轮椅上的老头儿。他嘴歪眼斜的,身上也是背心加大中裤,裸露的皮肉松松垮垮的。

"仔的公(爷爷的意思)中风了,不过他什么都懂,清醒着呢。"六指嫂说。我们母女对视了一下,六指嫂立刻明白我们的忧虑,说:"不要担心,公公不碍事,别家有的服务质量我这里都有,什么也不会耽误。"

老人显然想和我们打招呼,努力在脸上挤出笑容,扯得五官更加变形了。六指嫂把老人推出后门,进卫生间,关上门,显然是在帮助老人方便。

"她是儿媳妇,不方便吧?"我吃了一惊。

"病人哪里还讲究这么多的。"母亲轻声说。

他们很快出来,老人被推到电视机前,六指嫂打开电视,又进老人房间拿出一个带有吸管的水杯,送到老人嘴边,老人努力抿嘴吸起来。

"七十七岁了,中风五年了,倒没生过什么病,连个感冒都没有,是我的造化了。仔的爸在街上跑运输,早出晚归的,白天就我和公公在家。"六指嫂说。

楼上的房间挺干净。六指嫂看起来有些粗糙,房间的窗帘和床上的铺盖倒选得挺有眼光,都是淡紫色的,看起来清新雅致。标间有两张床、空调、电视、小衣柜,卫生间宽敞得让人吃惊,我住酒店从没见过这么宽敞的,蹲坑和镜子也弄得锃亮。我们决定住下来。

六指嫂说:"周末来的客才多,大家都喜欢围水的村庄,像个岛,我仔跟我说什么世外桃源。我不晓得什么桃源,我读书不多,仔比我聪明。"她说着笑起来,实在是个挺开朗的农家妇。

晚饭我们和六指嫂一起吃,一顿饭每人二十块钱,早餐是十块。她极力推荐我们到坡上吃。坡上就是旧浣纱村,如今那一带都种了果树,林下还养鸡养牛,家家户户在果林里搞几间瓦房,当作客人们吃柴火饭的地方。

我们的晚饭是野菜鸡蛋汤、炒芭蕉心、黄豆焖猪蹄、西红柿炒魔芋,还在西红柿炒魔芋里放了肉片。六指嫂说本来该烧河鱼的,早上没买,今天不是周末,想不到会有贵客来。

浣纱村的夜晚很安静,从六指嫂家的楼顶朝山上望,山坡上的灯火影影绰绰,我无法想象那片天地的样子。母亲说要出去走走。六指嫂给了我们一个小手电筒,嘱咐我们忘记路了就叫村里的仔带来六指家。我们沿着村里的水泥路走,看见每家都敞开大门,狗在路上走来走去,像个村里人,有好几户人家在大厅吃饭,听见有讲普通话的声音,想必也是游人。夜晚的空气清凉许多,苦楝花清幽幽的香气弥漫在暗夜中,这缕幽魂般的清香让浣纱村的夜晚多了几分魅人气息。

沿着村路绕了一圈,我们便出了村,顺着那条往河边去的水泥路走。村外的空气要比村里更清凉,带有河水的湿润气息。不断有人骑着摩托车朝村里行驶去,也有好几辆小车从村里开出来,沿着 Z 字形路慢慢开下码头。我们走下码头,朝与鸭房方向相反的河边走了一段,避开码头。河边的沙地很湿软,河水清凉的气息带有水藻淡淡的水腥味。明月当空,河里也映着一轮,幽深的夜空星星稀朗,身后的菜地传来虫鸣声,菜叶散发出青涩的气息。

我们在沙地上坐下,波浪拍打岸边发出潺潺声响。

"这河挺温顺的。"我望着月光下粼粼发光的河面说。

"温顺?现在正是雨季,下两三天大暴雨你就知道了。"母亲叹着气说,"下暴雨发大水时,这些菜地全被淹没,一年能淹好几回。你看见那丛竹子了吧?河里涨水时能淹到竹尖的。"

"你见过?"我有些不相信。

"见过。"

"你说逃到这个地方,是怎么回事?"我终于还是忍不住。以前我从未问过这些事情。在莫纳镇,我很小的时候镇上人就告诉我,母亲是买来的,我并不太当回事,镇上像她这样的又不止一个,只要她是我妈,只要我有妈就成,管她怎么来的。这种想法其实到现在我一直都有,我从未把她和母亲的身份分开,从未想过她也是一个单独的个体,应该有属于她自己的想法和想要的生活。直至她决意要来这一趟旅途,并且态度坚决地对我说,现在她是一个寡妇了,可以去想去的地方,见想见的人。我这才猛然醒悟,这么多年,她一直被妻子、母亲的身份罩着,在这种并非她自愿成为的角色里,也许没有哪一天是她想要过的日子。如今暮年了,她争取一趟属于她的旅行,我作为她最为亲近的人,是应该支持和陪伴她的。想着她一生的际遇,我忽然一阵心疼。她有这样的遭遇是不幸的,但如若没有这样的遭遇,我又从何而来?

"当年我从山西到莫纳镇,坐班车花了三天两夜的时间,从莫纳镇来到这里,不,不是这里,应该是与这里相邻的一个县城,花了两天和一个晚上,从那个县城到这里,我记得坐班车花了一个白天。张老师后来告诉我,他当时是到隔壁县一所小学观摩去了。"她说。

"怎么会有一个张老师?"我很惊讶。

母亲沉默不语。我们在河边坐了很久,直到凉意漫上脚踝才起身往回走。回到六指嫂家时,发现她家门口停着一辆农用车,我知道是男主人回来了。那是一个高大结实的壮汉,也是肉墩墩的赤红圆脸,和六指嫂很有夫妻相,他让我称他为姚哥,姚明的姚。姚哥从街上买回一个大西瓜,破了叫我们吃。六指嫂拿勺子挖西瓜喂她家公,老人吃得满下巴都是西瓜汁水。

夜很宁静,熄灯睡下后,偶尔传来一两声狗吠声,浣纱村很快沉入幽深的夜里。

二

莫纳镇离县城八十多公里。我们的小县城和镇子一样,坐落在群山怀抱之中，典型的山区县份，边远、闭塞、穷。当然，现在已改变了很多，有高速公路直达市里和省城。莫纳镇属边防重镇，去年开始修建通往县城的高速路，据说通车后只需四十分钟就可以到达县城，而以往八十多公里班车要走近三个小时。公路窄，拐弯处又极多，两旁的小村庄数不胜数，一个拐弯，冷不丁遇上一群牛走在路中间，粗心的司机往往来不及刹车就一头撞上去了，车撞牛的交通事故常有发生。

我父亲上头有一个哥哥，也就是我大伯，他是个精明人，年纪轻轻就学会从镇上倒腾山货往县城贩卖，挣了不少钱，还没成家就在县城买了房子，后来又在县上娶妻生子，镇上的老房子留给了奶奶和我父亲。父亲从小身体羸弱，又早早死了父亲，奶奶极宠爱他，惯得他能上房揭瓦，成年后因为脾性不好，哪家都不愿把女孩嫁给他。他也不着急成家，领着镇上一帮糟糟娃成日闯祸，一晃混到三十出头。那时候男人三十多岁还没成家，按照我奶奶的说法，肯定是遭了"天谴"，愁得她老想寻死。镇子上开始陆陆续续"来"了一些外地媳妇，奶奶不禁心花怒放，盘算起馊主意，频繁上县城找我神通广大的大伯，说父不在，长兄为父，大伯要是不帮自己的亲弟张罗，不仅要遭天谴，还要遭雷劈。据说钱是我大伯出的，历尽艰辛，莫纳镇又"来"了一位外地媳妇。母亲很有几分姿色，眼睛早就哭肿了。她很安静，不闹也不吃不喝，饿得只能躺在床上出气。邻人便示意父亲"趁热打铁"。他人倒也没坏透，拒绝了，说那才是真要遭天谴雷劈。奶奶早年失夫守寡，深知女人遭遇厄运时的内心苦楚，也不赞成邻人做法。她最后没法了，两个老膝盖一屈便跪在床前，求母亲吃一点喝一点。母亲已经饿得意识模糊，被人一灌菜汤，便凶狠吞咽起来，又活过来了，有力气了又开始不吃不喝,如此循环往复。脾性暴躁的父亲居然忍了下来。半年之后,母亲实在消受不起白发苍苍的奶奶双膝长跪,默许了这桩毫无人道可言的婚事。第二年,我便毫不含糊地来到这世上,断了她所有归去的念头。父亲比母亲大整整十一岁,生下我后他的脾气又原形毕露,不过他变得勤快了,遣散了那帮整日跟在他脚后跟的糟糟娃,开始料理田地,种了一片杉木,在大伯的帮助下做一点小生意,竟也把家里的日子扛下来了。父亲也许是疼爱母亲的,但他表达爱的方式过于简单粗暴,母亲秉性娴静,两个人显得很不搭调。

"我们家(是指山西老家)离县城远,穷,三个孩子,两个弟读书,我没书读。我十九岁才第一次上县城,也没一件好衣服,就跟着去了,车费攒了很久,跟一个常年在外头做买卖的亲戚去的县城。我就吃了一袋亲戚买的动物饼干,晕乎乎的,走到哪里都不知道,只记得没日没夜地坐车,上车我就打瞌睡,下车也分不清东南西北。"母亲说,"后来想,一定是给下了药的,这类事情常听人说,没想到发生在自己身上。我们那里不吃大米,吃馒头、疙瘩汤、土豆,也不像这边有那么多的蔬菜水果。"

有一年我在外地读书,放寒假回家,那是我第一次整整离家一个学期之久。想家是当然的,老是梦见母亲做的那些家常菜。她做菜很特别,不是本地纯正的味道,想必是她用老家的方法做的。放寒假回家,有一天我问起她关于老家的事情,她便对我说了以上的话。那时候我读师范,而她已经经历了第二次拐卖,又回来了。关于后来那次遭遇,她始终闭口不谈。只是回来后,她像变了个人,喜欢上吃辣,更令我和父亲吃惊的是,她居然识字了。我的语文课本她常常翻,后来家里有了电视,她也能看懂了。

关于我们那里这种畸形婚姻,源于二十世纪八十年代中期至九十年代初刮起来的一股邪风。边远贫穷如莫纳镇的小地方,土生土长的女孩子根本不愿嫁本地男子,生活条件实在太苦,一些长鬼心眼的人便捉住女孩们怕穷的心理,打着介绍往富庶之地的幌子,把女孩子骗走卖掉,去的地方往往比本地更穷,然后又把外边穷地方的女孩子如法炮制骗来本地卖掉。当然,也有些是真正介绍来的,前来的女孩子往往有兄长陪同,男方家也会给一笔彩礼钱。这算你情我愿明媒正娶,合理合法。但这样的情况很少,多半的女孩子往往如我母亲般遭遇,最终在异地生儿育女,隐忍度过一生。后来生活条件逐渐好转,又经历严打,这种违法的恶劣行为才算被遏制了,但依然偶有发生。在边远地区,传宗接代远比法律重要得多。

母亲一直是个话少的人,我还很小的时候,她身上从没有过钱,穿戴和女性用品一直是奶奶购买。因此五天一次的莫纳镇集市,我跟她走集市,她从来没钱给我买吃的。这种情况一直到我五岁,她再次怀有身孕后才有所改善。奶奶会给她一些零钱,孕妇嘛,贪嘴,她可以给自己买一些符合口味的零食吃。奶奶很精明的,母亲买什么,花多少钱,她手里还余下几个钱,都算得出来,这点余钱是不够她逃走的。只是母亲好像也对回归遥远故地失去了希望,买零食吃余下的钱总是放在饭桌上给奶奶。而我知道,其实父亲是会背着奶奶给她一些钱的,母亲手里从未缺过买生活用品的钱。这一点不得不佩服父亲的眼光,他看准了母亲会跟他过一辈子。因此后来发现母亲不见时,父亲才在烂醉时哭号,说这是老天给他的报应,他相信母亲是被万恶的人贩子拐走的,而并非故意逃走。

那个生下来就夭折的男婴让母亲很伤心。婴儿是保不住了，奶奶倒也没亏待母亲，照月子风俗伺候她，每天用一只去掉头尾、内脏及四肢的小母鸡熬汤，还有醪糟糯米酒。母亲没怎么吃。假如她心里能跨过"买卖"这道坎，在我们家过日子其实也挺不错的。奶奶和父亲本性都不坏，她在我们家从未如那些外地媳妇般受打骂。母亲明白这个夭折男婴对奶奶和父亲，甚至这个家的重要性，因为我大伯已经生育了两个女娃娃，伯母已经结扎，我们家的香火就指望她了。她也明白这个家是把她当家人相待的，所以男婴的早夭也让她感到愧疚。出了月子后，她开始给父亲洗衣服，而以往她只洗她和我的。父亲忙时，她也开始帮忙往县城运送山货，蘑菇、笋干、淮山药、野生雷公根等等，有时候还有五彩斑斓的漂亮野鸡。我伯母会在车站等她，将她带到订山货的小饭馆，成交后再送她回车站搭班车回镇上。有时候伯母也会带她逛一逛县城，买些新颖布料带回莫纳镇剪裁衣服。那时候，她已经会磕磕巴巴地说本地话了，交流基本没问题。

假如没有第二次拐卖，也许她和父亲处久了，两人之间可能也会产生些感情。但她遭遇了第二次拐卖，三年后她回来，变得比之前更加沉默寡言，静静地忙活过日子，但我和父亲分明感到她在我们之间竖起了一堵无形之墙，我们彼此进入不了对方……

第二天我们还没起床，就听见姚哥出车了，农用车轰鸣着渐渐远去。起来洗漱好下楼，饭桌上早已摆好早饭，主食是玉米粥和清水面，一盘葱花煎鸡蛋，居然还有一大碗熬得浓白如乳的鱼汤，配有一碟鲜艳的指天椒。六指嫂在给老人喂鱼汤，他的胸前围着一条加菲猫图案的围嘴，看起来像个老婴儿。六指嫂和我们打招呼，老人哆哆嗦嗦抬起一只手，指着饭桌上的碗筷，意思是叫我们吃饭。

鱼汤非常鲜美，我用汤拌清水面，很可口。母亲是清水面拌辣椒，加一点煎鸡蛋。

"你们这儿的人喜欢吃辣椒？"我问六指嫂。

"人人都吃，水边湿气大，吃点辣的逼汗嘛。"她说。我总算知道母亲从这里回去后变得爱吃辣椒的原因了。

"多吃鱼，是新鲜河鱼，不像那些养的，喂养的东西不干不净，肉味都不对——给阿公喝鱼汤补营养，别的吃不动了。"六指嫂说。

"这老人家真有福气，儿媳妇这么孝顺。"母亲说。

"大姐，你别笑话我了，这个阿公是我仔的老宝贝，仔两个星期回来一次，他要是见阿公瘦了，我是要被他骂死的。仔小的时候我们没时间照管，他天天挂在阿公脖颈上，和阿公最亲。"

"你家也有果林吗？"我问她。

"有一片，种荔枝，还养鸡，不过我们不做柴火饭了。早些年是做的，阿公中风后离不开人照顾，柴火饭就做不成了。仔爸去跑运输，我在家照管老人，管一管果树和鸡。鸡是放养的，吃玉米和草，肉美味，城里人周末会开车来买，也是一点收入，日子能过得下去。一会儿你们上山去转一转，可以在别人家吃柴火饭，你们城里人就喜欢吃那烧灶的饭。"六指嫂很健谈，噼里啪啦就把家事说透了。

"我们也是吃柴火饭的。"母亲说。她的普通话和六指嫂差不多，也是荒腔走板的。

"大姐开玩笑了，我知道你们是大城市来的，人长得白，你看我，像蘸了酱油，仔爸常常说我晚上黑了灯基本就找不见人，这个衰仔,嫌弃我。"六指嫂笑起来。

"他哪能嫌弃你,这样孝顺能干的老婆上哪儿找。"我说。

"我们这儿的媳妇都这样,可以跟自己仔爸拿刀拿枪干架,可没谁不担待老人的,不然全村人都瞧不起你。"她说着,喂完老人鱼汤,解了围嘴,把他推到客厅看电视。

早饭后,六指嫂要上山给地里的鸡喂食,我们也跟去了。路上母亲一直和她打听旧村。六指嫂说,很容易找的,就在半山腰,如今都快被杂草埋没了。

"大姐怎么会知道旧村?以前来过吗?"

"来过的,那时候你肯定还没出生。"母亲笑起来。

"我属狗,四十岁了,二十四岁结婚,仔爸比我还小一岁,这个衰仔有时候叫我姐。"

六指嫂夫妇都比我小,该叫我姐的,我不禁好笑,也不打算改口了,就一个称呼,大家欢喜就好。

"女大一抱金砖嘛,你们的姻缘好。"我笑起来。

"还行吧,仔爸不抽烟喝酒,也听得进我一句半句的劝,我们农村女人没本事,还是要靠男人的。"她说。

浣纱村后通往山上的路也是水泥路,路两旁的地里种了草莓,如今已经半熟。六指嫂说再晒半个月就可以开称了,他们家没种,一个人弄不了那么多,家里的地租给别人了。刚过上午八点,阳光已经变得很烈,我们带了六指嫂为客人备下的遮阳伞,撑着也是热。她连草帽都不戴,赤白的阳光落在她黑红的脸上,鼻梁上渗出一层细密汗水。阳光浩浩荡荡照耀一切,山上的树木绿得发黑,可以看见一间间红砖黑瓦的小房子坐落在繁茂的果木之间,居然还有不少水牛隐隐穿梭于果木间吃草。

"这个村是养牛的,老人讲以前新村是一片稻田,需要耕牛。如今犁田都机械化了,不指望牛了,现在养牛多半是人舍不得牛,牛就像家里一个成员。"六指嫂笑起来,"我仔还没去读中学住校时,家里也养了一头牛犊子,跟村里人买的,热天他就牵牛去河边泡水,冬天还给它烧火烤。仔后来住校了,牛犊子就卖了,我实在顾不过来呀。"

　　那是一片非常辽阔的土坡,再往里就是石山坡了。浣纱村的果林就在这片土坡上,种植杧果、龙眼、荔枝、火龙果、大青枣等经济果木。六指嫂那片荔枝园有八亩,如今挂果累累,是改良过的荔枝树,长得比较矮,非常繁茂,每棵状如一把大太阳伞,荔枝像葡萄一样结成一串串的,果实的尾部还泛青。这片荔枝园里有三间小瓦房,都通了水电,瓦房内抹了石灰,装有电风扇,配置消毒柜、饭桌和椅子,饭桌中间挖了一个洞,正好能坐一口锅,样子很奇特。她家在这三间屋后搭了棚子,专门养鸡。棚里有四个长条形的鸡笼,里面挤满了毛色光亮的线鸡。我问她什么是"线鸡",她说是阉过的公鸡。那群鸡一见六指嫂,全都炸了,脖子从鸡栏缝里拼命伸出来。一拉开栅栏门,那些鸡跟出了枪膛的子弹般弹出来,迫不及待奔出棚子。等它们全出去了,六指嫂才从棚子角落的缸瓮里舀出半簸箕玉米来。那群鸡将她围得水泄不通,她扬了一把玉米,它们立刻弃她奔食而去。

　　六指嫂宠溺地望着这群鸡说:"有八十多只,我养得少了,别家有上百只的。"她说,"以前我家还开柴火饭时,也养过上百只,客人们吃饱了,还买回去给亲戚朋友送几只,一下子能卖好多。今晚给你们搞一只。"她瞅着那群鸡,物色哪只将要倒大霉。

　　天气开始变得炎热起来,阳光很耀眼。六指嫂家的果园在山脚,基本上也可以俯瞰整个浣纱新村。那些苦楝树实在太多了,望过去像是给村庄撑了一把大伞。这个村虽然傍山而建,其实也算不上山区,和我们莫纳镇完全不一样。我们的镇子不会那么早就有如此赤白的阳光,早上的阳光基本全被周围高耸的群山挡住了,只有临近中午太阳直射时,镇子才能真正沐浴到天庭之光。

母亲想去旧村,六指嫂给我们指了一个大概方向,我们便顺着去了。越过一片阔大的龙眼坡地,地边上种了一圈剑麻,叶子异常肥大,剑指青天,可以当龙眼地的围栏了。一头带犊子的母牛在地里啃青草。这里的果园除草很巧妙,只除果树根下那圈野草,其他地方任由杂草横生,想必是留着杂草养牛养鸡的。有一个混种杧果和大青枣的果园地边竟然种着三角梅,是玫红色的三角梅,修剪得很好,开得恣意盎然。目光顺着三角梅跑,可以看出这块果园的大小,全被圈在三角梅围成的栅栏之内。果园内的几间瓦房那里也种了一片三角梅,园主搭建了很高的架子,喜爱攀爬的三角梅几乎将几间瓦房覆盖了。那里的三角梅是赤红色的,远远看去,那几间瓦房像在熊熊燃烧,非常冲击视觉。

"这个村子,简直跟童话一般。"我不禁感叹。

实际上我并不在莫纳镇生活,父亲去年过世后,只有母亲在那里居住。我师范毕业后在县里上了八年班,在大伯的帮助下又到了市里。莫纳镇给我的种种感觉和印象,基本上都来自小时候。那里山极高,一出门目光就砰地一头撞上了大山以及山上葱郁的树木,它们离我们的视野很近,视野也就变得极为狭窄了。在城市生活,大部分时间我都将自己缩进城市一个属于我的小角落里,像缩进一个壳,双休日极少从这个壳里出来,只有在繁星满空的夜晚,我才会在窄小的阳台上站一会儿。在城市里,假如你没能住得足够高，那么你只能将目光望向空中，才会感到有那么一瞬间的辽阔。因此浣纱村随意延伸的空阔让我的目光有种无处安放的感觉。

旧村就在两处土坡的凹陷之处，属于半山腰，阳光还没完全照射到这个凹陷处，这里仍是一片阴暗之地。在这里可以看到整个浣纱新村，两地之间相隔一片相当宽广的田地，加上浣纱新村占去的土地，可以想象浣纱旧村所拥有的种植土地的面积是相当广的。

"多是多，但以前上下河的路不方便，泥巴路，碰上雨季，东西运不出去，果蔬全烂在地里了。那时候没有农用车，全靠人挑，雨天路滑，哪里还挑得动。"母亲说。

旧村的老屋基本上都在，红砖瓦房和土坯瓦房混合，当然是土坯房多。有的屋顶塌陷，有的屋墙倒塌，损坏严重，屋里屋外长满杂草，连门窗都爬满了藤类植物，有些藤类从屋顶直垂到地上，风吹过，它们就悠悠荡起来。我们沿着长满杂草的村路挨家挨户走。不知怎么的，我老觉得那些豁开的门窗像一双双眼睛在望着我们。外边的劳作声不断传进这个凹陷之处，但这种远处传来的声音反而衬得旧村更为寂静。

"以前村里很热闹，那时候还养蚕。"母亲指着村庄之后的坡地说，"那一处种植桑叶，女人们采桑，等吐丝结了茧，蚕就不用再吃桑叶了。桑树结了桑葚，孩子们吃得口舌全黑，上课念书，个个露出一排黑紫的牙齿。"

我们绕了一圈空村，朝坡上走，在一处与整个村庄隔开一段距离的平坡上，看见有五间连接在一起的红砖瓦房，其中三间大小一模一样，另外两间则稍小了些，像耳房，门窗也全损坏了，洞开着门。这五间房的前面有一块操场那样大的平地，也长满了杂草,两棵高大的苦楝树竖立在操场左侧。

"这里就是学校,这地方是操场,孩子们读书时,在村里能听得清清楚楚。只有一到三年级,四年级及以上要过河到外面更大的村庄去念书。"我们站在学校前那块杂草横生的操场上,母亲望着那几间墙脚已经风化的瓦房喃喃地说。

"张老师住那间,最后那间我住了三年,全坏掉了。"

怎么会有一个张老师? 我思忖起来,本能地问了一个很敏感的问题:"张老师是男还是女?"

"男的。"她轻声说着,朝三间教室右侧那两间较小的瓦房走过去。我不知道该不该跟着她。最后我朝那几间教室走过去了。

空荡荡的,没有桌椅,泥巴地板,阴暗且潮湿。靠近豁开的门窗的地方长满了浓密的杂草,地板中间有几个积水的坑,水坑周边长着一圈青嫩的野草。屋顶上的瓦片已经严重挪位,开了不少巴掌大的"天窗",显然坑里的积水是从这些"天窗"漏下来的雨水。没有黑板。三间教室破损的程度差不多。母亲不见了。我走到右侧那两间小瓦房,那里也是空荡荡的,泥巴地上长着杂草。我的目光落在张老师住的那间瓦房墙壁上,企图发现一些关于他的痕迹,但什么都没发现,一切关于人的痕迹都干干净净销匿在时间的淘洗中。这间屋子要比另外那三间教室小不止一半,安置一张床、一张批改作业的课桌、放置衣物的小柜子就差不多满了。

孩子们早已回家,天黑下来,张老师沿着屋檐慢慢走过三间教室,白天的琅琅读书声犹在耳边回响,简陋的课桌椅、黄泥巴地板、木条做的窗栏。学校下边的村庄是热闹的人间,而这里则是深邃的知识海洋,他像一艘船,要将孩子们渡过去。夜晚如此静谧,静谧里也包含无尽的孤独……他感到孤独吗? 他戴不戴眼镜？他是一个什么样的人？他为什么会出现在母亲的际遇里？母亲此次旅程是否与他有关？我站在洞开的门前，努力思索，最后徒劳摇头。

母亲待过的那间房屋比张老师的稍微小一点，窗户上居然还残留着两根木栏杆，摇摇欲坠。窗户并不高，到我胸前，我伸手一触那两根木栏杆，它们便痛快地脱落而出，掉落到地上。这间屋子也没遗留些许痕迹。走到这几间屋子右侧尽头，才发现母亲曾住过的那间屋子外墙有一条淹没在杂草中的小路，它延伸到房后，我顺着路过去一看，居然在张老师和母亲的房间后还有一间相对比较矮小的瓦房，也没有门板，门框的木条已经腐朽脱落了。母亲就站在里面，屋里的杂草淹到她的脚踝。她背对着门，盯着面前一盘高到人大腿根的火灶，火灶是靠着墙垒砌起来的，那面墙上依然清晰残留着烟熏的痕迹。火灶上方是一扇很小的窗子，窗栏全无。

"以前在这里煮饭。"母亲轻声说。她的脸上有一种我很陌生的神情，看不出此时的回忆带给她的是何种感受。也许我不该打扰她。我转身离开那间小小的伙房，沿着几间房屋的走廊来到左侧。那里的杂草上落着一层淡紫色的苦楝花。我不懂看树龄，不晓得这里还有学生上课时，是否已经种下这两棵苦楝树。它们长得很高，主干直挺挺的。莫纳镇没有苦楝树，街上靠近关口的地方有一棵快要长成精的老榕树，树上垂挂下来的根须差不多触地了。苦楝树我在市里见过，我任教的校园里就有几棵，每到夏季，树下便铺着一层淡紫色的苦楝花，幽香淡淡。

我在操场的杂草中发现一块状如铜钱的大铁块，已经锈得很厉害了，把它翻起来，贴地那一面之下长着嫩黄色的杂草，有一条锈迹斑斑的铁丝从中间的方孔穿过，拎起来很沉，那根铁丝发出嗒的一声响,断掉了。

"这是上课打铃用的,以前挂在苦楝树下。这两棵树长高了。"母亲来到我身边,仔细瞧那块方孔铁块,"还有一根铁棒子敲钟,声音很脆,整个村庄都听得见。"

"那位张老师戴眼镜吗?"我问母亲。

"戴,怎么了?"她有些惊讶。

在我想象中,张老师应该是戴眼镜的,这是那时候乡村教师的特征。我小时候在镇上读书,教我们数学和语文的老师都戴黑边框眼镜,而体育老师不戴,我们便无端端觉得他少了几分老师的威严,对他的敬畏之心也打折扣了。

一连几天,母亲总在黄昏时去旧村,在那里待到日落之后。我猜她是想在那里追忆一些属于她的东西,便不再跟随。我们有两顿晚饭是在山上吃的柴火饭,果园鸡和河鱼是客人们必点的。我们也要了一只鸡,园主说两个人吃不了,建议做一半存一半冻着,他会在存下的食材上附上标签,下次来时报上标签号就可以。我们答应了。所谓的柴火饭,就是每一桌都有一口火灶,农村火灶那种,烧柴火,上头卧一口铁锅,园主将砍好的鸡块加了葱、姜、蒜、料酒、蚝油、桂皮、干辣椒等作料,将锅里的油加热,便在你的饭桌上帮你炒鸡块,半熟时放入巴掌厚的芋头片,加水和鸡块焖起来,芋头块熟后便可开吃。芋头焖鸡吃得差不多了,放清水,烧开后放河鱼。做菜的整个过程客人都看得见,干净鲜美,吃得放心。每一桌都配有两台大马力的电风扇,倒也吃得清凉舒适。果园中午基本没客人,傍晚时分开始有私家车渡船过河,车开到坡脚下停好,直奔吃惯了口味的园子寻找晚饭。每个果园都有自己的名称,"好再来""夜来香""好友缘""刘家园""黄家园"

等,竟然还有一个果园起名"大观园"。夜晚,这些园子门口便亮起五彩斑斓的彩灯,把园子的门口给显出来。整片山坡极热闹,处处欢声笑语,有一番野趣与逍遥。

我向六指嫂打听,浣纱村有没有和我母亲一样年纪、会讲普通话的老人。

"我还真不清楚,平时也没见哪个老人讲,我家阿公倒是会的,如今舌头都不听使唤了。晚上我问问仔爸,他是本村人,应该晓得的。你打听这个干吗?"

我笑着,说想听老人们讲浣纱村的老故事。

"这个村哪有什么故事,我嫁过来就没听过什么故事,我们这些农民整天下地干活儿,哪里有故事?对了,我见大姐老喜欢去旧村,那里有什么看头?我仔小时候也喜欢去那里捉迷藏逮老鼠的,我老认为空屋子不干净,人不住了,谁知道里头有什么,有很多东西是我们凡人肉眼看不见的,不要去冲撞那些东西。你叫她不要去了,这些我不好讲给她老人家听。"她说。六指嫂第二天叫我去找文仔阿公,去的时候买一包烟带去,他抽上烟,什么故事都肯讲。

文仔的小名叫文,仔是浣纱村对未婚,包括孩童在内的小孩的称呼。午后我去找文仔阿公。午后凡是在坡上经营柴火饭的都上坡去为晚饭做准备了,基本上只有老人和一些还没上学的孩子留在家里。我是瞒着母亲去的,在小卖部买了两包软中华、几包袋装饼干带去。文仔的家很好找,顺着六指嫂家一直往回走,家门口种一棵扁桃树的就是。他的家敞开着,屋里很亮堂。我在木门上敲了敲,一个穿白色挂线背心和蓝色中裤、打赤脚的老人从后门探出脑袋。

"要住家?"他问,普通话比六指嫂讲得好。

"不是,阿公。"我说。我们莫纳镇一般称呼老人为爷爷,称阿公是六指嫂教我的。"我住六指家。"我说,思忖着如何开口,想了想觉得倒不如直奔主题,"我想和你打听一下浣纱村的旧学校。"

老人愣了一下,从后门进来,手里拿着一把蒲扇。

"进屋坐。"他招呼我,然后拉开电视机边上一个比人还高的大冰柜门,取出一瓶冰矿泉水给我。

"怎么想打听那学校?你哪里来的?"老人问。我暗自责怪自己冒失,没想好理由便贸然来访,心一横,撒了谎说,我是旧学校张老师的亲人。

"张老师的亲人?什么样的亲人?"老人望着我,似乎想从我的皮相上看出一点和张老师的相似之处。

"本家侄女。"我说完,暗自请求张老师原谅。

"哦,是这层关系。"老人说着,一直盯着我,不知他对我的话有几分相信。我把带来的东西放在沙发上,把烟掏出来给他,老人倒也不是拘谨之人,爽快接过去,一再请我坐沙发。

"那时候啊,"我还没问,他在沙发上坐下后,点上烟便开说了,"那几间瓦房还是我带领村人盖起来的,那时我是队长,那时不叫村,叫队。原来学校是土坯房,也不叫学校,叫村完小。最早来了一个小青年仔,一看见黄泥巴土坯夯的教室,待不到一个月便走了。我就跟镇上打报告要钱盖学校,钱是给了,可连瓦片都不够买。镇上也穷,镇长的办公桌跟我家的饭桌差不多大,我们也不好怪人家。我只好让每家每户都出一点,要不怎么办?仔不能当睁眼瞎嘛。学校盖好后,我们又打报告要一位老师,就是这位张老师。"

"可我不姓张,我随我母亲姓,你叫我小刘就成。我从小在外边读书,本地话也讲不了的。"我赶紧说,这是实话,我母亲确实姓刘。

"姓刘？"老人愣了一下，"这也没什么，地方不一样嘛，张老师和我们不是一个镇子的人。这地方天差地别的，挨着的两个村子说话口音都不一样。"

老人接着说："这个张老师年轻，二十多岁的青年仔，对村里的仔可真是尽心。那时候我常常让我的大仔叫他来家里吃晚饭，一个青年仔，孤零零待在半山腰，怪可怜的。这你怎么还问我，你家里人没跟你讲吗？他哪里有老婆，那时候不像现在这么不像话，说几句糖话（甜言蜜语）妹仔就跟你走，那时候很讲究的，得正正经经谈恋爱，谈恋爱连手都不敢拉。我想过给张仔介绍村里的妹仔，其实也是有私心的，弄个女人拴住他，也就不走了。仔们不怕没书读，我可是做梦都怕他走的。找来找去也没合适的。我们这地方的人你都见了，天热，白天太阳晒得暴烈，脑袋顶都能冒烟，男男女女的仔们又粗又黑，我们不能糟践人家张仔对不对？

"我记得那时候学校周一早上升国旗，连个放国歌的录音机都没有，他教学生唱国歌，边唱边升国旗，升国旗的仔们还打着赤脚。我家大仔也升国旗，周一早早闹他妈穿新衣服，说那么多仔瞧他升国旗，破破烂烂的一身衣裳丢人。那时候旗杆子就是一根竹竿，我给做的，后来换了一根铁的。唉，浣纱村真是愧对张老师，我比他大几岁，给他打的床铺和办公桌也粗糙，有什么办法，那时候穷，真是太穷了，穿裤子屁股那一块都是补丁摞补丁的，哪里像你们现在的年轻仔，衣服扔得像一次性碗筷。现在我都是穿我仔不穿的，还新崭崭的，人家就嫌弃了，口袋里有两个钱就嫌硌得慌，真不像话。

"他个儿不高，细瘦条，笑眯眯的，穿湖水蓝的确良短袖衬衫、黑裤子，皮相很斯文，比你还斯文，戴眼镜，看着就是个文化人。他也晒不黑，来很久也晒不黑，真是怪了。那时张仔两个星期坐渡船出去理一次头发,后来他买了一把修头发的手推,给学校里的男仔们理头发,倒也省了家长们块把钱,真是个不错的老师仔。"

"后来也没给他介绍成对象吗?"我轻描淡写地说,想把话题往张老师的个人生活上引。这时候文仔阿公的老人机忽然炸起来,让我们同时一震。这种老人机简直就是个小型喇叭。文仔阿公接了电话,然后对我说,他得送冻菜去果园,有不少客人的果园鸡还冻在家里呢。他站起来,走到电视机旁拍拍那只硕大的冰柜。我只好告辞,他约我有空再来。

"不要买烟了,妹仔。"他说。我们同时笑起来。

吃过晚饭,夜幕落下来后我们又来到河边,依旧安静地坐在柔软的沙地上。母亲不说话,似乎只是想这么安静地坐着,陪这条河,或者让这条河陪她。河里涌上来的波澜潺潺拍打着岸边的沙地。月色清明,可以清晰地看见河对岸,看见落差极大的河岸线与河床,看见那边 Z 字形的水泥路。月亮周围染着一层淡黄色的光晕。母亲终于说了一句:"要下雨了。"

"怎么可能,"我说,"白天阳光这么暴烈。"

她没再说什么,安静地凝视河面。清亮的月光落在河面上,被波澜搅碎,闪闪发光,像无数面光亮的镜子。

"妈,你到底是怎么到这里的?"我终于没忍住,想打破这个谜一样的疑惑。她为什么能在这里待三年,这三年她是怎么过的,还有那个张老师是怎么回事,我都想弄清楚。

三

有一次,母亲又随莫纳镇的班车送山货去往县城,她已经相当熟悉县城了，本地话也能交流。我那时在镇上的小学读二年级。以前没有幼儿园，六岁直接上小学一年级。我奶奶基本不再对母亲有戒心。她那次是往县城送旱地糯米、干蘑菇和干笋的，送完货，便在县城里逛起来，打算买些布料缝制被面。奶奶极力主张让我一个人睡，要不就和她睡。我知道她还希望母亲能再生个一男半女。母亲想给我缝制一床小被子。料子选好后，她开始往车站方向走，赶下午两点三十五分回莫纳镇的班车。就在她准备到车站时，不知从哪儿钻出来一对四十出头的男女，走在她前面。母亲跟着他们朝车站走，走着走着，她的脑袋嗡地一响：前面那对男女讲的居然是家乡话，久别的乡音让她如雷轰顶。她瞬间热泪盈眶，跑上前拽住那女人的胳膊。她一直拽着她，上气不接下气地把自己的遭遇跟他们说了。女人又惊讶又气愤，答应一定带她回故乡，回到久别的父母兄弟身边。母亲虽然被拐了一回，但依旧没长心眼，她忘记了当初就是家乡人把她卖到这里的。她如遇救命恩人般，当即把身上所有的钱掏出来给了那对男女，求他们带她回故乡去。当天下午，他们三人就坐上了"回山西"的班车。母亲那时会算钱物，但不识字，她根本不知道坐的是去哪里的车，就这样坐了一天两夜，稀里糊涂到了一个陌生城市。那对男女开始避开她很鬼祟地商量事情。母亲开始慌起来，想起当年也是这样轻信于人而被卖掉的，不安和恐惧让她果断决定离开那对老乡。在车站，她趁上卫生间的机会快速钻进男厕所，在里面遇到了张老师。张老师大吃一惊，刚要叫，母亲不顾地面肮脏，双膝一弯就下跪，抱住人家的腿不让出去，并拼命朝厕所外面比画。张老师毕竟是文化人，有智慧，意识到外头可能对这个女人有危险，情急之下将她拉进厕所隔间，叫她关上门。出了卫生间，果然看见一对男女骂骂咧咧四处寻人，他在车站等了很久，看见那对男女离开车站后，才进卫生间敲开隔间的门。母亲不识字，两人无法交流，她一直流着泪拉住张老师的胳膊，张老师想带她去车站保安室，她一恐惧，又给人家下跪了。张老师没法，最后带她回到浣纱村，回到学校。

"为什么不去保安室？人家会带你去派出所，送你回来的。"我说。

"我不相信任何人，张老师上衣口袋里别一支钢笔，肯定是个老师，我相信老师。"她摇摇头，轻声说。

"回去吧。"我还想问她在浣纱村的生活，她却说要回去了，像是要回避我可能有的追问。那段遥远的生活，也许只能从文仔阿公那里探知一二了。

第二天我去找文仔阿公，碰到他儿媳妇，她也是个晒得脸庞赤红的健壮妇人，叫文嫂。文嫂说她家阿公上县里买菜去了，下午才回来。她正在摘一小筐韭菜，邀我坐下来唠家常。我坐下后，她说韭菜是摘来准备烧烤的。这让人挺惊讶，我第一次知道韭菜还能烧烤。她便拿出一根织针般细小的木棍出来，尖的那头从韭菜根部刺穿，一根接一根串成一排。她说就这样放到烧烤架上烤，刷上豆酱、麻辣油便可，并邀请我晚上一定去果园尝尝。我告诉她我不吃葱花和韭菜，她很遗憾的样子。摘完韭菜，我便出来了，打算第二天下午再来找文仔阿公。第二天却又扑了个空，文嫂说他去给牛做安葬仪式了。我吃了一惊："牛还有安葬仪式？牛不是宰来卖牛肉的吗？"

"哪里能这样？我们这个村从没人吃过牛肉。牛是家里的劳力，跟人一样扛起一个家庭的日子。牛犊子可以卖，母牛和水牯牛就得养到老死,死了还要挖坑埋葬,是不能卖给人杀的。"文嫂对我的疑问也很惊讶。

在她的指引下,我来到坡脚下,找到雷仔果园。这是一个很大的杧果园子,二十亩都不止,有一条铺了鹅卵石的小道从园子入口一直通到果园中央的五间瓦房。走到瓦房前,从一间屋里出来一个黝黑的年轻姑娘,招呼我是不是要吃饭。我说我来找文仔阿公,她大方地给我指了一个方向。朝那里一直往里走,看见六个壮汉在忙着挖一个大坑,坑已经很深了,人站在坑里,坑口齐他们的肩头。一头被绑了四肢的母牛躺在不远处一棵杧果树的阴影处,瘦骨嶙峋的,嘴巴张着,白色泡沫从它的嘴角渗出来。它眼角湿漉漉的,在流泪。文仔阿公戴着一顶霉迹斑斑的旧草帽,还是那身挂线加中裤打扮,挂线被汗水打湿了。他的腰间绑着一条扎眼的红绸布。他看见我,点点头。

"活不成了。"文仔阿公指着躺在地上的母牛说。

"不找兽医看一看吗?"我说。

"没法看,我们这儿的牛夏天喜欢泡河水,蚂蟥会钻进牛鼻子里,往里越钻越深,在里面生小蚂蟥仔,牛还有命活吗?"文仔阿公说。我一听,立刻想象牛的脑袋里有一群蠕动的蚂蟥,浑身唰地起了一层鸡皮疙瘩。

"不能预防吗?"我问。

"没法防,人有人命牛有牛命,人有生老病死,牛也是要生老病死的。"

"若还没死呢,要怎么弄呢?"

"我们帮它,让它早一点结束痛苦,它肯定是活不成的。村里这样死掉的牛很多,没有办法。"

那几个壮汉从坑里爬出来，个个淌了一身汗水。

"石灰呢？"文仔阿公问其中一个壮汉，他应该就是果园主人，也是这头不幸母牛的主人。壮汉回到那几间瓦房，提来半筐石灰。文仔阿公站在大坑边上，边往坑里撒石灰边念念有词，那调子像在哼唱一首歌谣，起伏有致，婉转低回，我没法听懂。几个壮汉默默站在边上。半筐石灰粉全撒完，整个坑底、坑壁全染了一层白石灰粉。

"为什么要撒石灰？"我轻声问一个壮汉。

"消毒嘛。"他说。

石灰撒完，文仔阿公解下腰间那条宽宽的红布条，走到那头母牛旁边，将布条缠绕过牛头，严严实实遮住牛的双眼。文仔阿公蹲在牛头边，又低声吟唱刚才那首歌谣。我注意到这歌谣旋律其实很简单，来来回回就四个调子，但句子却颇繁杂，没听到有相同发音的。

念唱结束，文仔阿公从杧果树后摸出一把也绑了红布条的大锤子，锤打大石头的那种。

"行了吧？"他问刚才拿石灰的壮汉，壮汉朝他点头。文仔阿公又仔细瞧了那头牛一眼，抡起大铁锤，砰的一声凶狠地砸在牛额头上。那头牛忽然触电般猛地伸直四肢，脖子也伸长了，整个身子直挺挺僵着，抽搐了一阵，然后鲜血从两只鼻孔冒出来。文仔阿公扔下大铁锤，拍拍手上的石灰，也不看牛一眼，转身走了，留下那几个壮汉做埋葬处理工作。我跟着文仔阿公离开了。

"你们村真好，善待牲口。"我轻声说。

"牛可不是牲口，牛是生灵，它和猪鸡鸭狗那些蠢东西不一样。"他说。文仔阿公看起来神色有些落寞，看来张老师的事情今天不宜询问了。

回到六指嫂家，正好碰见她的孩子回来，我才知道今天是周末。那是一个戴眼镜的瘦高男孩子，留板寸头，嘴唇上长了一层浓黑的绒毛，脸挺白的，长相颇斯文。孩子读初三，有一个挺大气的名字，叫姚泽民。他正给阿公扭街舞，说那是在学校新学的，要露两手。男孩子身体柔韧性极好，各种扭麻花，脑袋能从腋窝下钻过去，活像头从腋窝下长出来的。阿公五官扭曲着，看得出是在笑。我看了他的右手，大拇指像一块两头的姜，大拇指旁又叉出一只略小的指头。男孩子并不在意，大大方方展露他的双手。

周末的晚饭颇为丰盛，有西红柿焖鱼、白切鸭、酸菜炒灌了糯米的猪血肠、炒花生仁、鸡蛋炒香椿、一大盆青绿色的野菜汤。六指嫂说野菜是在果园里摘的，完全纯天然。姚哥也早早收车回家吃晚饭，他带回来一包卤猪蹄，显然这道菜才是姚泽民喜欢吃的。他的阿公啃不了卤猪蹄，男孩拿猪蹄在老人嘴上抹了一下。

"阿公，算是给你吃了啊。"他说，普通话挺标准。老人哆哆嗦嗦抬起手，戳了孙子一指头。

快要日落时分，忽然下起一阵急雨，噼里啪啦泼一阵，下了十来分钟的样子，来得急也走得急。天空并没变暗，天光是亮色的，晚霞依然灿烂在天边，我从没在莫纳镇见过这样的雨，似乎这雨不是从天上落下来的。六指嫂观望了一阵天象，说恐怕又要来大暴雨了。我查了一下这地方的天气预报，果然有大暴雨。第二天天就阴了，天空灰蒙蒙的，没有风，空气像凝固了，闷热，让人呼吸不畅。六指嫂没让姚哥出车，吩咐他去果园加固鸡棚，免得暴风雨来袭时鸡棚受不住。她开始往屋里搬晾晒在外面的东西，霉干菜、干辣椒、萝卜干，还有一些当作料用的中草药。邻居的主妇们也在忙活，以做好抵御暴风雨的准备。一整天都是阴天，像往常的阴天，下雨的迹象并没有到来。母亲说要在村里走走，我没跟着她。这些天她一直在旧村待着，有时候上午去，有时候下午去，一待就是半天，不知她在那里干什么。趁着没有暴烈的阳光，我决定再去一趟旧村。路上不断碰到忙碌的村人，有的扛木头往果园去，有的从果园往回搬东西，像下雨前慌乱的蚂蚁。

旧村很安静，它的破损与寂寥有一种安然的淡定与从容。与浣纱新村到处是高且直的苦楝树不同，旧村没有一棵苦楝树，只有三棵柚子树在杂草丛生的破烂院子中成长，枝繁叶茂，不知能不能结果。我沿着那些破损的矮墙走了一圈，捡到一把已经锈得快要断掉的镰刀，把手已经完全朽烂了。我们莫纳镇没有这样的刀子，这是割稻子用的镰刀。我们镇没有水稻，经济作物只有玉米、薯类、豆类和种植的树木，我们是卖玉米与豆类换大米吃的。我还发现一个犁头，前半截埋在泥土里，两个飞机机翼般的左右翅膀裸露在地面上，也已经生锈了。我抓住那两个翅膀，使劲一拽，不动，再使劲，还是不动，只好让它继续留在泥土里。在一丛茂盛的杂草中，我发现四只摞在一起的青色瓷碗，比我们平时吃饭的碗略大，底端那只碗的底部已经陷入泥土里，最上面那只碗盛有小半碗水，应该是下雨时的积水。我把积水倒掉，一只只拿起来，连个缺口都没有，都完好无损。它们应该是被粗心的主妇给遗忘了，只是这里并不是厨房，不知缘何会落于此。村庄里多半是黄土坯房，屋墙倒塌得非常厉害，土又很能长草，真不能怪孩子们喜欢来这地方，捉迷藏是再好不过了。我沿着缓坡又来到学校。这座村完小要比我小时候读的莫纳镇小学简陋得多，我们的教室也是红砖黑瓦，但地板和操场是铺水泥的，操场也很大，足够一到六年级的学生列队做早操。学校有语文老师、数学老师、思想品德老师、美术老师、音乐老师、体育老师，很难想象浣纱村完小只有一个老师，要上那么多课程，而且还是一年级到三年级。

走过那几间破旧冷清的教室，细心再打量一番，我依然什么也没发现。站在张老师那间房间外，它与母亲曾经住的那间就一墙之隔，我全身的血液忽然哗地往脑袋上涌，令我一阵眩晕：我母亲和张老师，他们俩之间会不会……我被突然蹦出来的想法吓了一跳，不然何以解释母亲会在这里生活三年之久。假如没有我，她重返莫纳镇的可能性有多大？又该怎么解释父亲过世后她一心想回旧地走一趟的行为？还有，她本来不识字的，再次返回莫纳镇却能读书认字了，这不可能跟这位张老师无关，"一教一学"的相处中，可以发生的可能性太多了。

这些念头一时间朝我纷至沓来，无端端地，我竟然生出巨大的委屈和愤怒，好像已经确证了心里所有的猜测。直接去质问母亲，她很可能不会告诉我，也许能从文仔阿公那里打听一些当时他们的日常生活，从中寻找蛛丝马迹。

路上我一直被这些念头扰得心烦意乱。假如是真的，那么也就意味着镇上人的猜测是对的：那三年时间，镇上人都说母亲不要我了。即使三年后她也许是出于对我的想念和愧疚返回莫纳镇，"不要我"的想法也存在过她心里，这同样也令我无法接受。

我读小学二年级时，母亲遭遇了第二次拐卖。她上县城没回来，奶奶的第一反应就是她又被拐卖了。因为她是被买来的，人不见了我们家也不敢去报警。一家人，加上我大伯和伯母，在县城像无头苍蝇似的胡乱寻找，我学也上不了了，跟着奶奶和父亲住在城里的大伯家，寻了将近一个月，最终徒劳而归。父亲从此像变了一个人,田地和生意也不料理了,整日只操心喝酒,每喝必醉,醉哪儿睡哪儿。多半时候他就倒在大街上,像条狗那样睡着,奶奶拿他没办法,又背不动他,只能让他当街睡着。他的朋友有时会帮忙将他弄回家,次数多了就不再搭理。我觉得很丢人,常常蹲在他身边哭着求他回家。他像个死人,一动不动地躺着。那三年时间,父亲几乎没有哪天是清醒的,一睁眼便寻找酒瓶。奶奶觉得我妈再回来几乎是不可能的事,第二年便张罗给父亲再找老婆,企图将父亲拉回正常的生活轨迹中,但都被父亲给骂回去了。奶奶和父亲几乎没有时间管教我,我常常三天两头不去学校,老师来家访,看见烂醉的父亲和唉声叹气的奶奶也没办法,大家几乎都放弃了对我的管教。我的衣服常常掉扣子,裤子口袋也刮破了,更可怕的是常常受镇上的孩子欺负。但我不怕他们,一个单挑三四个,打架通常是输了,却倔强地不肯哭。脸上和胳膊上挂着几条火辣辣的抓痕,我回家躲进房间,扯过一件母亲平时穿的衣服蒙住脸,才开始哭起来。奶奶在母亲走后的第三年死于脑溢血,她在厨房做饭,忽然倒地就走了。奶奶走后我彻底成了野孩子,已经不上学了,头发长得很长,还长了跳蚤,整天光着脚在镇上晃来晃去,镇上的小孩几乎都被我打遍了,只有把他们打哭了,我才觉得快乐。我白天野蛮霸道,夜晚的来临却让我充满恐惧,父亲常常不知在哪里烂醉。那时候我十一岁,守着一栋空阔的房屋,把所有灯都打开,依然觉得每个角落随时会有披头散发的无脸鬼蹿出来。我把房门反锁,把母亲的衣服抱在怀里,闻着带有她身体的气味,在这缕熟悉的气味中惊恐而疲惫地睡去了……八岁到十一岁,那三年时光,于我而言是一段被魔鬼操控的时光,给我留下的心灵阴影是一生都无法抹掉的。直到现在,夜晚睡觉我还习惯抱着什么在怀里，依然会在梦中猛然被意念中的惊恐吓醒。

　　假如母亲这三年时间真是因为这个张老师而停留在浣纱村，那么，无论今后她对我进行什么样的弥补，可能都将无法获得我的谅解……

　　我来到文仔家，他们家也在忙着做各种防御暴雨的准备，把该收进屋里的东西都收进来。见他们忙，我便返回六指嫂家。她早早做好晚饭，姚泽民要在晚上七点十分前赶回学校。吃过晚饭，他们母子去码头搭渡船了。我们回到房间，六指嫂很细心，隔两天就为我们换一次床单，暴晒后的床单散发着温暖的阳光气息，贴着皮肤很舒适。我被那些讨厌的疑问缠绕着，有些不愿面对母亲。

　　天气很沉闷，天空看起来越来越阴暗了。我们莫纳镇要下雨就下得很痛快，天阴下来，刮一阵疾风，再来一通电闪雷鸣，雨就噼里啪啦落下来了，毫不含糊。这里下雨的前奏漫长得令人压抑。

　　"这里的雨一下就会很大。"母亲望着窗外阴沉的天空说。

　　我没接她的话，躺在床上，把枕头拽到怀里，背对着她无声无息地流泪。那段野孩子般的时光太令人心碎了……窗外渐渐暗下来，比以往天黑得早了许多。夜幕完全降临时，开始刮起了风，空气一下子凉爽起来，风越刮越大，窗前像有一群人奋力奔跑而过。天终于完全黑下来，开始有一阵阵闪电划破黑暗的夜空，紧接着厉雷跟随而来。我从床上起来，走到窗户边，透过一道道闪亮的闪电，看见那些苦楝树被狂暴的大风拉扯得近乎折腰。这场暴风雨，肯定会让不少苦楝树腰斩。雨开始急促地落下来，很大。

　　"以前学校盖瓦片，暴风雨会把瓦片刮错位，雨水漏下来，人根本没法睡。一宿下来地板上的积水能盖过人的脚背。"母亲说。

　　"你干吗还回莫纳镇，在这里和张老师过不是挺好吗？"我忽然忍无可忍,从窗户边转过身冲她嚷起来,认定她和张老师之间必定有不齿之事,那是对我和父亲的背叛。她愣住了,怔怔望着我。直到入睡,我们没再说一句话。暴风雨一直持续整夜,并伴有耀眼的闪电和可怕的厉雷,直到天亮依然没减弱。一整夜我都没睡好,不仅是因为可怕的暴风雨,还因为那些纠缠着我的疑问。我并没为冲母亲发怒而有所内疚,我有我的理由,来这个尘世非我所愿,既然带我来,就不能抛弃我,让我在最需要呵护的年纪经历可怕的遭遇。母亲也没睡好,浓重的倦态挂在她脸上。她没说什么,等我起床后依然为我整理床铺叠好被子,并下楼给我端来稀饭、两个水煮鸡蛋和一碟腌萝卜干,叫我吃早饭。

窗外的暴风雨依然肆虐,从窗户望出去,看见对面楼房被浓密的雨线遮得朦朦胧胧的。空气湿度很大,有一种不清爽的黏滞感,一动就会出一身汗。吃完早饭,我下楼和六指嫂拉家常。姚哥今天没出车,他说这样的天气没有渡船,不安全。这个村庄此时此刻完全成为一座孤岛,与世隔绝了。

"每年都这样,不用担心。"六指嫂安慰我。

"河水会不会暴涨?"我问她。

"肯定会!我今早出去看河面,已经没过码头,快涨到鸭房那里了。"姚哥说。

我吃了一惊,码头边上那丛竹子要比鸭房稍低,这么说那丛竹子现在已经泡在河水中了。

"菜地也被淹了吗?"我问。

"肯定的,年年都淹,水退之后菜地全被淤泥埋了,菜也全烂掉了,不过地会变得更肥沃。"

"年年淹干吗还种?白费力气嘛。"我说。

"那哪能不种？每年也就淹那么一两回，水退地干了重新种嘛。毛主席他老人家不是说了，与天斗与地斗，其乐无穷。"他笑起来，"这雨再下一夜，就可以打浮柴了。"

"什么浮柴？"

"大暴雨冲刷沿河的高山，枯枝败叶被冲刷到河里，我们叫浮柴，每年暴雨季节能捞很多。"

"那多危险，掉下去人可能就没了，你们也不缺这点柴烧。"

"不缺，但这是我们村的传统，这也是与天斗与地斗嘛，我们不能缺这点胆量对不对？"

暴雨一直不停歇地下。第二天一大早，我便听见窗下的村巷传来人们相互打招呼的声音。赶紧起来，发现母亲已经不在床上了，洗漱后下楼，正好碰见六指嫂湿漉漉地从外边进来。她只戴了一顶斗笠，胸口以下湿透了，衣裤全被雨水打湿沾在身上。

"早饭在饭桌上。"她说，"我们去捞浮柴了，河面全是浮柴，比往年都多。"她身上的雨水不断顺着裸露的腿肚子往下淌。

"我妈呢？"我问。

"她去河边了。"她说。

"我也去。"我说。她给我找来一顶斗笠，没有其他雨具，六指嫂说这样的风雨穿雨衣也遮不住，不穿手脚倒还利索些，这里的人根本没把淋雨当回事，遮挡脑袋，不让雨水糊住双眼就成了。她建议我打赤脚，我就把鞋脱掉了。

六指嫂扛了一把足有六七米长的长柄叉子，我们就这样走进暴风雨里。雨水非常大，扑打在人身上隐隐生疼，不到两分钟，除了脑袋，我全湿透了。果然有几棵苦楝树的枝丫被风刮断，断枝被拖到村路边，路面上的积水上漂浮着一层淡紫色的苦楝花，急速往低处流去。出了村子,我就隐隐听到来自大雨中一种很沉闷的轰鸣声,好像不远处的前方有很多台马力极大的马达在同时发动。听不出是什么声音,我便问六指嫂,她说那是河水的声音。我有些不敢相信,前几天河面连波澜都看不见的。我们在暴风雨中慢慢靠近河边,隐约看见很多人影在晃动,那种嗡嗡声越发大了,直到到达河岸边,才确定那真的是河水发出的声音。眼前这一幕令我惊呆,河水已经涨得老高,河面比前几天宽了不止一倍,河里像有一万头雄狮在咆哮着,污浊的黄色河水卷着各种各样的木柴急速冲刷而来。河边的菜地、码头、鸭房已经淹没在污浊发黄的河水之下,鸭房边上那丛竹子如今只露出一些尖端在黄泥汤般的河水中拼命摇动。河水已经快要涨到岸上的平地了,那条Z字形的水泥路露在水上的部分所剩无几。河边站满了村人,很多人连斗笠都不戴,无遮无拦地站在暴风雨中,男男女女手里都拿着一根长手柄叉子,正往发狂般咆哮的河面划拉那些浮柴。他们把浮柴捞到脚边,装到篓子里,再背到平地倒出来堆放。有些人家四五口人忙活,已经捞了一座小山般的浮柴,湿淋淋地堆放在暴雨中。六指嫂夫妇也捞了一垛不小的浮柴。母亲戴着斗笠,浑身湿透站在六指嫂那堆浮柴边上,她面无表情地凝视着咆哮的河面。我走近她,她一把攥住我的手腕,力气很大。

"就在我的身边站着!"她说。我发现她攥着我的手在发抖。

河面上河水的流速实在太快了,流速产生的力量能卷走任何落在水里的东西。一个人落进去,根本没有任何施救的可能,眨眼就会被卷走、吞没。但村人们好像并不惧怕,人们在暴雨中有条不紊地劳作,每家占据一个有利地形,沿着长长的河岸线排开,望不见头尾。站在怪兽般怒吼奔流的河水边往岸上捞浮柴的大都是男人，女人负责把捞上来的浮柴背到更广阔的平地堆放。暴雨无遮无拦地打在他们身上，人人都湿淋淋的。暴风雨和流水声太大，没有人交谈，大家都在默默忙碌。我们母女呆呆地站在雨中望着这一切，眼前的场景很魔幻，像一幅画，大暴雨、奔腾的河流、暴风雨中劳作的人们，在这恶劣的天气与环境中，竟然奇迹般显得如此和谐。

直到我打了好几个喷嚏，母亲才叫我回村。村里的街巷排水不是很好，路面上的积水已经没过我们的脚踝。回到六指嫂家里，阿公正在看电视，见我们湿淋淋地回来，他歪着半边脸挪动嘴唇，一直想说什么，然后颤巍巍地指向饮水机。我以为他要喝水，给他的水瓶灌了温水送到他嘴边，他却扭过脸，把水瓶朝我推来，才明白他叫我们喝热水。

暴风雨一直持续到傍晚时分才渐渐收住，打捞了一天浮柴的村人陆续回来了，说笑着从我们窗下走过，个个像刚从水里游出来的鱼。姚哥夫妇也回来了。我说："你们家又不在果园搞柴火饭，捞那些浮柴没用嘛。"

"这个，跟过节一样嘛，节哪能不过呢？"姚哥笑着说，我忽然想起他说过捞浮柴是传统。这个村的祖祖辈辈，应该是这样捞过来的，这更像是大自然与浣纱村人一种充满慈悲而古老的赠予与接受仪式，尽管充满凶险。

又下了一夜的雨，第二天早上终于渐渐停住，天边隐隐现出一种明朗的亮色。村路上的积水也渐渐干了，村人打扫家门口遗留的漂浮物，通往山上的水泥路也开始有人在走动。六指嫂迫不及待地往果园去，她惦记那群鸡。姚哥没出车，他说两天之内不会有渡船，河水没退，太危险。母亲想去河边，我便跟她去了。刚出村,老远就听见河水咆哮奔流的轰鸣声,比在大暴雨中听得更为真切和震撼,越靠近河边,这声音越令人头皮发麻。河边堆满小山似的浮柴。到达河边时,河水流动的声音震耳欲聋,河面上的浮柴少了,河水依然高涨,河面很宽阔,码头和鸭房还沉在污浊的黄水之下不见踪影,那丛竹子也只露出一些尖端摇曳在河面上。这样的水势确实无法开渡,太危险。母亲站在河边,平静地凝视奔腾的河水。河对岸没有一个人影,只看见一片芭蕉的阴影。

“这水多久才会退下?”我问母亲。

“三五天。”她轻声说,依然凝视那片疯狂的河面。

“你以前在这里也遇到过这样的大水吧?”

“每年都有。这次来之前我查了天气预报,这几天会有大暴雨。”她说。我吃了一惊。

“你来是为了看大暴雨?”我问她。她不语,沉默地凝视着河面。

“你去找过文仔阿公了?”她忽然问道。

我又吃了一惊,不知她是如何得知的。

“来之前,我给他打过电话。”

“你们一直有联系?”我问。

“小妖,你想知道什么其实可以问我。”她答非所问。

“那位张老师,如今在哪儿?”我小心翼翼地问她。她沉默了一会儿,将目光从河面转向空中观望。天色越来越明亮了,乌云已经全部散去,看来大暴雨是真过去了。

“今晚会有月亮。”她说,然后叫我回村。村里有人陆陆续续出来,应该是出来看自家捞上来的战利品的。

晚上果然有月亮,像是被这场狂暴的大雨洗刷过似的,月光分外明亮清润,周围一切被照亮如白昼。空气不再又湿又闷,清凉中又有苦楝花清幽的暗香在浮动。我很纳闷儿,居然还有花朵残留于这样狂暴的风雨之后。母亲又要求我陪她去河边。父亲去世这一年来,其实我也很少回莫纳镇陪伴她。她一辈子都活得很安静,近乎冷淡的安静,似乎不需要丈夫与孩子的陪伴与关怀。她被拐第二次回来后,父亲虽然不再沉溺于酒精,但他动不动就朝母亲发火,这是以前所没有的,以前我甚至能感到他对她有一种宠溺。我想父亲一定和我一样,感觉到母亲有另外一个拒绝他进入的世界,她再也不是以前的她了。而我经历了三年孤儿般的生活,性格也变得喜怒无常,敏感、脆弱,时刻恐惧所拥有的东西再度失去,包括长大以后的恋情,我的情感之路因此非常不顺,最后终于死心,一个人过日子。我们三个人,都不再是从前的自己,都回不到从前了。

我们走在清凉的月色下,出了村,田野有各种虫鸣,除了从河边传来的巨大流水声,周围又和前几晚没什么两样了。

"张老师将我带回浣纱村,村里人都挺高兴。"母亲突然开口说,"他们认为我是张老师的对象。张老师跟文仔阿公解释我的来历,那时候文仔阿公是队长,倒也没为难我,我们之间没法交流,但文仔阿公还是做主收留了我,将我安置在他家住下。张老师几乎每天晚饭都来文仔阿公家吃,久了我们也熟悉了。我个子小,长得白,他们全然看不出我已经有了你。后来我慢慢适应这里,也能和村里人交流了,和他们诉说了我的经历,但并没说在莫纳镇已经生活多年,当时我也不知为何要隐瞒这段经历,但我却隐瞒了。他们都很同情我,张老师又是孤身一身,便有意撮合我们。文仔阿公带村人在张老师的房间旁边又给我盖了一间屋子,我就搬到那里住了。小妖,那时候我年轻,确实是有私心的,你知道,我和你爸的婚姻并非我自愿,你只有亲身经历才会懂那种酸楚。"

"文仔阿公还给我一块菜地和一块稻田让我种。张老师人很好,下课会帮我弄菜地。我常常进他的课堂和孩子们听课,我就是在那时候学会认字的。"

母亲的话让我感到难过。我能想象得出她在这里的自由与快乐,而这些却是建立在我们父女的痛苦之上的。她愿意在这里待三年之久,毫无疑问她内心一定放弃过莫纳镇,放弃过我们父女。该怪她吗?好像也不能,可又该怪谁?

"你们之间,有感情吧?"尽管已经猜到,我还是问她。她沉默着,我内心立刻涌起一阵刺痛。这时候我们已走到河边,月光下的河流看起来不像白天那样狂暴,河水好像退了一些,因为看见那丛竹子露出水面的部分更多了,河水流速依然很急,发出巨大的声响。

"当时妈妈还年轻,想到要跟一个不喜欢的人过一辈子,有些动摇了,起了私心。"她说。我们站在河边,我满腹心酸,不知此刻她是何感觉。

"你这次回来,是想找张老师?"我问她。

她轻轻摇头。

"不找?"

"那年我走时,答应过回来看看的。"她面对月光下奔腾的河流答非所问。

"学校早就没了,他也不在这里了,文仔阿公肯定告诉过你。你只是来看那几间破烂教室的?"我问她。

她很久没说话。

"小妖,他在里面!"良久,母亲才平静地说。

"里面？"我大为惊骇，望着滔滔江水。

"我回莫纳镇第四年，他和村民捞浮柴，被大水卷走了。"

我很震惊，瞪着双眼注视月光下猛兽般的河流。

"那三年，是妈妈这辈子唯一为自己过的一段时光，让你吃了很多苦，妈妈很内疚，想用一辈子来弥补你和你爸。"良久，她又说。我不置可否。她回莫纳镇后，其实已经不是以前的她了，她有了不足为外人所进入的世界，我和父亲于她而言也是外人，我们之间有了永远无法弥合的隔阂，我们三人其实都心知肚明。

大暴雨过后第六天，码头才重新露出来，河边的菜地全被厚重的黑色污泥覆盖，一片菜叶都看不见，仿佛那里不曾有过一片葱绿的蔬菜。那条通往码头的Z字形水泥路也淤满污泥，村民们将淤泥铲到路两边。那丛竹子从根到梢卡满了湿漉漉的浮柴，枝叶很肮脏，看起来很怪异。鸭房屋顶上片瓦不留，全被大水冲走了，淤泥将门窗全部堵塞住。村民们整整忙了一天，才将码头和水泥路上的淤泥整理干净，两天后水泥路和码头才干透。河水还有些污浊，不过水势已经相当平稳，渡船也恢复了，浣纱村与外界重新有了联系。我们在渡船恢复的第二天离开了浣纱村，阳光像那天来时暴烈，闪亮地照耀万物，河水已经变清不少，水流也平稳了。河岸边有不少村民在翻挖淤泥，重新置划菜地。渡船出去的村人很少，零零散散站在甲板上。大家都往山上的果园忙去了。这场暴风雨弄断了不少果木，需要清理。果园的瓦房也需要重新修缮屋顶，以备重新开业。

我们母女靠着甲板栏杆，母亲像那天来时一样，静静地凝视平缓的河面。

七月之光

一

四十分钟,不会有错。

老建爬上了最后一级台阶(其实并无台阶,只是一些被他经年累月攀爬踩踏出来,比较方便下脚的石头窝子)。早些年他有过一块黑色的劣质电子表,每次在竹排山脚下开步,他便开始计时。有时四十五分钟,有时五十分钟,但从未超过五十分零十秒。后来他慢慢摸索,根据自己气喘的程度和心跳的频率来计时,稳稳地把时间控制在四十分钟。对于一个长年累月爬惯山的人,四十分钟,可以想象得出竹排山的险峻和高度是相当考验人的体力和耐力的。但,这又如何?老建攀爬这座山已四十来年了。这座山长满了竹子,秋天满山竹叶发黄,夏天则一片苍翠,站在山顶上,你很难无动于衷眼前的景致,但老建来山顶并非为欣赏美景。

左脚稳妥地踏在山顶的平地上时,他缓缓出了一口长气。早得不能再早了,天边的曙光才冒出淡淡的曙色,远处山头的光景尚笼罩在朦朦胧胧的暗淡里，不过，过不了多久，那些朦胧的轮廓便会慢慢清晰起来。竹排山背面山脚下的屯子叫白牙屯。在竹排山顶俯视白牙屯，矮巴巴的石头房子像鸡笼一样蹲在芭蕉树下。那些住在石头房子里的人，个子小、额头凸、眼窝陷、眼睛小，他们的下巴短而尖，古怪的五官加上一个短下巴，总让人忍不住想朝那上面挥拳头……他们在夏天傍晚时会从石头房里出来，到山脚下的莫纳河（当然，那些短下巴肯定不这么称呼这条河）洗澡，男人穿短裤，尖声叫喊的娃们浑身赤裸。老建很少看见女人们出来，也许她们天黑后才出来，而他不可能天黑还待在竹排山上，下山比上山更危险，况且他对女人洗澡并无兴趣。他偶尔会看见那些穿着花衣花裤的女人在地头忙活，长久待在某一棵芭蕉树下，挥动手里的镰刀或短柄锄头。那种生活场景，其实与这边并无二致。

老建稍稍站了一会儿，他感觉今天心跳得有点快。夜里他睡得不太安稳，额头往头顶这块地方有些眩晕，不过他知道自己没有什么毛病，他非常了解自己的身体。山顶没有风，但空气新鲜清凉，很快就把爬山出的一层毛茸茸的汗水吹干了。山顶很开阔，长着矮小的灌木和一种七色花，香甜的花香飘浮在清凉的空气中，真是不错的早上。老建深深吸了口气，待体力恢复后，他朝那边——能够望见山脚下白牙屯的山背面走去。他开辟了三条通往山顶的崎岖山路，因此在山顶上有三个相当明显的豁口，这三个豁口最终在一株硕大的七色花旁交会，共同通往竹排山能够望见白牙屯的方向。真奇怪，难道山水也知道界限不成？竹排山朝中国的这边坡势也相当险峻，但总体而言还是能攀爬的。而面对越南那边，也就是能够看见白牙屯的那边，就像被刀削斧劈一般,这面山崖,直直插入山脚那条并不算太宽的河里,好像这座山是从河里长出来的,别说人爬,恐怕连鸟都难以落脚。

这么多年,嗯,四十年来,老建每隔几天就会爬一次竹排山,像在虔诚履行一种只有他自己才明了的庄重仪式。他是个高个子的六十一岁老人,多年来爬山使得他的筋骨非常结实(当然,他本来就生长在山里),瘦削的脸上棱角分明,看人的时候目光坦诚。鼻梁很挺直,这是老建脸上最引人注目的部位,这个挺直的鼻梁明白无误地透露出他性情中某种美好的品性。

清晨的曙光渐渐亮起来,远处山上飘移着袅袅雾气,它们会在越来越亮的曙光里慢慢消逝。老建刚才在山脚下时,感觉山脚下的天光比山顶要明亮得多,到了半山腰时,路过双亲二人下葬的坟墓,天光似乎暗淡了许多,只模模糊糊看见落脚的地方。他只是在双亲的坟墓边稍微缓了手脚,并不停留。从双亲的坟墓边往竹排山顶去的路是老建开辟出来的三条路线中最难爬的一条,因此他并不常走这条路,一个月通常走一两回。路过坟墓时,老建瞥向二老坟墓的目光充满歉疚。他知道他们是带着对他的不解和牵挂离开人世的。

插在一块石头边的苦楝木棍直挺挺戳在那里。前几天下了一场小雨,这是他上山时折来当拐杖用的。老建把木棍拔出来,提着走向悬崖边。白牙屯在山脚下渐渐亮起来,炊烟在芭蕉叶间袅袅升起。老建需要非常靠近悬崖边才能看见山脚那条河。流经白牙屯的这段河流看起来很窄小,其实不然。竹排山面对白牙屯的这面山崖像月牙一样往中间凹陷,月牙的两端一端在河里,另外一端,当然在老建的脚下。山脚下的河面实际上被延伸出去的山体遮去了。白牙屯并不直对老建站着的高崖,以河水流向为参照,这个隐匿在芭蕉叶间的小屯子在老建的下方。

老建的呼吸变得紧迫和沉重起来,天光越来越亮,他闭起双眼,脑子里轰然作响,一些混乱的、血肉横飞的场面不断闪现在他的脑海里。这么多年来,这场面一直在他的脑海里翻腾,像间歇性发作的头痛折磨着他,促使他一次又一次攀爬这座山。其实战场上最惨烈的声音并非枪炮声,而是人受伤后的惨叫和哭号声,这种声音直观地展现出战争的残酷和罪恶。

老建开始感到小腹慢慢胀起来,眩晕在他的额头一圈一圈扩散。他猛地睁开双眼,白牙屯在越来越清亮的天光里清晰起来,他解开裤子前门扣子,掏出家伙,尽量靠近悬崖边,开始方便起来。

每次要爬竹排山,他尽量憋着,带着隔夜积下来的尿液爬山,然后贴在悬崖边上,朝山脚下的河里撒尿。

尿液是不是能落到河里,其实他并没把握。但他得这么做,这也是他如今唯一能做的。在他的幻想中,白牙屯人一大早起来到河边挑水烧饭,会吃下他排出来的尿液……

过程缓慢持久,有时候他甚至希望永远就这样下去。这当然弥补不了什么,挽回不了什么,但人要活下去,就得有个像样的理由。你道时光飞逝,往事如烟,而一些隐痛只会让你活得越来越不堪。老建活着的理由很少,爬竹排山是他少之又少的理由之一。

他凝固似的站在悬崖边,裤门敞开,积蓄了一夜的尿液早就排干净了。晨曦的风带着七月湿润的露水气息在越来越亮的光色里醒来,穿过他的裤门,凉意便从那里朝全身弥漫。一个寒战随之而来,老建恍如梦中。这很危险,假如寒战带来一个惊吓,他很可能慌了神就一头栽下去了。

一头栽下去！四十多年来，这个念头不断模模糊糊闪过老建的脑海，就在它一点点将要麻痹并吞噬掉他时，随后突然而至的强烈自责将它猝不及防地击溃了。危险的不断重复的，又不断被击溃的意识。它们像两个老建，几十年来在他的身体里血肉横飞地搏斗，都想将对方置于死地。

栽下去？开玩笑！从那场千刀万剐的战争里捡一条命回来就是为了从这里栽下去？！愤恨和怒火总是成为最后的胜利者，将他的求生意念一点点拉回他的躯体。

老建从悬崖边慢慢转身，退回到安全地方。那块坐了四十来年的扁平褐色石头接纳了他沉重的肉身。

早些年，老建的愤恨会演变成委屈和干号，身体下那块石头承载着从这个汉子身体里流淌出来的忧愤和哀伤，它见证了这躯体经历四季所有的情感变化。在四十来年里，有三只名为开荒、开路、开山的狗追随他来到山顶。在山顶上，狗总是很安静，一种高远的气势震慑了这几只与他为伴的生灵。最近五年来，他形单影只，变成了一个孤单的人……

太阳破云而出，霞光万丈，晨风缓慢吹拂，灌木丛里开始活跃各种昆虫，草绿色的"地菩萨"跳到老建的脚背上，又一跃而起跳走了。虫鸣开始在光亮的天色里喧闹起来。

老建从恍惚的世界里醒来，他使劲拍了一下大腿，把残存的杂念拍掉，然后站起来。白牙屯上的炊烟多了，他最后朝那个屯子瞥了一眼，转身朝来路返回。在那株茂盛的七色花边，他选择了另外一条下山的路。这条路通常会有不少野物，主要是草蛇，无毒的，倏地从你面前经过，迅速横穿曲折的山路，消逝在就近的一株竹子根里。还有肥硕的老鼠，拖着一条粗尾巴，看起来笨重却极为灵敏，一头扎进竹丛里。这些山货通常不会引起老建的兴趣，前几日下了雨，他觉得覆盖了一层厚实竹叶的地面应该会长出一些山蘑菇。这东西哪怕清汤寡水地煮，也能喝出鸡汤的滋味。

果然不少，就在近路的竹丛下，山蘑菇比脚拇指大，雪白而圆润，顶在地面上，像一颗颗硕大的白珍珠。竹林深处应该还有不少，这东西拿到莫纳镇去卖很抢手，能卖五到八块一斤。目前是雨季，就这座山，竹排山，也会让他有几百块钱的收入。这几年，老建都能从这座和他一样孤寂的山里收益不少。只是他花钱的地方极少，卖了蘑菇，正巧在集市上碰见弟弟，留下少许购买生活用品的钱，余下的便全给了他。他极少去弟弟家，那是个再平凡不过的家庭，稍微有些心计的老婆、已经出嫁的两个女儿。大女儿的两个孩子长年累月托付给父母照管。弟弟其实也是享有天伦之乐的，他的生活并不困窘。

老建单单就有些恐惧那天伦之乐。每次从弟弟家回来，抽身离开热气腾腾的家庭气息，他总会好几天回不过神来，所以便少去了。

"哥，你出来吧，家里不缺你这口饭！"额头长着密集皱纹的弟弟总是劝他，他比老建年轻五岁，早年养家糊口的艰辛使他看起来才像当哥的。这个民间木匠有颗厚道心，肩膀上总吊着做木匠活儿的工具，游走在莫纳镇周边的村子里找活儿。他的五官酷似老建，都是有堂堂相貌之人，只是个子稍矮，是个对生活没多大野心的人，不过他总是尽心尽力照顾家人。

老建不喜欢弟弟这个话头，他摆摆手："一大家人，闹得慌。"他装出嫌弃的样子。

…………

他折了根细竹条子，把摘下的圆白蘑菇串起来，串了两大串子，挂在手臂上慢慢下山。明亮的阳光透过茂密的竹叶射下来，林子里到处都是从竹叶间漏下来的丝绸般的光线，新鲜湿润的空气里带有竹叶的清香气息。林子里并不寂静，竹叶在微风中沙沙响，有鸟鸣虫叫和一些无法寻到出处的声音，但你会从这些并不算嘈杂的声音里听出更大的安静，像来自人内心深处的安静，你会突然被这种接近于生命的美好安静感动。

往年，五年前的往年，每逢草木葱茏，这山上总会传来某个村人粗犷的喊山，人在林子里忙活着什么，忽然直起腰来那么一嗓，很难说那不是一种源于这林子赠予的深刻的情感的爆发。

老建不善于这种情感表达方式，他更喜欢和林子里的安静融为一体，像暮年的生命一样寂静。

他缓慢下到山脚，穿过长满杂草的石板路。一条碎石路，石头缝间也钻出杂草了。他暗暗叹息，再来两场雨水，杂草就该把路淹没了。这几年七八月份这条从山脚进入村子的路总是杂草漫漫。他一个人的脚步，哪怕日夜不歇地走，也阻止不了杂草生长。

沿着碎石路慢慢进入村子。

这个叫百大的小村子四面环山，村人的田地都在半山腰上。往年这个时候，玉米该抽穗了，如今半山腰上的地里长满了荒草，用石头垒起来的田埂依稀可见，不过山腰上再也看不见通往地里的曲折石路了，全被杂草淹没了。面对村子的那面山上，有几株高大的黄皮果树，那是黄善家的。绿得发黑的叶子间吊着一串串沉甸甸的黄皮果。早两年黄善夫妻还会在这个月份背着背篓来摘出去卖，这两三年就不再来了。黄皮果在树上由青变黄，然后慢慢脱落。到第二年春天，树底下的地上便钻出好多黄皮果树嫩黄的苗子，只是不知道为什么老长不大。略高于村子的地方，也就是在黄善家黄皮果树的后面，有一座颇为高大的四四方方的露天地头水柜，那是国家搞西部大开发时镇上给百大建的饮用水柜。原先那里有一个往下凹陷的石窝子，接住从山上往下流的一线泉水，到了雨季时，山上冲刷下来混着泥巴的雨水总是把石窝子溢满，水便不能喝了，像浓汤一样黄澄澄的。村里人只能冒雨顺着山泉上山，到泉眼处背饮用水。

如今偌大的水柜蓄满了一池清凉的泉水。老建从镇上买来一条脚拇指粗的白色塑料软管，在软管的一头捆绑当作沉底用的石块，甩进水柜里，软管一头垂挂在水柜外他够得着的地方。每次需要用水，他便用力吸那管子，把水从水柜里吸上来，冲澡、洗衣服，以及天旱时灌溉种在水柜下方的玉米地和菜地，极为方便。他在水柜下边侍弄了三块颇大的玉米地和两分左右的菜地，地里的收获够他一个人全年的口粮了。他偏爱辣椒，两分菜地靠近水柜的那一角固定种一片席子大小的指天椒，余下的种包心菜和香菜。玉米地里套种花生，炒花生米下酒，他的生活实在也没什么指望了。

清晨真正来临了，明亮的阳光洒在静谧的村子里，他的家在村子中央，地势稍高，一栋以石头为基脚的干栏楼，村里全是这样的干栏楼。以前屋顶盖茅草，国家实施西部大开发后，在农村进行茅改瓦工程，茅草屋顶变成了黑瓦屋顶。五年前实施异地安置，镇子里来了庞大的搬迁队伍，帮着村民们搬迁到生活条件更便利的新村去了。为了防备村民回迁，搬迁队伍要把村里的老房子全扒掉。村民们不干了，扬言扒掉房子就不走。破败的干栏楼因此得以幸存。

老建黄昏时坐在屋门口，山风带着草木的气息从山间吹过，大大小小的干栏楼静默在群山间，他觉得自己像个富有的国王。当然，国王很孤单。他和弟弟一家搬到新村后，在新房里吃了一顿开火饭就回来了。一晃五年，老建悄无声息地在这个遗落的村子里生活，五天外出一次赶莫纳镇的集子，在一些特别的时候爬竹排山登顶，老建没感到任何不适，他不觉得孤独，他早就习惯它了。孤独，那是他的另一个自己。

路过万寿家门口时，老建被他家门口一片妖艳的紫红吓了一跳。万寿家有三个女儿，姑娘们总喜欢侍弄花草。她们在屋角和院边上种了不少招蜂引蝶的指甲花。这东西生长极泛滥，院子几年无人照管，它们便蔓延至整个院子，花枝招展，快要长到闭拢的两扇陈旧木门前了，从院门外的路边已经无从下脚通到那两扇门前了。

那两扇门没挂锁，只是闭拢着。老建记得万寿家有一口好火灶，省柴。万寿当初很舍不得家里这口灶，说是他爷爷那一辈筑下的，他和他父亲，以及三个女儿全仰仗这口灶烧出来的一汤一饭长大，五年前他临走时魂不守舍地请求老建时不时过去烧烧他家的老灶，暖暖灶肚。老建觉得这老东西真是老糊涂了。十八户人家，每户人家的堂屋里都摆过神堂，上面曾肃穆地罗列祖宗牌位。活着的人走了，死了的人呢？也许他们还盘坐在荒寂的神堂上也未可知，谁敢突兀地进去烧人家的火灶？

从他们家的屋顶上悬挂下来两条长长的丝瓜藤，藤子上已经挂着几个镰刀一样的丝瓜，也不知道丝瓜种子是怎么上到屋顶的。

唉，一个万物蓬勃的七月，天空已经从晨时的灰白渐渐转变成淡蓝色了,又将是一个碧空如洗的好天。早上就这样来临了,譬如经历过的无数个毫无悬念的早上。四周的群山如此巨大而宁静,老建的移动在群山中显得势单力薄,如大地上的一只蚂蚁。

二

走上四级由大块石头垫成的台阶时,老建一眼就看见家门口的石礅上坐着一个人。他马上认出了着淡蓝色斜襟褂子的人影,内心深处柔软了一下,好像被一束温暖的阳光忽然照拂了。他伸手摸了一把下巴。其实他多虑了,他的胡须一向都是连根拔掉的,它们不会像刀片刮过那样一夜之间又长出来。他的脚步不由得加快起来。唉,四十几年,不,怎么才四十几年,已经六十一年了。很奇怪,她连孙子都有了,她曾经光洁的额头也不可避免地爬上愈来愈深的皱纹,可她的某些言行依然如做姑娘时一般,带着点顺从的羞涩,好似时光不曾向她展现过狰狞的一面。可这怎么可能呢? 老建总是在她顺从的羞涩里变得像年轻时那样拘谨,这真是太奇怪了。

她应该很早就出来了,这里离镇子有三公里,中途要路过一个女人都得小心翼翼通过的山坳。其实那山坳并没什么特别。某年一个外地要饭的人不知怎么回事来到了那儿,结果死在那里了,老建和村里几个男人把乞丐埋在那山坳间。人们忌讳这样客死异乡的人。老建不怕,那样的灵魂还少吗?其实,从百大搬迁出去的人们并不住在镇子上,不过也差不多了。五年前,这个村子的十八户人家,不,应该说十七户人家全搬到新村去了,那里有通过管道流出来的干净的自来水,有相对平展的稻田,娃娃们上学方便,抬抬脚就能到镇上的学校。

"洛!"远远地,他朝来人送出热切的招呼。

洛从石磴上站起来,手里捧着一包用芭蕉叶当包装皮的东西——山里人一向这么包东西,这地方长了太多的芭蕉。洛宝贝似的捂着,脸上带着隐隐的温顺的笑,在晨光里恬静地看着朝她走来的男人,他呼唤她的声音里永远带着只有她才能觉察到的柔软。这光景很多时候让她恍惚,四十多年前那个意气风发的少年郎,依然没有变。老建瞧着洛手里拿的用芭蕉叶包着的东西,知道肯定又是吃的,应该是老柴房今早刚出的豆腐。那是镇子上的一家老字号豆腐坊。做豆腐的老板不姓柴,早先他们的豆腐是在一间柴火房里熬制的,所以叫柴房豆腐。每次她总是给他带吃的来,十天半月的,她总是顺着那条越来越荒芜的山路,回到这个安静的如世外桃源般的村子。

"你又爬山去了。"洛有些责怪,不过她松弛的嘴角依然挂着笑。每次来她总是叮嘱他不要再爬山,山里没人了,万一有个闪失,没有哪一双眼睛能够看得见。

老建照例瞧着她的左手腕,那上面带着一只散发着醇厚光泽的镂刻着精致花纹的老银手镯。那是三年前老建给她打的。洛一辈子没带过什么首饰。山里人的日子其实不好过,稍微有点家底的人家会给儿媳一只细软的银手镯。洛由于是招婿上门,她的老父母因此厚着老脸省了这笔其实并不大的开销。

"怎么不进屋? 门没锁!"老建说。他从来不锁门,去镇子上也不锁,山风和西斜的阳光很轻易就能像个老朋友般进入他的屋子里。他喜爱这宁静但并不僵硬的一切。有些时候,听着清风里送来清脆的鸟鸣声,他甚至快要忘记内心深处的嶙峋了。

"屋里凉爽，还是山里空气好。"她说。很快她意识到有些失言，新村四周其实也全是山，只不过地势比百大开阔了些。

老建觉得好笑，她也学会镇上人的排场了，动不动就"山里"，她让他觉得有点新鲜，不过他并没半点责怪她。

"今天是六月初六！"她接过他挂在手臂上的蘑菇串，把那包用芭蕉叶包着的东西递给他。老建看见她前额灰白的发丝汗津津的，显然她也刚到不久，赶早把节日的食物送来了——这三年来洛一直这样做——洛的上门丈夫三年前去世了，那个心眼挺实在的外村人，非常佩服老建矫健的身手。他的个子矮小，但力气极大，在这片山腰上，最干净的玉米地和花生地总是他们家的，而洛极少下地。儿女们稍大些，他领着他们下地，也不让洛下地，是个极少有的疼老婆的男人。洛老了，脸上仍能保持着柔顺而羞涩的笑容，很难说不是个子矮小的丈夫贴心疼出来的。

然而洛心里有另外一个梦，他知道。她也知道他知道。

他看着她结婚生子，一年更替两季玉米和一季花生，竹排山上的竹子绿了又黄，这是生活决定的，包括人生命中的有无。他只能看着她，在和岁月的长久对峙中，他对她，渐渐变得豁达起来。她就在村子里，与他喝着同一条泉的水，走着同一条石板路，每天她在他的视线里忙碌，生活决定他只能拥有这么多。他对她强烈的想象和向往在一次又一次煎熬般的磨砺中渐渐柔软下来，变成一种淳朴却也越发醇厚的情感。她只要平安地在他看得见的岁月里活着便好。

他们在石板路上相逢，相视一笑，那是对命运妥协的笑。

…………

"馅是碎花生和白糖，我想包点黑芝麻的。"她望着他，目光中满含信赖,"去年的芝麻没种成,收成太少了,还不够一碗。那东西好像不适合在那边种,上肥也不见长,叶子倒是能长。"她总是把新村称为那边。

"花生和白糖也好吃!"老建说着,热切地瞧着她。其实十天前她刚来过,带着一包芭蕉叶包的还温热的柴房豆腐,还有半块胳膊般粗,也是用芭蕉叶包的越南火腿肠。

他坐在她刚才坐的石磴上,那磴子还带着她暖洋洋的体温。老建仔细瞧那包东西,芭蕉叶的筋络结结实实扎住芭蕉叶,在上面打了个活结,他轻轻一拉,芭蕉叶便湿漉漉展开了,他立刻就闻到了芭蕉叶和糯米的清香气息,这接近生命的气息。他确实有些饿了。那是六月初六的糍粑团,把糯米蒸熟后放在石臼里捣成黏糊糊的糯米糕,拧下一团鸭蛋大小的糯米糕摊煎饼般摊开,包上馅料再封口。以前还在山里时,他们的糯米不是糯大米,而是糯玉米。新村有稻田,村里人便开始种植水稻,结束了世代以玉米为主食的生活。老建觉得糯大米和糯玉米一样美味。

洛提着那两串新鲜蘑菇推门进屋,很快便端出来一把椅子,坐在老建的对面,快活地瞧着他吃糍粑团。

"今天要出去吃饭吗?"洛问他。她知道他生命里的一切隐痛,但她从未见他流露出半点沮丧,他像这山里的每一块石头般质地坚硬——当然是指他的刚毅,他的心肠一点都不硬,这一点她甚至比他本人更清楚。

"假如要出去,一块走。"洛说,有些向往,她指的是老建去他弟弟家吃节日晚饭。他有时会去,但多半不去。假如还没搬出去,他是会去的,他不能让村里人觉得他们两兄弟生分。他其实挺喜欢一个人喝两口,一碟晶亮的腊肉和炒花生米足够了。他不适应大团圆的家庭氛围,他更愿意一个人小酌两口到微微醺醉,然后熄灭了灯火,靠在门板上坐着,等待村子渐渐沉入夜的安静中。

某些时刻,比如半夜里他被突然而至的雨水吵醒,那些敲打在瓦片上的急促的声音,像极了战场上凌乱而恐惧的脚步声。那样的夜晚往往会把他坚如磐石的外壳剥离殆尽,他变得软弱起来,恐惧让他把棉被当成唯一的盔甲。假如有一双眼睛能在黑暗中看见一切,它会看见一个战栗不止的灵魂,巨大的泪水在黑暗中凝聚成为唯一的光亮,根深蒂固的剧痛牢牢捕获住这个不幸的灵魂。

"有这个就够了!"老建说。他整整吃了四个糍粑团。洛给他带来十个,里面的白砂糖馅已经融化成糖浆了,糖浆暖融融的,这是最好吃的时候。然而不能再吃了,糯米不易消化,剩下的明早可以煎着吃。

洛轻轻叹息。老建知道她的想法,她希望他到新村去住,"早早晚晚的总能见着人"。

"你总要做点吃的,节日总该吃一顿好的。"洛轻声说。她想象得出一双筷子和一个饭碗的孤单,她其实知道他多半不会出去。"我带来一只猪耳朵,给它烤过了。"她的目光朝厨房里微微望了一下,美好的羞涩又在她的表情里闪现。

老建高兴起来——不是因为她带来的猪耳朵,而是因为她的身上有点钱。洛今年六十一岁了,过了六十岁,就能领取到每月一百二十块钱的养老金。这点微不足道的养老金能让农村失去体力的年迈老人活得有点尊严。老建常常担心她把这点养老金全补贴家用了,她随儿子生活,儿媳妇有点刻薄,而她是无论如何都不会接受老建给予的任何关于钱的帮助的。知道她身上有点钱,他就放心了。一个上了年纪的丧偶女人,口袋里的钱终归才是最贴心的。

"瞧,你都帮我打点好了,晚饭不用愁了。"老建说完,重新把那包糍粑团包好,搁在膝盖上。他的高兴放大了洛心里的难受,一个孤单的人的快乐,似乎让人更揪心。她瞧着他,说:"我帮你把晚饭做好吧。"

老建笑起来。清晨的太阳还没爬到山顶,这个时候说晚饭太早了。

洛也笑了起来,两个人不再说话,安静在他们中间一寸一寸蔓延。群山静默,看着人类一个充满悲悯而高贵的约会。

她一直在等待他说一句话,她要那句话。她觉得那将是岁月恩赐给她的最珍贵的礼物,虽然来得迟了些,但她充满期待。如今他们都老了,肉体的激情已然不再重要,他们只需要相互陪伴,将彼此余下的岁月献给对方。

洛有时候会迷茫,她不知道她的想法是不是有些自私。她在葱茏年华时结婚生子,她知道男女由五谷杂粮滋养出来的来自肉身的古老情欲,她并不为此感到羞愧,这不仅是孕育生命的古老方式,也是人类生命之本能。她在她的婚姻里遵循这古老情欲的召唤,并迎合它的到来。对于丈夫,她的肉身是忠诚而顺从的——在将近四十年的婚姻生活里,她一直向他毫无保留地打开她的肉身,给予,同时也是索取。她的生命,是完整的。

而他一直孤单,漫长的或暖或冷的夜晚,许许多多的夜晚,他一定饱尝了那蚀骨的孤单和悲伤。她内心一直觉得对他有隐隐的亏欠和愧疚,所以她不能主动开口,她只能等待。

时光寂静。

"我给你摘点黄皮果带回去吧。"老建终于打破了沉静,他摩挲着那包芭蕉皮,充满笑意地望着洛。

她扭头朝不远处山坡下的水柜望去,目光幽远地落在那棵茂盛的黄皮果树上。

"我不爱吃这东西,酸溜溜的,倒牙齿。"她轻轻摇头。

"给娃娃们吃。"老建站起来,朝厨房走去。

几只毛色光亮的公鸡在厨房另一侧领着几只母鸡寻食,其他的不知钻到哪里去了。老建从未正经喂养过它们,茂密的草丛间到处是活蹦乱跳的草虫,这是它们最好的食物。他养了差不多三十只鸡,每年临近春节,除了给弟弟留下两只,剩下的全挑到镇子上去卖,总是很快被抢购一空。老建没给这些鸡搭窝棚,随便它们在哪里过夜。这些家伙很有趣,你难得见它们集体待在家里,但每到刮风下雨,它们便像得到某种神秘召唤似的,从各自搭建的野窝里齐齐跑回主人家,像寻求庇护似的挤满老建的堂屋,赶都赶不走。

村人还没搬走时,他还养狗,狗成为他另一个自己。村里人搬走后,他再也没养过狗,人害怕孤单,狗其实也怕,狗忠实于人类,但并不代表它不需要来自同类的陪伴和慰藉。只有真正品尝过孤单滋味的人,才能体恤到世间万物的孤寂,以及孤寂里的酸楚。

老建很快提着满满一篮黄皮果回来了,洛坐在石磴上缝补他一件腋窝处裂开的裤子。他把篮子放在洛的脚边。洛低下头,咬断线头。

"还有吗?"她说,指的是需要缝补的衣物。

"没有了,就这件。"老建擦掉额头上的汗水,在她刚才坐的椅子上坐下,摘掉黄皮果串上的叶子。洛把那件裤子挂到屋檐下的晾衣竹竿上,抓起屋檐下的竹条扫把打扫院子去了。

"中午要祭拜土地庙！"她说。老建点点头，这是风俗，他当然明白。也就是说洛得准备好中午祭拜的各类食品，这些节日的祭拜食品和祭拜活动一般是家里年长妇人做的。她的意思是她不能待太久。

老建很快把黄皮果收拾好。

他目送她顺着那条长满杂草的出山的曲折小径走出去，臂弯里沉实的篮子拽着她，她的身子有些倾斜。

"洛！"老建朝身影喊了一声，回荡在山间的回音带着几分悲怆。身影转过身来，立在原地。洛知道他并未有任何交代，他只需要她转过身看看他。老建的身影在她的目光中渐渐模糊起来，明亮的阳光在她凝聚的泪光里变得五光十色。洛朝他挥挥手，她知道一转身，这块并不大的山窝里便聚满了空旷，让她揪心的空旷。空落的房屋，沉寂的草木，坚硬的石头，山上祖先们低矮的坟冢，还有一个人。但她还是转身了。她的身影转过一栋日渐破败的屋墙，顺着出山的路走着，很快，一座矮小的山便融化了她的身影。

早上终于蓬蓬勃勃走到了一天中最亮的光景，这个月份的每一天都在走向季节的深处。

三

一连下了几场让人心悸的雨水，从屋后的山上冲刷下来的雨水混着泥土，污浊不堪。水柜里的水简直成了黄汤，洗衣裳都嫌脏，更别说饮用了。老建把厨房的水缸搬出来放到屋檐下，接了满满一缸子雨水，可以烧水煮饭。这个村子里的人，在雨水充沛的季节里，山泉被污染时常常靠雨水生存。"天上来的泉水"，他们并不忌讳。山里恶劣的生存条件教会了他们怎么顽强地生存。

老建和一屋子的鸡安然迎接雨季的到来，每年的雨季都一样。雨一阵一阵的，前脚瓢泼大雨，后脚一阵风吹来，雨水越来越倾斜，最后被风吹走了，太阳便亮晃晃地出来，满含水汽的阳光热辣辣地暴晒着湿漉漉的村庄，阳光吸收着大地上的水汽，墨黑的山上袅袅升起烟雾一样的水蒸气。老建领着一屋子的鸡从堂屋里出来，人和鸡都感到沉甸甸的，那是因为丰沛的水汽充盈着身上的每一个毛孔，必须要晒一晒。他站在热烈的阳光下，环顾四周的天空，被群山剪出来的一方天空澄净透亮，看来今天是不太可能有雨了，即使有也不会是大雨。他转身凝望村庄后的竹排山，山上的竹子已经快长疯了，绿得发黑的竹叶全部覆盖了山体，山已经被竹子淹没了。

即使下雨，山路也不会打滑，路滑是因为走的人多了，脚步打磨路面才会湿滑。而这座山上的每一条路都只属于老建一个人，老建是山路唯一的造访者。他打算上去了。斗笠戴上，柴刀落进刀鞘里，稳稳当当绑在腰间。这是一个进山人的装扮。他敞着屋门，天若再下雨，可方便这些陪伴他的家伙进屋躲雨。

绕到屋后，他选了三条上山路中最便捷的一条，人便闪进竹林里。从竹叶上滴落下来的雨水响亮地敲打在他的斗笠上。草蛇多了起来，蜿蜒在上山的路上。老建砍下一根拇指粗的竹条子，一路横扫，把这些没骨头的东西赶进竹丛里。白嫩的蘑菇珍珠般铺满地面，散发出腥甜的气味。林子里的空气清新得使人身上的每个毛孔都张开了。老建解下斗笠，随手挂在路边的竹枝上。抬头看不见天,林子越来越亮,他觉得今天应该不会有雨了。上山的脚步有些轻飘,这几个夜晚的睡眠,常常被半夜突然而至的疾雨所困扰。他靠在床栏上,胸口像有万马奔腾,起伏在夜的深邃里,小腹部袭来一阵阵令人干呕的剧痛,悠远深长的痛。其实他身上没有一处伤口,剧痛完全是从他的意念深处生发出来的,他无法阻止和控制,只能忍受被它锋利的獠牙啃噬。

他在夜的深黑处痛苦得难以自拔,像个命悬一线的人。

…………

一阵微风拂过,挂在竹叶上的雨水密集落下。路边一棵山鸡果树挂满了半青不黄的果实,那些早熟而遗落在树下的果子被老鼠啃咬出一个个齿印清晰的豁口。去年老建摘了半蛇皮袋果子给弟弟送去,家里的几个孩子贪吃,这东西又难消化,三五天都不拉一次,孩子们捧着鼓突突的肚子哭坏了。

也许今年可以摘去卖掉。老建从山鸡果树下路过时想。潮湿而闷热的空气让他出了一身汗水,身上薄薄的灰色圆领 T 恤贴着他的前胸后背,他一脚踩在一块凸出路面的石块上,停下来朝上望去,没几步路了,竹丛已经开始稀疏,越靠近山顶竹丛越少,取而代之的是遍地矮小的七色花和长满青刺的野骆驼刺,地势也开始慢慢平缓起来。老建静静站着,身体因为出了一通汗而变得舒畅通透。他没有任何急意。没关系,可以等。老建想。

终于登上了最后一块石头,视线豁然开阔,风也变得更柔和了。山顶上的岩石干净得如同水洗,透出一层湿润的黝黑光泽,老建常年踩踏出来的小路几乎被滥生的七色花淹没了。他的脚步碰落了挂在花瓣上的雨水,很快便到那块突出山体的悬崖边,一并进入他双眼的,是悬崖下的白牙屯。

"千刀万剐的!"

诅咒千千万万次了。站在悬崖上俯视这个越南小屯子,愤恨总是一下子抓住了他,他唯有诅咒。四十年来这个屯子似乎没有变化,他在悬崖上碰见过这个屯子几场喜事和白事,人像蚂蚁一样在山脚下忙碌,隐约的喜乐或哀乐飘上悬崖,人们忙着往生和向死,和百大一样。往年百大都有喜事和丧事,喜事属于年轻的生命,而丧事则是暮年人在人间最后的仪式。老建在五十岁之前是百大的八爷,抬棺的八位司仪爷之一。他和另外七个八爷抬过百大无数位故去的人的灵棺,送他们回归土地。

人总是要死的,但人总是要经历过的那些事,老建并没经历过。两情相悦、洞房花烛、生儿育女,一个盘山而活的庄稼人,把这些从生命里剥离掉,日子还剩下什么?剩下的只不过是看得见的生和死罢了。

老建站在悬崖边,瞧着山崖下的越南小屯子,深深的恨意落地生根。他紧着身子,却憋不出任何急意。悬崖下的河水浊黄不堪,它只要流经悬崖下的白牙屯,拐过竹排山,就进入莫纳镇,进入中国了。老建在悬崖上的每一次排泄,流经短短的一段异国河流后,最终也会回到祖国的河床里。

但再短,它也流经那个异国。

他徒劳地退回那块常坐的石头,他要等。如今百大只剩下他一个人了,他的时间像古老的村庄一样空旷寂寥,没有任何人和任何事等着他,还有什么等不及的?

等。

洛是一个多么好的女人,无数个夜晚影影绰绰地摇碎他的梦。他记得她怀第一个娃时,看见她日渐丰盈起来的腰身,年轻的老建真想从这悬崖上跳下去。他也想过离开百大,也是这个影影绰绰的身影,无数次让他钢铁般的意念变成绕指柔。他看她盛装出嫁,看她初为人母,看她青丝变白,看她容颜变老,如今她又一次孤身走到他面前。

三十七年前她也这样靠近过他。那时候老建还多么年轻,然而他已经见识过太多的生死,不,应该说是死。如今还有多少人记得那场战争?你只要在每五天一次的莫纳镇集市上走走,看看满大街从口岸进入莫纳镇市场上做生意,穿拖鞋、戴尖顶斗笠、穿花衣裳的越南女人,以及她们那口地道的本地话,就知道已经没多少人记得 1979 年那场魔鬼般的战争了。1979 年,二十一岁的老建作为中方担架队救护员之一,跟那些和他一样年轻得来不及长胡须, 也是第一次扛枪上战场的年轻人从莫纳镇口岸出去,进入越南北部前往高平战场。

1979 年的二月中旬,按照莫纳镇的习俗,日子依然沉浸在年的节气里,年尚未过圆满,但边境线上的枪炮声打破了年的平和,年已经无法再过下去了。坐落在边境线上的村庄,村里人早在年前就被动员撤离村庄,但春节期间,他们还是陆陆续续回到自己的村庄。百大屯也一样,村民在大年三十那天回到家烧暖自家的柴灶,点燃香火敬神堂。这是必须的,大不了一死,村民们想。年三十的午夜没有爆竹声,任何和爆竹声类似的声音都极有可能造成恐慌。村里一片沉寂,清冷的空气里弥漫着无言的紧张,午夜的深处隐匿着看不见的危险。他们小心翼翼挨到天亮,大年初一的早上和往常一样清冷、静谧。早起的村人面面相觑,贴不贴门神呢?上不上对联呢?最后大家心照不宣地回到自家门里,半掩门户,不能关紧,要迎春。

1979年的正月初一是1月28日,到了2月17日,边境线已经硝烟弥漫战火纷飞,闷雷一样的枪炮声滚滚而来。老建所在的担架救护队跟随部队出了莫纳镇口岸进入越南,他们并不是第一批前往战事前线的部队,一路上不断与一辆辆运送前线伤亡士兵回国的卡车相遇。没多久,老建他们便在靠近越南高平的一个村庄与战争劈面相逢。

二月的天空灰蒙蒙的,寒冷的空气里弥漫着火药刺鼻的气息。这是一处山坳,村庄就坐落在山坳里,一个典型的山区农村。目之所及,除了缓坡就是芭蕉树,矮巴巴的泥墙屋子掩映在芭蕉叶间。山腰上挂着镰刀似的玉米地,棒子早就掰了,只剩下干枯的玉米秆立在地里。该烧地翻耕了,过了正月,就是点播玉米的节气。这和中国边境线上的任何一个村庄一样。边境线上的两国村庄,甚至熟悉彼此的语言。

可战争打破了所有的秩序,它让古老的村庄失去了以往的宁静,土地上了无人影,战火把春天所有的生机燃烧殆尽。

午后,忽然下起了雨,村庄里有越南兵在把守,我方官兵匍匐在距离村庄不远的一条沟壑里,等待合适的突击时期来临。傍晚时分,嘹亮的冲锋号吹响了。那是怎样凌乱的场面。老建觉得像一场游戏,但这场游戏是真枪实炮杀人见血的。年轻的躯体中弹后像截木桩一样栽倒。老建和其他担架救护队队员们朝那些栽倒的士兵扑过去,企图让那些栽倒的士兵在他们的救护下捡回一条生命。

十七天后,老建从战场归来,一脚跨过简陋的国门,他觉得自己像经历了一场残酷的噩梦。

百大又恢复了以往的生活秩序,村民们在早春三月的山间开始点播玉米种子,比往年晚了些,但总算能让种子落到地里。地里有了种子,人的日子便有了希望。

洛一直在等。老建从越南战场回来后,她就一直在等。她做了各种准备:新婚的被面和绣花的枕头巾,贴身的精致衣物和缎面的大红色洞房门帘。她心里每天带着光和向往,想和他在这片山里生儿育女,让他们的日子在石头上流淌而过。她对人生没有太大的向往,老建就是她全部的向往。洛等了三年,终于在他的祝福下成为他人妇。

这是生活所决定的,正如毁了他一切的那场战争。

微风夹带丰沛的雨水气息吹过来,隐隐地从悬崖下传来因雨水暴涨而变得湍急的河流声。在冬季枯水期,河床下落期间,莫纳河其实并不深,有时候河中心会隐约露出河底的石头。竹排山坐落在百大屯和莫纳河之间。水量丰沛的一条河就这样和百大屯擦肩而过,致使百大屯因缺水而只能种植耐旱的玉米。而比百大屯更往山里去的百楼屯却因傍河而居,在五年前的异地安置中免于搬迁,因为莫纳河赐予了它一片平坦的良田和便于灌溉的有利条件。

老建一筹莫展地坐着,似乎爬山时出的一通汗水把身体里的水分全带走了,纷繁的往事和眼前的难堪让老建泪水充盈。这难堪,纠缠了他一生,折磨了他一生。

"×!"他一拳捶在身边裸露的石头上,他早就对疼痛麻木了,但一种四分五裂的感觉穿透他的胸腔。

他站起来:"啊——"振臂一挥,声嘶力竭的吼叫破胸而出,把堵在胸口的一口闷气吼了出来,重重叠叠的群山颤颤巍巍地回应他。

"啊——"遥远的群山传来一声嫩生生的回应。老建怔了一下,他再吼一声,他的声音跌落群山之后,那嫩生生的回应声立即回响起来,接连传来好几声回应。老建笑了,这难缠的娃娃!他又吼了一声,算是回应,然后无奈地回望了一眼悬崖下的白牙屯,开始下山。

阳光很好,似乎不会再有雨了,也该停了。老建选了水柜下几块稍微平坦的旱地种玉米和花生,那地好,从水柜引水灌溉也容易,但接连几场大雨便害涝了,无处排水。七月的玉米正在结棒子,最是需要晒的时候,再不能涝水了。

老建下到挂斗笠的地方,开始边下山边摘路边鲜嫩的蘑菇。他把斗笠翻过来,蘑菇装在斗笠里。靠山吃山,老话是有道理的。在这片山里,不耕不种,养活个把人没问题。那淡黄色爆炸头的女娃娃喜欢喝蘑菇汤,他可以打两个鸡蛋煮一锅蘑菇汤,再搁把葱花末,味道就更美了。英吉利!那名字真逗,这孩子有一阵子没来了,该有个把月了,老建还真有点挂念她。每次她到来,这个不安分的孩子总会给沉寂的村庄带来不少鲜活的气息。他想到她那些古怪的行径,每边耳朵上打四个洞眼,戴不同颜色的耳钉子,胸前还吊着一只模样吓人的铜骷髅头,身上的衣裤到处是破洞,她说那叫时尚。老建觉得那身衣物和要饭的没什么区别。不过她模样长得挺喜欢的,眼睛大鼻梁挺,额头有点突。英吉利来自县里,是个画画的,不知她是怎么找到莫纳镇来的,又钻进了比百大屯还往山里去的百楼屯,说那里头风景好。去年深秋,她从百楼屯出来,顺着快被杂草淹没的岔路进到荒芜的百大屯,顿时被满山的黄竹吓住了,摆开画板就画起来。彼时老建正好从竹排山上下来,脱了褂子赤身冒汗,冷不丁出现在山脚下,英吉利和老建同时大叫一声,都被对方吓住了。英吉利认为老建是山上的野人,而老建从没见过这样一个黄发爆炸般蓬乱、浑身破烂雌雄不分的怪物。英吉利倒是胆子大,惊吓过后自报家门,老建才确定这黄颜色的爆炸头是个人,还是个女娃娃。当天老建杀鸡炖汤,安抚这位外星人般的不速之客。老建独身居住空村让英吉利佩服得不得了,在英吉利眼里,这空旷破烂而又景色别致的空村简直太魔幻了,特别有魅力,而老建独住空村简直就是"伟大的行为艺术",这让老建哭笑不得。他盯住英吉利身上到处是破洞的烂衣裳,嘱咐她买几件像样的衣裳穿。她说那叫个性,也叫艺术,说着拿起挂在墙壁上的小柴刀,在已经破洞百出的裤子上又割出一个破洞来。老建目瞪口呆。英吉利来得挺勤快,每月总能进山一两次,背着比身板还大的画板和颜料袋子,浑身丁零当啷响,一路进山。她每次从百楼屯出来,必定会拐到老建这里瞎聊上一阵,有吃的就吃,有喝的就喝。她给老建带来的永远是各种桶装方便面和各类让老建哭笑不得的零食,动物饼干、牛肉干、腌制的袋装凤爪、口香糖、袋装炒花生。有一次她抱来一大捧野花,说是没带零食孝敬老建,献野花一束,不成敬意。英吉利二十一岁,小巧玲珑的个子,老建吓唬她,进山的路上曾有过死人,路上有游魂哪。英吉利甩着爆炸头说,她不怕鬼,人也不怕,狗也不怕……

"啊——"

老建下到半山腰时,尖锐的喊山声再次传来,突兀而嘹亮,直直地炸响,显然是等急了。这是他们约定好的,英吉利进来不见人,便朝群山叫喊,老建若在山里,定会听见并回应,若没有回应,说明老建定不在山里,出山进镇子去了,也可能转到别的山头去,转远了。

"你没有手机?"英吉利问他。

"我这里就养公鸡和母鸡。"老建说。

英吉利无奈,翻了几个白眼。

老建回应了一声。他还想找一根嫩毛竹,这东西趁新鲜炒最好吃,黄皮果也正好摘给那娃娃吃。英吉利六月初来时,黄皮果还挂青,她在果树下转,遗憾得直跺脚。

顺着小路进了村子,老建朝院子张望,却并不见英吉利,黄皮果树下也不见人影,不知道人又蹦哪儿去了。她身上的年轻劲儿有时候真叫老建羡慕。老建回想起自己年轻时——他年轻过,然而他的生命却没有活力。

上了院门台阶,他故意咳嗽了一声,也不见英吉利露面,却一眼望见屋门板上扎着一把红色小巧的水果刀子,钉住一张字条。这是英吉利的水果刀,不知她又搞什么名堂。他摘下小刀,取下字条,心想往后谁娶了这女娃娃那可真够呛了。

"建叔,给你送来一个礼物,就在床上。这是在集市上捡来的,给你做个伴。我回县里了,下次来看你哈,你亲爱的英吉利!"落款是一个画得颇有章法的笑脸。

老建满头雾水:礼物?这娃娃真多事。他把一斗笠的蘑菇放在屋檐的竹椅上,进屋。两间厢房和堂屋,堂屋很宽绰,饭桌在神堂下,饭桌上放着一大塑料袋东西,不用说,全是花花绿绿包装的零食,还有几桶方便面。老建哭笑不得,英吉利每次来总是带点什么,他哪会对这些感兴趣。他进了房间,立刻惊得瞠目结舌。

床上的蚊帐下居然睡着一个瘦条条的孩子,黑色齐膝短裤、淡蓝色套头短袖,细瘦的四肢裸露在外面,窄小的脸、淡眉塌鼻梁,两只小手握成拳头举在耳边,睡得正酣。四岁还是五岁?他没生养过,对孩子的年龄无从判断。他发现孩子的右手捏着一张纸条,他小心地从孩子的手里抽出来,不用说,一定是英吉利搞的。

"我叫呆呆!"

英吉利的字,用水彩笔写的,拖着一个惊心的红色惊叹号。

老建站在那儿,又惊又气。他瞧着床底下一双小小的沾满泥巴的布鞋,站了一会儿,轻轻靠近那孩子,捏捏他摊在床边的两只裸露小腿,孩子在睡梦里突然浑身抽搐了一下,惊得老建慌忙退开,绊倒了床边一把小椅子。孩子又动了一下,细瘦的脖子来回转了转,睁开眼睛,安静躺了一会儿,挺起小身子慢慢坐起来。那两只眼珠,天啊,全都集中在眼角,白多黑少地盯住老建。老建惊愕万分,居然是一个长着一双斗鸡眼的孩子,那模样看起来就像个傻孩子,难怪英吉利叫他呆呆。

"爸爸!"孩子坐在床上,冲着老建笃定地叫了一声。老建感觉到脑袋嗡的一声响,一阵热流直冲脑门:他听得懂这种软糯的口音,分明是一个越南崽子!

四

一个长着一双斗鸡眼的半傻不呆的越南孩子!

孩子赤脚站着,瞪着一双斗鸡眼,小尖脸上是傻瓜常有的呆傻表情。老建痛恨这副面孔!真奇怪,越南人怎么都长着一副相同面孔,短下巴、尖脸蛋、塌鼻梁、双眼凹陷、眉骨突出,怎么能长这样一副面孔?老建感到心里的怒火在燃烧。孩子木头一样站在饭桌边,老建正在吃早饭,黏稠的玉米粥和炖嫩南瓜块,南瓜又甜又软,老建拍了蒜瓣当作料,味道很鲜美。他不允许孩子和他一起吃饭,必须这样。老建把粥喝得大声,大嚼南瓜块。

"爸爸!"傻瓜冲他叫了一声。他光脚穿着布鞋,小布鞋是湿的,黑乎乎的,肮脏不堪。这崽子穿着布鞋去踩水洼了,专门捡水洼踩,他在水洼里踩脚,斗鸡眼兴奋地挤在眼角,嘴里哇啦哇啦叫,身上那身短衣服皱巴巴的,散发出一股汗酸味。没有什么换洗衣服,老建也不愿意伺候这越南崽子。两天,还有两天,再过两天就是莫纳镇集了,他打算到时把这傻瓜带到集市上,往越南人堆里扔掉了事。英吉利是在集市上捡到,他的父母定会来集市上找。这个不靠谱的英吉利,他知道她迟早会惹出事的,而这个事情实在太大了。这两天无论他走到哪儿,小傻瓜都像个小尾巴一样跟着,一双脚净往泥水坑里踩踏。你道他傻,倒也不是太傻,一双斗鸡眼盯着你,好像知道老建时刻都想甩掉他。

老建把筷子摔到饭桌上,火冒三丈。"老子不是你爸!"他凶狠地冲孩子叫,"再叫就把你剁了。"

孩子立刻闭嘴,斗鸡眼翻白。他们能交流,边境线上中越双方的村庄,大抵上都能听懂对方说的土话。他断定这傻瓜的家人应该是边境线一带的农村人。傻瓜除了会叫吃喝和叫"爸爸",还知道叫"上茅坑"。

"屙——"他叫,老建就扯下他的裤子,抓起他的胳膊拎到茅房里,等他屙完了取一瓢冷水冲洗傻瓜的屁股。

他对英吉利充满了恼怒。这个疯疯癫癫的娃娃以后断不能惯着她了,她像风一样来无影去无踪,他的怒火无从发泄。

"吃!"傻瓜把摔落到地上的筷子捡起来,直直递给他,不知道他是叫老建吃还是表达自己也想吃。

老建愣了一下，傻瓜那双白多黑少的眼睛盯住他，他无法从这样一双奇特的眼睛里看到什么。孩子的脸上是木呆呆的执拗表情。老建的心像被什么撞了一下，心里熊熊燃烧的怒火逐渐熄灭了。他夺过那根筷子，饭是没法吃了，他转身在旁边的碗柜里取出一把塑料勺子，放在孩子那碗玉米粥里，把粥碗推到孩子面前。

"吃！撑死你这傻瓜！"

孩子没碰那碗粥，伸出脏乎乎的小手，直接抓取碟子里嫩绿的南瓜块吃。

"吃——"他两手并用，一块往自己嘴巴里送，一块递给老建，老建给气得不知说什么好。他瞧着孩子，不坐旁边盯着不行，他会捧起菜碟子像狗一样直接埋头吃。老建这两天一直拿筷子敲打他的手。孩子记性不错，再也不敢碰碟子了。手抓也好，说不定以后能用上筷子。不过这不是老建的事情，傻瓜拿筷子也好，像狗一样埋头啃也好，和他有什么关系？这孩子只是半个傻子，还挺温顺，用心教一教也许能顶半个正常人用。

"你吃！"老建只顾着琢磨，口气冷不丁软了下来。他忽地被自己温和的口气吓住了。

"爸爸——"孩子满嘴的吃食，含糊地叫他。

老建只好站起来，出了厨房。

这傻瓜来后，老天就开始放晴了，天空明净如洗，云白天蓝，天再也不压在山顶上，天地之间变得高深幽远起来，天是天，地也是地了。山里的气温就算到了三伏天也不会热得燎人，总会从什么地方吹拂来隐隐约约的山风。风是凉的，这种时候若待在竹林里，会更凉爽舒适。老建站在高高的院子里，那条出村的小路无比寂静，山也很安静。阳光无声地照耀着，太安静了。只有每年的三月初三,壮族人祭拜祖坟的日子,那条寂静的山路才会迎来它曾经熟悉的脚步。人全回来了,只要能动的全都回来了。村里人搬去了新村,但他们故去的先人仍然被埋在山上。一年一次和逝者相会的日子,他们携带老小和祭拜食品,陆陆续续进山。每家人都会给老建带来一包用芭蕉叶包好还温软的五色糯米饭。在村人眼里,是老建替他们守护着旧时家园和祖先坟墓的。老建也会等弟弟一家人回来。其实也没谁,就弟弟夫妇两人。弟弟夫妇两人和几个族亲一起回来,老建会杀好鸡等他们。香火纸钱他是不碰的,这都是女人们做的事情。他那份香火钱,在祭拜日前就给了弟弟,让他给弟媳妇帮忙采购。祭拜那天,山里热闹起来,半山腰上的祖坟被拔掉杂草,土也重新培上,一座座坟茔在杂草里新鲜地露出来,坟顶上也插上了白色的招魂幡。

老建一般只祭拜父母,祖爷爷祖奶奶们就给弟弟夫妇和族里的年轻人们去祭拜了。不孝有三,无后为大。老建在双亲的坟前有深重的愧疚,然而这能怪他吗?又该怪谁?

爆竹声在山里不断炸响,幽远的回声在山间回荡,惊醒沉寂的古老村庄,山间欢声笑语。接近午时,祭拜结束了,村人们回到自己的空屋,在杂草丛生的院里架锅做饭,这顿饭一定要在老屋吃,一定要在祖宗跟前吃。弟弟夫妇就在老建家里吃,这是一年当中老建家唯一有人气的时候。空旷已久的村庄上空升起袅袅炊烟。家里的饭交给弟媳妇忙活,老建悄悄上了村后的竹排山。在半山腰,村庄上空的炊烟和院子里忙活的人尽收眼底。似乎又回到五年前的村庄,简陋而充满生机,贫穷而安静祥和,村里从没发生过违法犯罪的事情,法律似乎离山里很遥远,他们恪守从遥远先辈们那儿流传下来的伦理与宗法,这比任何法律都更能约束人们的内心和行为。

如今这一切都远去了，阳光照在空旷的村庄里，时间似乎也静止了。再也没有新生命的到来提醒村庄时间向前的脚步，只有当山上的杂草一岁一枯荣，才能使村庄感觉到时间的流淌。

山里当然有山里的好，山外当然也有山外的好，至少出去的人没有再回来的想法。而对于老建来说，他还是觉得山里更适合他，空旷寂寥，更像他的一生。

"爸爸——"

老建打了个激灵，被吓了一大跳。孩子不知什么时候从厨房里出来，静悄悄站在他身后，两只手捏着两块嫩绿的南瓜块，嘴巴还在吞咽着。

"回饭桌去吃！吃饭应该在饭桌上，只有要饭的才走着吃。"老建抓住他的后衣领，孩子立刻两脚悬空，被他拎回饭桌边。

玉米粥孩子一口没吃，那碟嫩南瓜块空了。

这样的天气，能上山顶就好了！老建想着，他瞧着在院子里撵鸡的孩子，叹了口气。他为什么老叫爸爸？不会叫妈妈吗？没有爷爷奶奶？他和谁来的莫纳镇？真是个顶讨厌的傻瓜。英吉利更讨厌，孩子又不是猫狗，哪里能顺手捡来，太不像话了。

老建戴上斗笠，打算到玉米地去瞧瞧地里的雨水排干没有，得想办法排掉涝在地里的积水。小傻瓜趔趔趄趄跟着，脑袋顶着白花花的阳光。老建要把他留在家里，于是在院里撒了很多玉米，把散落的鸡全都召集回来。孩子兴奋得直尖叫，但看见老建朝院子外走去，他立刻撇下聒噪的鸡群，追随老建。

"别老朝水洼踩！"老建呵斥他，傻瓜吓了一跳，一屁股结结实实坐在水洼里。老建很绝望地捶自己的头。

"站起来！"他几乎咆哮。

孩子艰难地挣扎着，抬起半身，又结结实实坐回去。老建无奈，拽住他的胳膊把他从水洼里拉出来。

"你到底是什么人？啊？你到底是怎么回事？这不是你的祖国，你来这里干什么？"老建骂骂咧咧，拉住小傻瓜的手就走，避免他再次摔到水洼里。孩子的裤子又湿又脏，突出来的小额头上冒出细密的汗水。路过一丛茂密的旱荷花，老建顺手拧下一片阔大的叶子，把秆子塞进孩子手里。

"拿着！"他说，绝望得像面对一团他无法解决的大麻烦。其实他对孩子并不陌生，弟弟那两个女娃娃，五岁之前多半时候都在老建家里度过，他知道怎么哄孩子，讨孩子们的欢心。但这个长着一双斗鸡眼的傻瓜，还是个越南崽子，哄他？还是让他见鬼去吧。

小傻瓜快活起来，举着这把阔大的绿油油的雨伞，两只斗鸡眼充满笑意，他倒是自在了。

到了水柜边，老建把孩子的衣裤扒下来，孩子赤条条地站在阳光下。他瞧着孩子两腿之间的小家伙，盯着，盯着，心里一阵悲怆，拉住吊在水柜上的塑料软管，用力一吸，一股清凉的水柱倾泻而出。他把水淋到孩子身上，冲洗他小小的身子。

孩子并不惧怕水，舒适的清凉让他大声尖叫起来。

"爸爸——"他兴奋地表达他的快活。

"你这猴崽子，老子还得伺候你！保不准我火气一上来就把你扔进水柜里。"老建火气又上来了，一下子把水柱兜到孩子的头上。孩子哇地大叫起来，急忙闭上斗鸡眼，两条湿淋淋的手臂紧紧抱住老建的大腿。

"站好！"老建把那两条小胳膊掰开，拎着他的胳膊推离自己。

孩子立刻直挺挺地站着，两只小手掌捂住双眼，水从他的头上倾泻下来。老建用一根木棍支好水管，让水一直淋在孩子身上，然后转身下了田埂，钻进茂密的玉米地里。在玉米地深处，他透过浓密的叶子瞧那孩子。

傻瓜一直捂住双眼站在水柱下。"真是个呆子！"老建嘟哝，朝地的另一头走过去。他在玉米根下套种了十窝南瓜。吃瓜苗的月份已经过去了，现在正是吃南瓜的时候，南瓜结了不少比拳头大的嫩瓜仔，在玉米根下到处滚。老建摘掉不少南瓜叶子，以便南瓜仔得到更多的养分。他打算集日时背去卖。一篓子，二十斤该有的。一年四季他的地里总是有些东西可以卖掉，换一些油盐钱。老建的母亲还健在时，在家务活儿和农活儿上不厌其烦地教他，他甚至连缝补都会。老建的父亲是个手艺相当好的木匠，想把一手绝活儿教给两个儿子，但老建对木工活儿不感兴趣，这让老父亲很伤心。老建和弟弟，一个擅长种地，一个只会木工活儿，弟弟甚至连套牛耕地都不会，他家的地总是由老建帮忙耕犁。

母亲在地里忙活，告诉老建春播秋收，人不欺地地不欺人。她在一年四季的耕种中日渐衰老，跟着种地的老儿子也不年轻了，她是有疑虑的。她坐在田埂上休息时，看着地里忙活的老儿子发愣。她喜欢洛，那姑娘性子好，面相和善，她早就看出儿子对洛的情愫了。洛讨夫婿后，老母亲又托人陆陆续续给他介绍过几个外村品性和相貌都不错的人，老儿子连面都不肯见。她早早打下一对银手镯，两个儿媳妇每人一个。老建的那一个，母亲临终前遗憾地留给了他。洛的上门夫婿三年前去世后，他把手镯送去重新锻打，给了洛……

"爸爸——"

叫喊声从茂密的玉米地传来，老建正在摘玉米地后面菜地里的青瓜。青瓜长得不错，他只种了三窝，竹条子搭的瓜架子，青瓜差不多把架子都压趴了。这东西生吃也能管饱，蘸一点蜂蜜更好吃。今年春天时，他在竹林里寻得一窝蜜蜂，采下的蜂蜜给弟弟带去一瓶，给洛一瓶，洛不要，他留下了。

"爸爸——"

傻瓜又在叫了。老建忽然心酸起来，他本该也有娃娃这么叫他的，他本该和洛有一堆儿女的，他本该也有男耕女织的生活的，他和洛本该在柴米油盐的时光里一起衰老的。这都是人生最基本的东西，然而他什么都没有。

"爸爸——"叫声里夹杂哭声，然后哭声传来。老建听那哭声一点一点移动，哭声离开水柜，很快，他就看见孩子赤条条地出现在往家里去的碎石路上，他边走边哭，在阳光下挪动小小的身子，小小的手臂拖着那把巨大的荷叶伞。

"爸——爸——"哭声回荡在空旷的村庄里，孩子趔趔趄趄走在炙热的阳光下。

"嘻！"老建心里像被什么东西激烈地撞了一下，忽地站起来，振臂朝孩子喊了一声。哭声立刻戛然而止，小傻瓜顺着喊声转过身，当他看见老建站在离他不远的玉米地后面时，他呆呆地站了片刻，似乎正在吃力辨认，然后哭声又一点点响起来。孩子一下子跳下小路，扑进长满杂草的荒地里，杂草淹没了他半个身子，他跌跌撞撞朝老建寻过去。

"爸爸——啊——"傻瓜打着哭嗝，上气不接下气。

老建跨进杂草地里，双手托住孩子的腋窝："真是个磨人的东西。"他朝孩子嘟哝,把孩子从杂草里提起来。孩子张大嘴巴,声嘶力竭地哭,窄窄的脸涨得通红,两只斗鸡眼糊满泪水,哭得一抽一抽的。

"好了,好了,我在这里。"老建把他放在玉米下的阴凉处,塞给他一条青瓜。孩子拿着青瓜,眼巴巴盯住老建,小脸蛋绷得紧紧的,眼珠不错地盯住老建。

"好了,我们去玩水!"老建劝孩子,他用一根瓜藤绑住几条青瓜,把孩子一把夹在胳膊下,穿过茂密的玉米地。

水柜上的水管还在流水,老建放下孩子,抓着水管往他身上淋水。孩子渐渐停止了哭,捏着一条青瓜站在水管下。

"爸爸——"他叫起来。

"拿着。"老建把水管塞到孩子手里,让他拿着自己淋水。孩子立刻扔下水管和青瓜,一把抱住老建的大腿,又凄惨地哭起来。

"好了,好了,我在这里,我得帮你把这身衣服洗洗,你听明白了吗?洗洗。"他指指地上的衣服。孩子的哭声立刻弱下去,蹲下小小的身子,边哭边开始手忙脚乱地搓洗他那几件小衣服。

老建瞠目结舌。

"我来洗!"老建说。他料定这孩子在成长中一定吃了不少苦头,这让他心里涌起一股奇怪的难受滋味。小傻瓜敏感、懂事,充满被人遗弃的惊恐,像只可怜的小狗。

老建再次把青瓜和水管塞到孩子手里,就着从孩子脚边流下来的水搓洗他的两件衣服。孩子瞪大一双斗鸡眼,小心翼翼咬着青瓜,把老建整个人结结实实看住了。

"好吃吧,小崽子?"老建问他。孩子只是瞪着他。"呃,真是个傻瓜。"老建很快把衣服洗好,从水柜边的一丛旱荷花下摸出一块香皂。

"闭上眼睛!"他打算给孩子好好洗洗。这句孩子没听懂,一双斗鸡眼瞪得圆溜溜的。老建只好作罢,往孩子身上打香皂,用他的衣服擦洗他的小脑袋。

半夜的雷声又把老建惊醒了,接着雨便在黑夜里急促而来,响亮地敲打在屋顶的瓦片上。老建在黑暗中起身,靠在床栏杆上,孩子在他的脚边睡着了。他不允许孩子和他并头睡。夜里他伸一伸脚,碰到孩子温软的小身体。孩子睡得很安静,偶尔在梦中发出一声稚嫩的叹息。

雨又来了,他总是在有雨的夜里深陷无边的痛楚。那场雨水,浇冷了老建漫长的大半生。

五

冲锋号在傍晚的雨中嘹亮吹响,战争的灾难之火烧向那个宁静的村庄。

从中午开始,他们一直匍匐在村外的一座缓坡上。满坡的芭蕉,是种植的芭蕉,而不是野生的,周围那片连绵的土坡上有规整的田埂,应该是属于缓坡下那个村庄。虽然才是早春二月,但芭蕉叶碧绿,老掉的黄叶子被砍掉了,堆在芭蕉根下。已经有芭蕉开始结硕大的紫色坠子了,像个巨型玉米棒子似的从芭蕉树的顶端冒出来。六七月份,五六十斤重的芭蕉坠子会把芭蕉树压得弯了腰。越南北部盛产芭蕉,在边境线上,好些中国的村庄也种植芭蕉,它们像粮食一样能养活人。

宁静的村庄也传出了枪声,可以看见穿土黄色军装的越南兵在简陋的村庄里上蹿下跳，边打边往村庄另外一侧的山坡坳口退去。

交锋的时间并不长，越方的枪声被迫撤出村庄，村庄在短暂的时间内被拿下。

天空慢慢变暗下来，枪声变得稀少了，雨却渐渐大起来。队伍得到消息，要在这个村庄里休整。整整一天，饥寒使得整个队伍疲惫不堪。一场战火后，村庄变得破败且凌乱。老建钻进一间木板搭起来的破棚子里，紧张和寒冷使他像害了寒热病般不断哆嗦。

雨越下越大。

棚子不大，一个角落堆着一大堆长短不一的木板，另一个角落堆放着农具，三把锄头、两个竹篾筐子，一根扁担竖放在筐里，一头靠在木板棚墙壁上。木板墙缝里插着三把镰刀，一把断了柄、刃口生锈的斧头散落在筐子边的地上。老建匆匆扫了一眼棚子，脱下身上的衣服，他想拧一拧，衣服全湿透了。他光着膀子朝那堆木板走去，衣服得晒一晒。木板堆和棚子墙壁之间有一个豁口，老建靠近那个夹缝，一阵母鸡惊慌的叫声从夹缝里传出来，接着飞奔出来一只褐色的母鸡。老建吓了一跳，手上的湿衣服落到地上，他光着膀子站着。

幽暗的夹缝里有一个人，一个穿淡蓝色花衣花裤的年轻女人，一条辫子搭在胸前，瑟缩成一团，惊恐地望着老建。老建立刻判断出她是村民，但她为什么不跟村民转移？为一只母鸡？

老建一时不知道该怎么处理眼前的事情，报告是必须的，可有什么东西在心里阻拦着他。

村民，她是村民，不是吗？村民和战争有什么关系？他想着，朝那幽暗的夹缝靠近一步。他可以轻声对她说点什么，她可以不必那么紧张，只要她不出声，也许可以当什么事情都没发生过，他什么也看不见。不料年轻女人忽然迅速从角落里扑出来，伸手猛地攥住他的下身。一阵剧痛从大腿根处强烈袭来，强烈的疼痛使得老建浑身刹那间绷紧，两个膝盖一软，跪到潮湿的地上。

"放开！"老建龇牙咧嘴，两片嘴唇艰难地挪动，他甚至听不到自己发出的声音。下身剧烈的疼痛在加强，饥寒和疼痛终于使他慢慢软了下来，眼前渐渐发黑。

老建醒来时，几个人围在他身边，是自己人。

"怎么回事？不中弹不流血的。"大家有些疑惑。

老建依然感到钻心的疼痛盘踞在体内，他挣扎着动了一下身体，剧痛从两腿间弥漫上来，疼痛使他剧烈地颤抖了一下。

"没事，只是有点，累。"老建说，每句话都被疼痛牵扯。女人早已无影无踪。

老建一连尿了几天血，每走一步路都痛出一身冷汗。十五天后，战争结束了，从莫纳镇口岸回到祖国，他感叹捡回一条命，然而另外一种不幸悄无声息地降临他的头上了。这位历经生死、有着旺盛生命力的战士，站在恋人面前，再也无法拥有甜蜜而又痛苦的坚硬了。

有时候他回想，也许他不应该脱下湿漉漉的衣服而光着膀子走向那个幽暗的夹缝，那个傍晚老天爷不该下雨打湿了他们，最可恨的是为什么要发生战争。

岁月静静流淌，没有战争的漫长岁月，老建再也不是原来的老建了，原来的老建永远留在那场战争里，留在那个下雨的湿漉漉的异国傍晚里。

老建在半夜的雨中陷入了无边的痛苦,他不再是白天的他,这个老建是脆弱的、无助的、破碎的,他需要一个温暖的怀抱,需要一只温暖的手,安抚他孤寂的无处安放的悲伤灵魂。他靠着床栏杆,垂着头坐在黑暗中。黑暗带来的无助是更深的无助,黑暗带来的悲伤是更厚重的悲伤。老建无法自拔,强烈的疼痛烙印在他的记忆里。

一只温软的小手轻轻碰触到他的脚踝。

"爸爸——"黑暗中传来孩子小心翼翼的呢喃。

孩子移动小小的身子靠近老建,他闻到孩子身上散发的温暖气息。孩子靠着老建,小身体随着呼吸轻轻颤动。老建伸出一只手臂,手掌盖在孩子小小的额头上。

"爸爸——"孩子又叫了一声。老建模模糊糊地答应,孩子很快就靠着他睡过去了,小小的呼吸声平稳传来。老建在黑暗中挨着孩子躺下了。温暖的小身躯很快让老建从无法自持的伤痛记忆里走出来,睡意在黑暗中渐渐来临。

莫纳镇的集日很拥挤,靠近口岸右手边是莫纳镇旧中学,因为离边境线实在太近,几年前搬迁了,中学的操场便成为越南人集中交易的市场。来莫纳镇做生意的全是穿长衣长裤的越南女人,尖顶斗笠压得很低,盖住她们的眉眼。她们大多会操一口温软的普通话,不是很流利,但不妨碍交流。这主要是针对从中国内地去做口岸生意的各种生意人。她们会辨别,碰到本镇人以及边境线上的中国边民,她们便转换成土话,彼此都听得懂。越南人带着芳香的黑咖啡、甜腻的炼奶、硕大的火腿肠、棕色的椰子糖、木拖鞋等越南特产来赶集,大宗的交易则是越南药材和木料,一吨一吨进入中国口岸,来到中国市场。这些大宗生意主要是国内各地老板经营的,而中国诸如牙膏、肥皂等日用品则是越南人喜欢的。

阳光很好,明亮柔和,晨风中夹带着越南咖啡略带煳味的醇香,这是莫纳镇集市上的特殊气息,整个莫纳镇几乎被做小本生意的越南女人占领了。集市很早就开始热闹起来,午后就差不多结束了。乡镇的集市成得早,散得也早。

老建背着竹篾背篓,让孩子坐在背篓里。小傻瓜擎着一个煮熟的玉米棒子,斗鸡眼圆瞪着那些来往的过路人。

"爸爸——"他拍打老建的肩膀,很兴奋。对于即将要做的事情,老建觉得有点不靠谱,可这孩子实在跟他没半点关系,尤其还是个越南崽子。

"不要叫我爸爸!"他呵斥孩子,他已经多次这样呵斥过孩子了,然而傻瓜只认得吃的,什么都听不进去。

老建穿过拥挤的集市,尽量贴着街边走,他担心在集市上碰见熟人。老建的背篓里装着一个越南孩子,这让他无法解释。

进入中学的旧大门,老建开始有点紧张。偌大的操场上乱糟糟的,到处都是小摊子,一张防水布铺在地上,摆上商品,就是一个摊子。年轻的越南女人盘腿坐在塑料布上,热切地瞧着来往的行人。本镇子的人很少进入这里,他们对于越南人和越南商品早已熟视无睹。进入旧操场这个交易市场的大都是来自附近乡镇和从县城里来的人。他们从这里盘越南货,带到自己的乡镇或县城去卖,赚取中间差价。

操场的西北角有一棵硕大的小叶榕,那里的摊子比较少,老建打算在那里撇下傻瓜。他沿着旧中学的围墙走,绕开人多的操场。

"听着,我可没欠你什么,什么都不欠你,这几天老子没亏待你,管你吃管你喝,老子对你够客气了,你从哪儿来回到哪儿去吧,这不是你的国家,回去让你的国家抚养你!"老建低声自言自语。没什么人注意他,今天运气真不错,甚至在集市上也没碰见一个熟人,以往他总会碰见搬到新村的村里人,他们就住在镇子边上,隔着一个山口,在那里可以听见集市上的喧闹声。

爸爸!这个傻瓜怎么能这样称呼他,两片嘴唇一碰就把这个神圣的称呼给了他。这是一个梦,对于绝大部分男人来说,是一个再普通不过,也容易实现的梦,然而对于老建来说,只能永远是个不可触及的空梦。

老建难过起来。

来到小叶榕下,他背着傻瓜站在树下东张西望了一会儿。很好,操场上的人们只顾眼前的生意,没什么人注意到这边。他放下背篓,把傻瓜从背篓里拎起来。他的玉米棒子啃得差不多了,胃口挺好,傻吃傻喝的。站到地上,眼前热闹纷乱的人群让傻瓜发慌了,他一下子抓住老建的裤腿。

"放开!"老建呵斥他,从布袋里掏出一串黄澄澄的黄皮果。

傻瓜果然放开了,斗鸡眼瞪着老建手里的吃食。

一大串黄皮果,用草藤子扎着。老建把黄皮果塞到孩子手里。英吉利给的那包零食也放在孩子的脚边。孩子立刻扔掉玉米棒子,扯着黄皮果吃起来。

"真是个小浑蛋!"老建把玉米棒子捡起来,扔进背篓里。孩子只顾埋头手上的吃食。老建环顾四周,没什么人注意他们。他飞快拎起背篓,瞄了一眼傻瓜,他的目光落在孩子细瘦的脖颈上,这小脖颈让老建心里有些难受,很快地,他便将那缕难受的滋味甩掉了。难受?他有资格为谁难受?他大半辈子的难受又有谁体谅?洛体谅他,洛是知道的,她知道一切,但她不还是撇下他结婚生儿育女去了？他的难受只有漫长的岁月懂，只有一个个孤寂的黑夜懂，只有他自己那颗孤独的心懂。

老建碰了碰傻瓜的脑袋，那脑袋并不圆，后脑勺突出，前额也突出，唉，怎么长这副样子？！傻瓜不断揪黄皮果吃，他居然也能吐出不能吃的果核，而且专门揪大颗的吃。

"你是真傻还是假傻？"老建叹了口气。

傻瓜抬头飞快地看他一眼。

"爸爸——"他含糊地叫了一声。

"吃吧！"老建轻声说，心里有什么东西撞了他一下。傻瓜又埋着脑袋吃起来，小嘴里不断吐出绿色的果核。老建慢慢挪到傻瓜身后，一闪身转到榕树背后，急匆匆朝学校的后门走去，很快融入人群里。

好了，我们就此告别吧，误打误撞相识几天，就此结束吧，没什么可说的了。

老建背着背篓，心里默念着，朝集市中心走去。他打算买几斤煤油，点灯的煤油快用完了。新村有电，米再也不用磨盘磨了，当然也不需要再点煤油灯，弟弟家还买了电视机，老建一去，弟弟便打开电视机，指着电视新闻告诉他这是党的总书记，那是国家总理。他在弟弟脸上看到神气和满足，也察觉到弟弟的优越感。不过他一点也不责怪他，他希望弟弟过得好。打火机也需要买几个。如今的打火机弄得越来越假了，以前他的父亲有只白色的铝壳打火机，装的是白色的如芝麻粒大小的火石，可不是如今的气体打火机。老打火机耐用，装一颗火石能用很久。父亲并不抽烟，但他习惯在身上带一只打火机，从外村赶木工活儿回来晚时，在山路上点燃一把火把。在山里人心中，火不仅能烧饭，还代表吉祥；火能辟邪，能驱散黑暗中看得见和看不见的不祥之物；火到之处，万物安详，人心安宁。

打火机、煤油、盐巴，或许还需要一双防水长筒胶鞋，眼下正是雨水季节，进出两腿泥水，很不方便。他拜托老郭从县城买虎骨油，那是一种抹关节的祛湿消炎药液，云南产的。眼下雨水多，湿气大，洛的膝盖关节炎又该犯了，那油对她的关节炎管用，就是味儿大。她的身板还好，除了关节炎，其他没什么毛病。她今年六十一岁了，他比她大四个月，但她看起来还显得很年轻。她常年用艾草烧水洗头，不知道是不是这个原因让她的头发至今还乌黑，她的身上总是有一股淡淡的艾草的清香，这个女人哪……

老建走在集市上，竭力想一些事情，但一直到了街尾，该买的东西都没买，那些想的事情只是在他的脑海里一飘而过，他的心神并不在上面。

也许那傻孩子……他心神不宁地琢磨，活了大半辈子，做下这么一件拧巴的事情，可这孩子实在是跟他没关系呀。

他又从街尾折回来。赶集的人越来越多，做边贸生意的外地货车缓慢穿梭在街道上，像个巨无霸。早先的莫纳镇街道很窄小，房子也是古老的木板房子，双边关系缓和后，边贸市场也开放了，进出口生意开始红火起来，为了树立良好的国门形象，政府给镇上的居民部分补贴，居民自筹部分，按照政府规划统一建起楼房，街道也拓宽了。莫纳镇摇身一变，成为一个有潮流气息的边防小镇，街上穿梭着戴尖顶斗笠和穿花衣衫、木拖鞋的越南女人，异国情调也出来了。虽然只是个乡镇，但镇上的一个个商店却有着响亮阔气的招牌：国际美发店、跨国五金店、中国早餐店、双边粮油店……

老建在街上一路买打火机、煤油、盐巴、防水胶鞋,虎骨油没买到,老郭说县里的药店也缺货了。他只好买了两瓶祛湿气的药酒。一想到酒,老建忍不住笑起来,洛还是有点酒量的,山里的女人大多能喝两口。山里的日子过得艰苦,田地全挂在山腰上,出门尽是爬山,晚上喝上两口玉米酿的农家酒,能解乏,夫妻对饮也是种乐趣。像石头一样嶙峋的山里人日子,就只剩下这点乐趣了。

洛每次进山来看老建,时间不紧,她会下厨房弄两个菜,和他喝上两杯。玉米酒度数低,半斤八两对洛来说不是问题。两人把饭桌支在宽敞的堂屋里,屋门打开,凉爽的山风穿堂而过,洛给老建夹菜,碰杯,小口饮酒,脸上是驳杂的漫长岁月赋予的宁静微笑,一低头一抬头的端庄,老建喝着喝着就喝出了帝王心。当帝王也不过如此,有菜有酒有知心的女人,还有这片只属于他的阔大天地,夫复何求?只是到了洛要出山时,醇冽的玉米酒就浇出了满腹愁绪。她等他,等他说。他也知道她在等他一句话,然而他什么都没说。人生快要到尽头了,葱茏的年轻岁月都过去了,那一句话历尽风吹雨打,已经不重要了。

洛在夕阳下出山,身影渐渐模糊在小路那一头,他有一种安详,也有一种欲哭无泪感。

是不是就此回去?老建站在回山里去的岔路上,没怎么踌躇,他便越过了岔路口。他必须去瞧一瞧,瞧一眼会让他更踏实,唉……

天空忽地暗下来,说变就变,阳光也退去了。"这些短命的光!"老建嘟哝起来。今天早上出来得急,也因为要做这么一件事,遮身的雨披也忘记带了。

一进入旧中学大门，果然，学校操场西北角落的小叶榕下围满了人，隐隐的哭声从嘈杂中传来。就看看，就看一眼。老建说服自己，越过操场上那些越南地摊，很快站在人群外。

傻瓜在哭，一双斗鸡眼糊满泪水，小脸哭得通红。黄皮果还在他的手里，脚边那袋零食却不见了。

"爸爸——啊——"他抽抽搭搭地叫着。

"越南崽子！"人群里有人说。

"瞧那双斗鸡眼，八成是个傻子。"

"嚯，这不是上集那娃娃吗？那天他也在这里哭，那双眼睛，没错，是他。"

"穿得还挺干净，八成是和父母走失了。"

"能两个集都走失？我看多半是被扔掉了，这帮猴子！"

一个年轻人从人群中走出来，蹲在孩子面前说："你是跟谁来的？"他用食指弹了一下孩子的脑袋。

"爸爸——"孩子冲他叫了一声，人群哄笑起来。

小青年尴尬了，伸手拍了拍他的脑袋："谁是你爸爸？老子连老婆都没讨。"他又拧了一下孩子的腮帮，显然是下了劲的，孩子的哭声变得又高又尖。

两个镇上的孩子上前夺他的黄皮果，孩子的哭声戛然而止，把抓着黄皮果的那只手藏到背后。镇上的孩子推了他一把，傻瓜跌坐到地上，黄皮果也落地了。他睁着一双斗鸡眼眼巴巴地看着黄皮果被夺走，泪水还挂在他的脸上。

"喏，真是个傻子，东西被夺走了也不哭。"

那两个夺走黄皮果的孩子也不吃，一颗颗扯下来朝傻瓜扔去。黄皮果打到他的脸上、额头上。

"爸爸——呀——"孩子又哭起来。

老建站在人群外,狠狠心,转了身。

"那边有个娃娃,是你们那边的人,可能走丢了。"他走进摆满摊子的操场,在一个卖咖啡和炼奶的越南女人跟前蹲下来,她正摆弄塑料布上的炼奶罐,那上面全是越南语,他一句也不认得。

"表哥,我自己的孩子也没人看呢,我哪里管得了别人?"越南女人说。

"是你们那边的人。"老建说。

"我管不了,管不过来呀。"越南女人重复。

"不知孩子的父母哪里去了。"老建觉得应该让她明白,这样扔下孩子是不对的。

"这种事情多了,管不了呀。"她说,黑红的脸上渗着汗水。

"孩子很可怜的。"老建拿起一罐越南炼奶。

"拿罐炼奶吧,表哥,很甜的,兑咖啡喝,真的很好。"越南女人已经把注意力完全移到生意上了。她盘腿坐在塑料布上,脚上那双淡蓝色尼龙袜破了几个洞,有一根脚趾从破洞里钻出来。老建欲言又止,罢了。他把炼奶罐放回摊子,站起来。

老建又回到人群后,看见傻瓜还坐在地上哭,脚上的鞋子脱了一只,他捉住那只脱落的鞋子,哭得小脸蛋红通通的,额头上全是汗水。

"那爹妈真不像话,娃又不是猫狗,说扔就扔。"

"越南崽子,你操哪门心?"

"瞧你这话说的,哪里的崽子不是崽子。"

"呵,你好心眼,去,带回家去养。"

"我好心眼就该帮别人养娃娃了?我养得过来吗?"

"那你是光嘴皮子上同情嘛。"

"抬杠是不是? 抬杠也不是这么抬吧? ——喂,你俩干什么? "

那两个镇上的娃娃过去夺傻瓜那只鞋,傻瓜坐在地上踢蹬两只脚,另外一只鞋也脱落了。两个娃娃捡起那只鞋就钻出人群,傻瓜哭着慌忙站起来,面对围观的人群却不敢跑出去追,只上气不接下气地站着哭。"爸爸——呀——"他叫起来。

老建再也站不住了,一手一个捉住那两个抢了鞋子的娃娃。

"把鞋子给老子拿回去!"他呵斥两个娃娃,推着他们俩钻进人群,站到傻瓜跟前。

"爸爸——呀——"傻瓜尖声叫起来。

两个娃娃把手里的鞋子朝傻瓜身上扔,趁着老建松手,他们慌忙钻出人群跑掉了。

"喏,娃娃的爹来了。"

"瞎说,那是百大屯的老建,他一辈子都没结婚,哪里来的娃娃? "

"不结婚就没有娃娃了? "

"闭上你的臭嘴吧!人家可是上过战场打过越南的,那时你还不知道你爸在哪里呢。乱说话小心闪了舌头。"

"打过越南? 那是什么时候的事情? 这老家伙知道这是越南崽吗? "

"无知,1979 年打的,你书都读到狗肚子去了。"

"你这人,问问都不行,我又不是神,什么都懂。"

"我问你,你是不是莫纳镇的人? 是莫纳镇的人就该知道 1979 年的那场战争。"

　………………

"爸爸——"傻瓜看见老建，一把抱住老建的腿，泪痕斑斑的小脸蛋扎进老建的裤腿里。

"好了，好了。"老建捡起那两只鞋子，蹲下来帮孩子穿上。

"有谁知道这娃娃的来历吗？"老建冲着围观的人群问。

"上集他就在这里哭了，后来不知去了哪里。这娃有点傻，冲谁都叫爸爸。"人群里有人答道。

"明显的，这傻瓜是被扔在这里了。前两年就发生过这样的事情，不过那是个女娃娃，右腿萎了，小儿麻痹症，上梁村的一对夫妻捡去养了。"

"这帮猴子，只晓得张开大腿生，不好了就扔到我们这边来，良心灭了，天杀的。"

"好了，别哭了。"老建帮孩子擦掉脑门上的汗水，孩子一抽一抽地打着哭嗝，两只小手捉住他的裤腿。

"把他送到口岸，口岸会联系那边的人，他们应该管这些。这算不算国际事件？算吧，那他们应该管。"

"对，送去口岸。"

"啧，瞧你们说的，口岸又不是慈善机构，还管这个。"

…………

老建低头看傻瓜，他已经不哭了，依偎在他的腿上。他发现他给孩子穿错了鞋，右脚穿在左脚上了，又蹲下来帮孩子穿好鞋。他一时没了主意，在小叶榕下坐下，孩子靠着他也坐下了。

天空更阴暗了，乌云黑沉沉地压在头顶上。

"都散去吧，都散去吧，一个孩子，没什么好瞧的，这事我来解决，各位都走吧！"老建朝围观的人群挥挥手。

雨开始落下来，人们渐渐散了。操场上摆摊子的越南女人们手忙脚乱地收拾摊子。无风,只是下雨,这种雨往往不会下太久,一阵一阵的,冷不丁就下了,一天能下好几场。

雨不大,小叶榕下倒是干爽,炒豆子声似的雨穿不透层层叠叠的树叶。老建站起来。

"爸爸。"孩子惊恐地叫了一声。

他只好又坐下。

"坐下吧,坐下。"他拍拍身边,对孩子说。

孩子挨着他坐下了,风干后的泪水在他的小脸上留下一条条痕迹。

"你叫什么?嗯?你知道你叫什么吗?"老建问孩子。爆炸头英吉利叫他呆呆,他不可能叫呆呆。英吉利肯定瞧着他是个傻子,顺口就浑叫了。

孩子的斗鸡眼盯着老建,一只小手牵住他右手的拇指。小手柔软、凉爽,一股细小而又无法抗拒的力量从那几根小手指传递到老建身上。

"唉,连个名都不知道,怎么弄的。"老建愁起来。雨越下越大,雨滴透过小叶榕响亮地滴落到地上。一老一小在榕树下坐着,榕树粗大,身上满是疙瘩,树下的落叶黑乎乎地在地上铺了一层。雨一直在下,一老一小在昏暗的榕树下生生坐出相依为命的模样。一直到临近中午,这场不大不小的雨才算过去,天空并不透亮,一片灰白。

"走吧!"老建站起来。孩子似乎在打瞌睡,忽然惊醒似的睁圆斗鸡眼,跟跟跄跄跟随老建走出小叶榕下。

操场满是一摊摊积水,越南的女商贩们带着她们的货物躲在旧教室的廊檐下,看来是摆不成摊了。傻瓜又兴奋地往积水里蹚,鞋子很快就湿了。老建不再呵斥他。站在教室廊檐下的越南女人们静静地瞧着一老一小走过操场,那孩子蹚在水里兴奋尖叫着,她们都不知道他在叫些什么。

街上湿漉漉的,湿润的空气里弥漫着一股当归味道,这是从口岸边的中越药材交易市场飘散过来的。从越南进口的药材,不仅有当归,还有田七、天麻、葛根、金银花等,小山似的堆在交易市场的铁皮棚子里。来往于莫纳镇的外地货车大都是做药材生意的,一车车运往内地的城市。

老建花五块钱给傻瓜买了一个拳头大的糯米团,从街道拐上岔路,走上回山里的路。路是碎石路,湿漉漉的,并不滑,老建让孩子自己走。孩子虽小,但背着走三里山路还是相当费劲的。

英吉利可真有本事,吊儿郎当的人居然也能把这傻瓜弄到他那里。

"怎么办你说你?"老建边走边和孩子说话。

"爸爸!"孩子口里含着吃食,两条小短腿跟跟跄跄地跟上老建。

除了"爸爸""拉""吃"和莫名其妙的尖叫,这傻瓜再也不会别的话了。但他能领会别人的话,你指一指凳子,他会把躺倒的凳子扶起来,或把凳子搬来给你。孩子不是全傻,脑袋还是有一点清醒的,可能只是在说话方面有障碍,用心教一教或许能成半个正常人。

可这和他有什么关系?

老建闷声不响,只顾走着,一回头,傻瓜远远落在他后面,正在奋力追着他的背影奔跑,噗地摔倒在路边满是雨水的杂草上,又迅速爬起来。老建只好停下来等他,这回他让孩子走在前面,但傻瓜无论如何也不肯,推他走也不肯,一双斗鸡眼恐惧地瞪着他。老建忽然明白，傻瓜走在前面就看不见他了，他担心老建又消失了，他得让老建在他的斗鸡眼视线之内。

"你哪里是个傻子？你分明精着呢。"老建哭笑不得。

天空又一暗，雨猝不及防就来了。山上有树，可离路边太远了，碎石路两边全是矮小的杂草和裸露的巨大石头，没有可避雨的地方。雨一下，傻瓜就兴奋地尖叫起来，在雨中快活得像只鸭子。老建的两个侄女也这样，小时候侄女们一哭，他就端一盆水放在院子里给她们玩，这招比什么玩具都管用，孩子们似乎天生喜欢戏水。

实在没什么避雨的地方。老建从背篓里翻出装盐巴的塑料袋套到孩子头上也不顶用。一老一小湿淋淋地在雨中走着，孩子又摔倒了，这回他没爬起来，直挺挺地趴在地上哭了。

"爸爸——呀——"他叫起来。三公里地，走了大半了，也许把傻瓜给累坏了。

老建只好把背篓里的东西整理好，把他放进背篓里。他举目瞧着四周，半山坡上一块地里长着一丛旱荷花，他立刻奔过去。

"爸爸——呀——"孩子在背篓里跺脚，哭得撕心裂肺的，突然哭声一顿，没了声音。老建回头一看，背篓被他跺得倒在地上了，孩子也扑倒在背篓里，两只小手落在碎石路面上，肯定是摔疼了。

"真是个猴崽子！"老建嘟哝着，往半坡上爬，傻瓜越发哭得嘹亮了。摘了几片硕大的旱荷花叶子，老建举到脑袋上，雨立刻遮去了，不大不小，正好能遮上半身，雨再大就不顶用了。

老建举着旱荷花叶转下来，孩子立刻不哭了，呜呜咽咽地在背篓里要爬起来。

两人接着上路，两片碧绿的大荷叶在雨中的山路上慢慢朝山里挪动。

六

因为淋雨,傻瓜打了两天喷嚏,清亮的鼻涕直流。老建觉得不要紧,山里的孩子,头疼脑热感冒拉肚子,哪里就用上医院?山里人要这么娇嫩,早就活不成了。小毛病太阳晒一晒,出一身汗,又活蹦乱跳的,山里的孩子都是这么长大的。他到地头挖了一挂鲜嫩的生姜,拍碎了煮水给孩子喝。孩子喝了一口,小脸扭曲起来,哭了,姜汤水从嘴里淌出来。

"喝,喝了才不感冒!喝!"老建把姜汤碗端到他嘴边,傻瓜扭过头去,手推开姜汤碗。老建喝了一口,辣是自然的,肯定辣,不然哪里能发汗。良药苦口,毕竟还是个孩子,即便不傻也不会喝。老建放了一把红糖,红通通的姜汤水,他先喝了一口,甜蜜地咂巴嘴巴,傻瓜还是不喝,辣味已经先入为主,他固执地扭着脖子。

老建只好作罢。到了午后,孩子居然发烧了,小猫一样蜷缩在床上,呼出来的气都是热乎乎的。老建着急起来,娃不是自己的娃,出了事担待不起。他出门瞧瞧天空,无风,没有阳光,天空是灰白色的,不像有雨,也不像会出太阳。他回到屋里,打算带傻瓜到镇卫生院瞧瞧。若是自己的娃,非捏着鼻子灌不可。他找来背篓,在里面铺了塑料布,一张铺的一张盖的,傻瓜可以稳稳当当地待在里面,雨再大也不怕了。也不会有太大的雨,山里其实很少有大雨,老建从来没碰过一场像样的大雨,山里的雨像山里的风一样,一阵阵地来,外边可能是大风大雨,穿越重重叠叠的山来到这里,势头也减弱了几分。往年的雨水可没今年这么多,七月份还没到头呢,还没到下旬,就把往年一整月要下的雨都下完了,去年整个七月份就下了五场雨水,玉米长得很好,地也没有涝。就是九月份时又多了几场,去年整个八月份才下了两场雨水……

老建把背篓收拾好了,从堂屋下的祠堂柜子里摸出一个腌制酸菜用的罐子,里面有一小扎用橡皮筋扎的散钱,足够给傻瓜瞧感冒了。老建在镇上的信用社还存有些钱,都是长年累月卖山货和鸡鸭积攒下来的,用于瞧病以及给以后的身后事备用。他盘算好了,小病小痛可以忍,大一点的病可以花钱瞧,大得起不了床吃喝不下的,就交给老天爷了。这和钱没关系,这是山里人祖祖辈辈流传下来的关于生命的观念。人还活着,在山上刨食,人死了往山上一埋,横竖都在这山上了,生死都不可怕。除去这笔备用钱,他一生没什么花钱之处,当然他也没多少钱,山里人,再怎么勤奋,石头也不会变成钞票,能管饱穿暖就很不错了。余下的闲钱,大都补贴了弟弟。早年两个侄女还读书,需要钱,现在都成家了,弟弟一家也没什么负担了。

老建把傻瓜放进背篓里,他的小手热乎乎的,人烧着呢。他又觉得该带点吃的去,傻瓜今天没怎么吃饭,于是他又把孩子抱出来放回床上,进厨房烧火煮了几个鸡蛋。

"嗐,折磨人的。"他操心起来。这种操心在他的生活里是少有的,平时全是为自己操心,当然,他自己没什么可操心的,粮食就在他看得见的地里,山里人除了粮食,还有什么可操心的。弟弟的两个娃娃,其实也轮不到他操心,操心那也只不过是瞎操心。这来历不明的小东西带给他的操心,让他觉得生活里有了点热闹,有了点心里牵挂的东西。

他居然叫他爸爸。当然,这个傻瓜可能对任何男人都叫爸爸,在傻瓜的心里,"爸爸"没有意义,那是他毫无理性可言的混乱思维里唯一被记住的符号,仅仅是一个符号,他并不知道"爸爸"为何物。可那又怎样,老建活了大半辈子,第一次有人叫他爸爸,别人也许不在意,但他在意。

他以为横在心里的坎会像一堵厚实的墙壁一样难以逾越,他以为时间不曾改变一切,他以为伤口一直血肉模糊,他活得太孤单了,这种孤单放大了往事在他心里的阴影,他的生活几乎被这种阴影全部覆盖了……

老建把煮好的鸡蛋放进冷水里浸泡,冷却后装进塑料袋里。五个,够了。他看着这几个白皮而圆润的鸡蛋,心里暖了一下。等孩子的胃口好起来,可以杀只鸡给他熬鸡汤喝。他站在厨房门口,面对村庄出山去的山路,看见一个人影从小路的拐弯处移出来。爆炸头?他很快就否定了。洛!他终于确认,心里忽地跳了一下。她一定会有办法的,山里每个当过母亲的女人,都会无师自通地治疗娃娃们的一些小毛病,这是母亲的天性,也是生活使然。

他快步朝院子靠近小路的那端走去。"洛!"他对人影喊了一声,声音在群山里回荡,送到人影的耳边,人影顿了一下,又继续走。洛淡蓝色的圆领短袖衫渐渐清晰起来,她饱满、结实,像山里长的玉米。她走得不急不缓,很快就进了村子。

等天晴了,路上的杂草得除一除,他看见洛为了绕过路上的野骆驼刺而轻轻跳着脚。她很快走到院子的石头堤坝下,手里提着一个沉甸甸的布袋子。

"要出去?"洛看见他手里那几个鸡蛋。

"你来我就不出去了。"他笑。有一缕头发掉落在她的耳边,这使她看起来有些顽皮。她当姑娘的时候,那么美,这样的一缕头发会让年轻的洛充满慵懒的风情。当母亲的洛也很美,当了母亲后,她长胖了一点,饱满结实,像极经过风调雨顺之后成熟的玉米棒子。但这和他无关,她当了母亲了,然而不是他让她当上母亲的,她当母亲的美不是他给予的,这是他这辈子最大的遗憾。老建最怀念的还是当姑娘时的洛,如今她的脸也爬上了淡淡的皱纹,脸庞也有些松垮了,他又觉得她本该就是这样子。不管是什么样子的洛,出现在他前,都是让他欣喜的洛。

洛上了院子的堤坝,往院子四周瞧了瞧。院子里有鸡,老建两年前就不养鸭子了,这货贪吃,太费粮食,不像鸡,能在草丛里找食喂饱自己。

他接过洛沉甸甸的袋子。

"老张头的玉米酒,三斤!"她说着,眼睛却往别处瞧。院子是干净的,雨水洗过的干净。

"这老东西又能动了?"老建欢喜起来。老张头是瓦村人,说到酿酒,在莫纳镇上再也找不到第二个了。他舍得选好玉米,酿的酒口感醇厚、气味芬芳。半斤下去,浑身的血就活了。老建喝了他的酒几十年了。年前听说他得了一场病,老建以为他的寿到时候了。山里的老人吃了几十年的玉米,爬了几十年的山,身体一向硬朗,要么不病,要么就该抬上山了。没料到老东西居然又能动了。这半年来,老建一向喝镇上的酒,那酒是从县里贩来的,喝进嘴里,那哪里是酒,咽下去像割了喉咙似的,烧是烧够了,但没什么回味,没有酒的味道,像一个人没有了性情,终归无趣。

好了,现在又能喝上了。他目光软软地瞧着眼前的女人,她是真懂他,体贴他。

洛的目光飘飘忽忽的,扫了一遍院子,然后才落在老建的脸上,阳光照在她软软的笑容上。

"今天不是集日。"老建从布袋里取出酒瓶,拧开盖子,对着瓶口深深吸气,一股粮食发酵的芬芳扑鼻而来。他不禁赞叹起来。

"我特意去村里买的,他不再挑到镇上了,挑不动了。酿得不多,就买到三斤。"洛说。她朝厨房走去,他跟在她后面,进了厨房,从碗柜里取出碗,倒了小半碗,酒水像雾一样浓白,抿一口,爽滑的口感,他含着,慢慢体会酒味在舌头上一寸寸蔓延,然后才下咽,简直要醉了。他望着洛,说不出的满意。

"他们说的可是真的?"洛问他。

"什么?"他问。其实他心里明白,他笑起来。

"别跟我装!"她的胳膊肘碰了他一下,神情里有些嗔怪。他心里涌动起一股难以抑制的激情,转而又悲切起来。洛的神情,完全是一个女人对自己男人的神情。

他出了厨房,她跟在他后面,进了堂屋。房间里很透亮,光线从门口和窗子里透进来,一眼就能看见躺在床上的孩子。洛站在屋门口,静静地瞧着床上的孩子。

"感冒了,发热呢,我正想带他到镇上瞧瞧,你就来了。"老建坐在床沿上,伸手摸摸孩子的额头。洛依然站在门口。

"进来呀,你总是有办法的。"老建招呼她,洛依旧没动。

"他们说是个越南娃娃?"沉默片刻,洛问。

老建盯住她,目光里带有愧疚。他朝她点点头。

"送到镇政府去,这不关我们的事。"她说。她固执地站在门口,不愿靠近那孩子。

"爸爸——"孩子软耷耷地叫了一声。

洛吃了一惊。

"他脑子不太清醒,管谁都叫爸爸。"老建说着,握住孩子热乎乎的小手。

"我们够苦的了。"洛说,声音颤颤的。

他明白她的意思,都不再说话了。傻瓜似乎感觉到不祥的气息,挪近老建,发烫的小身子热烘烘的。老建要站起来,孩子却抓住他的衣角,斗鸡眼直直地瞪着门口的洛。

洛转身出屋子。老建把剥了壳的鸡蛋给傻瓜,也出来了。

"孩子发热了,你给瞧瞧,看有什么办法。"洛坐在屋檐下的竹椅上,屋檐下的阴影和委屈挂在她的脸上。老建蹲在她身边说。

"你给瞧瞧,是个娃娃嘛。"老建碰碰她的胳膊。

洛拧了一下身子,一串泪水落下来。她伤心了。老建慌起来,他从未见过她这模样。他听见她哭过。在夜晚的竹林里,月光洒在她年轻圆润的身体上,她靠着他哭,发烫的身体一颤一颤的。白天里的洛总是笑,但老建知道她的泪水留在夜晚里了。

他拉过她的手。她的手厚实,手掌有常年操劳结的茧子,硬硬的一层,结在每根手指根上。

"洛!你给看看吧,那还是个娃娃。"老建轻声说,他瞧着她的眼泪。

"这么多年,太苦了,你还没吃够苦头,嗯?"洛说,"你若不觉得苦,那就枉费我一片心了,我一直苦……"她的声音像被突然掐断了。

"你知道我的。"老建说,"可那毕竟还是孩子,孩子什么也不知道。"

"我不管,反正都是那边人。"洛倔强地说。

他轻轻抚摸她的手。洛拍掉他的手,站起来。

"我走，我这就走。"她说。

"洛！洛！"老建慌忙拉住她，"我们先把他弄好，弄好再想办法，成不？这个样子，我们怎么弄？你想想，对不对？"

洛瞧了他一眼，显然也在犹豫。

"先把他弄好了！"老建热切地瞧着她。

洛低下头，泪水又落下来，老建伸出拇指，快速抹去那泪珠。他见不得她的泪水。

"你净给自己找苦头吃。"洛叹了口气，转身进了屋。

"是寒感，淋雨了吧？"洛坐在床边，摸摸孩子的额头，孩子清凉得鼻涕直流。

"是淋雨了，我煮了姜汤，他不喝。"老建说。

"娃娃哪里能乐意喝这个，净瞎弄，你去挖点姜来。"洛说。

"姜有。"老建说，"今早刚挖的，嫩姜。"

"老姜有吗？"

"没有了。"

"把嫩姜拍碎了，越碎越好，要拍，不能切，火烤热了拿来。"

老建端来一碗热乎乎的碎姜，洛找来纱布，把姜裹上，叫老建脱下孩子的衣服，露出后背。孩子趴在老建的大腿上，露出半个身子。洛将裹着碎姜的纱布在孩子背上使劲擦，直擦到孩子后背发红，又擦了孩子的两个手掌心和脚心。反反复复地擦，姜汁辛辣的味道在空气里弥漫，孩子倒是很安静。

"姜辛辣，能发汗，汗水发出来了，娃身上的寒气也跟着出来了。"她一边忙活一边说。那缕头发又掉下来了，在她的耳边一荡一荡的，他瞧着，忍不住伸出手帮她把那缕头发别到耳后，她抬头看他一眼，软软地笑，醇香的米酒似的笑，恍恍惚惚地，老建醉了一般。

"爸爸——"孩子哼哼起来。

老建飞快地看了洛一眼，有些难为情。

洛笑起来，不再绷着脸。

"我知道你为什么上心，都是这爸爸叫的。"她把他给看穿了。

两个人顿时又有些伤心起来。

"今天你陪我喝两口，这么好的酒，得喝两口，我弄只鸡，也煮些汤给娃娃喝。"老建说，声音尽是对孩子说话时的怜爱，这个女人始终在他心里最柔软的地方，一辈子了。

"我是托傻瓜的福了。"洛说，埋怨似的。

"你还吃上醋了！"老建笑起来。

"我吃他的醋?！"她朝孩子的屁股拍了一巴掌。

擦得舒坦了，孩子又迷迷糊糊睡过去了。

酒菜弄好时，也已接近傍晚，月亮在晚间朦朦胧胧出来了，阳光像熟透的柿子一样红，整片山坳宁静柔和，草木葱茏。虫在草丛里鸣叫，一阵风来，草簌簌窣窣响，衬得这个古老的村庄越发宁静肃穆。人是离开了，可时光并没忘记这个村庄，它在暗中蓬勃着。两个人在厨房里忙活，饭桌上摆上了炖鸡，鸡汤晶亮芳香，洛放了点百部。这是她在竹排山下挖来的，一种草药的根，白嫩嫩的，像人参一样长着根须。百部是清补凉，适合在潮湿而闷热的夏季进食。青菜是炒瓜苗，还有一碟青瓜炒西红柿。饭菜上桌了，三只碗，一只碗里盛半碗鸡汤，还有一只肥嫩的鸡腿。

孩子出了一身汗水，衣服湿透了，烧退了不少，鼻涕也止住了。洛换下他的衣服，又用热碎姜给他擦了一遍身子。她用一张薄被单包住孩子，把孩子抱到饭桌前。

老建正在往碗里倒酒,饭桌边的女人和孩子让他恍惚起来,酒就溢出了碗外。

"得缝两身衣服。"洛说。孩子安静地趴在她怀里,眼皮耷拉着。

"你给缝。"老建说。

他自斟自饮起来,洛给孩子喂鸡汤。孩子让她变了一个样子,老建从没见过的样子。孩子这时候只是孩子,在她的眼里只是孩子,不再分那边这边的孩子。她轻轻吹着饭勺里的鸡汤,软声软语哄孩子。

"喏,张嘴,乖,喝了就能好。"

"你吃呀!"她对老建说,手里忙活孩子。自从孙子长大后,她再也没弄过这么小的孩子,怀里的娃让她重新变成了母亲。

老建喝着,忽然抹了抹双眼。

"你瞧你,眼皮子浅的。"她嗔怪他,往孩子手里塞一只大鸡腿,孩子扭头,把脸埋进她的怀里。她放下鸡腿,收拢胸口,把孩子抱紧了,手掌轻轻拍孩子的后背,嘴里软软地招呼孩子。

娃和女人,老建瞧着,瞧着,心里软软的,一股如火般炙热的激情油然而生,激情在他体内催生出奇异的力量,温暖而坚硬的力量。力量慢慢在他身上游走,朝一个地方游去。一缕细小而尖锐的疼痛在小腹下隐隐弥漫而来。疼痛过后,他感觉那力量在小腹下凝聚了,力量慢慢催生出了结实的坚硬,那坚硬渐渐变得清晰起来。老建感觉全身的血液在身体里咆哮着奔跑,蓬勃的力气在他的体内膨胀,他红头涨脸的,望着洛的双眼放出奇异的光芒。

"洛!洛!"他轻声叫起来,拉住她的手,按在蓬勃坚挺起来的地方。

"洛!洛!"他哭了起来。

黄昏的酒

深冬的阳光从屋檐下蔓延到墙壁上，很快就要照到并不算高的厨房窗户时，黄昏便来临了。莫老太这时候通常正在厨房里忙碌最后一道菜：野菜蛋汤，或者野菜瘦肉汤。她喜欢在野菜汤里加点东西，那样汤水口味会更好。他们家的晚饭汤水一向都是用野菜煮的，夏天是一点红、白花菜、红糯米菜，冬天是野芹菜、野茼蒿、马齿苋，诸如此类。这些野菜在不同的季节总是漫山遍野地长，尤其是在河边。当然，这个镇子上喜欢吃野菜的人并不多，野生的总是不如地里种的口味好，这也是莫老太在野菜汤里加鸡蛋和瘦肉末的原因。野菜汤有一股初春青草般的清香气息，这缕若有若无的气息总是让她欲罢不能。一个野菜汤搭配一荤一素，这就是晚饭的全部菜肴。只有两个人，一向如此。

厨房里慢慢变得昏暗下来，煤气灶的火光开始形成隐隐约约的光亮。厨房不算大，洗菜盆却砌得很大，和这个厨房的拥挤形成很鲜明的对比，但凡进过这个厨房的主妇都会惊叹于这个洗菜盆。这是莫老太在最初砌它时特意设计的——那是三十四年前的夏天，她记得很清楚。那时她怀着六个月的身孕，最初三个月辛苦的晨吐过去后,她的胃口渐渐好起来,就是在那时候,她喜欢上了吃野菜,清香而略带点酸涩味道的野菜让她胃口大开。老莫那时候非常年轻,他要比莫老太年轻三岁,一口山上人的别扭腔调,镇上的孩子们总是卷着舌头学他说话,常常闹得他满脸通红。莫老太挺着大肚子,指挥他砌那个洗菜盆。后来儿子五岁之前,她常常在洗菜盆里给他洗澡。热水桶放在洗菜盆里,孩子坐在热水桶里,溢出来的水也不会洒落到地板上。如今儿子已经三十四岁了,不久前刚成为一个健康男孩的父亲。

莫老太瞧着锅里渐渐起泡的水,往事在越来越昏暗的光线里一点一点浮上来。她总是容易在昏暗的光线里回想往事——她的一生,她的遭际,也只适合在这样的背景里回想——那并不美好,而她并不想搅扰昔日,但这慢慢暗下来的浮光掠影总是牵扯起那些久远的往昔。她轻轻叹了口气。她把白花菜放进烧开的沸水里,剁碎的肉末也跟着被倒了进去,搅散肉末,锅里的水渐渐变白,那是肉末的颜色,等水再次烧开,撒上盐巴,就可以盛出来了。她再次往厨房窗外看——老莫从不远处的河边挑水回来。他们的厨房后头是一片不算大的菜地,种着四季豆、西红柿、肉芥菜、卷筒青、豌豆苗、葱、蒜、辣椒,夏天还会有瓜苗和青瓜。他通常利用莫老太做晚饭的时间挑水淋菜。她看见他和邻居利森的奶奶打招呼——实际上利森的奶奶和她同龄,只是自己的儿子结婚晚,她便先自己一步当了奶奶。利森如今已经六岁了,牙齿全被虫蛀光了。他们说的什么,她听不太清楚,然后他挑着水进了他们家的菜地,淋豌豆苗。莫老太关掉煤气灶,打开厨房的白炽灯,把煮好的野菜汤倒进汤盆里。饭菜全都端到饭桌上后,她来到厨房后门口,看着老莫淋菜。这个和她共同生活了三十四年的男人,她如此熟悉,她了解他生活上的任何习惯,知道他的胃口,懂得他的脾性,一切都如此熟悉。但是,总是有那么一点什么,类似隔阂的东西横在他们之间。当然,也许这只是存在于她心里,她始终无法像别的女人那样把全部的心思放在丈夫的身上。她觉得老莫似乎也明白这一点,但他从不说什么,他们无波无澜地过了大半个人生。

"晚饭好了。"她说。他正在淋菜地边上那株接骨木。在深冬里,它长得很不错,枝繁叶茂的,老莫常常从河边挖回肥沃的淤泥埋进它根部的土里,当作肥料。她会接骨,当然只是限于一般轻微骨折。镇子上每年寒暑假期总会有那么一两个顽皮的孩子弄折了胳膊或者小腿骨,母亲们便带着孩子来找她。她会轻柔仔细地捏住孩子的胳膊或小腿,寻找受伤部位,判断骨折程度。假如不是在她力所能及的范围内,她便建议孩子的母亲去县里的医院瞧,一般的骨折她便帮忙处理,接骨木当然是必不可少的。他弯着腰回应,把最后一瓢水淋到接骨木根下。

老莫喜欢晚饭时喝上两口,酒是镇子上梁三的父亲酿制的,全镇子就他一家酿酒。他舍得选用品质优良的大米发酵,因此他的酒口感醇厚、气味芳香。

他洗了手坐进饭桌,莫老太从饭桌下拿出装着米酒的白色塑料桶,给他倒上大半碗。

"你也喝一点吧,今天冷,喝上两口人暖和。"老莫说,他的额头上有两道像是刻上去的深深的横纹。

莫老太迟疑了一下,她瞧见他左手拇指上缠绕的防水创可贴胶布,于是往自己的饭碗里倒了半碗酒。这个镇子大凡上了点年纪的男男女女,都有点酒量。莫老太在夏季收获杧果时也会在黄昏的晚饭时喝上几口。摘枞果实在太累了,喝一点解解乏。

他们开始吃晚饭,不声不响饮酒吃菜,偶尔从菜园外传来一两声不明的声音,像有什么东西落到潮湿的土地上,噗的一声闷响。天色暗下来了,容不得这顿饭吃完,天就会完全黑下来,气温也会变得更低。深冬的夜晚总是来得没有任何过渡,仿佛黑是一下子从天上掉下来的。

"今天顺利吗?"她问他。

"还好,在上利村要回了中秋节给老邓家打衣柜的工钱,我放在抽屉里了,六十五块。"老莫说完,抿了一口米酒,往下咽时脸上是惬意的表情,眼里带着笑。但莫老太还是看出来了他隐藏在笑容之下的些许忧虑,这两天来他显得话少了,睡觉之前也不再和她聊白天他下村的事情。

"上利村还有铁老头家的一套饭桌椅工钱,我记得是重阳节打的,那天他带来了出工礼,一斤白糖。"莫老太说。她不太喜欢在冬天喝酒,喝下去冷冰冰的,感觉像是被灌了冷水,要等酒的热性出来后,人才开始暖和起来。

"也问了,但他目前拿不出那笔手工钱。"老莫说,脸上带着愧意。这是他作为一个山里人残存在他品性里的美好品质,当他觉得自己无法令对方满意时,他的脸上总是会带有这种表情。莫老太每次见他这种表情,心里总是无端地痛一下。她对他没有多少夫妻之爱,但作为和她相依为命的男人,她还是会在内心深处对他产生体恤之情。

出工礼是这一带的风俗,但凡请人到家里帮忙干活儿,总会带点礼品前来邀请,表示邀请方的诚意和对被邀请方的尊重。

"我看他是不想给,每个集市我都碰见他老婆卖鸡,鸡养得不好,偏还卖得比别人贵。眼下快过年了,谁家不需要钱。"莫老太埋怨起来。

"也许人家真有难处,再等等吧,这个卷筒青吃着甜,比大白菜好……今天在拉力村又打了一个小碗柜,下个集日人家就会送工钱来。"老莫说,他开始喝汤了。莫老太又瞧了一眼他左手拇指上的创可贴。那双手骨节粗大,手指上布满皱纹,手掌宽而厚,不是天生福运的那种厚实,纯粹是长年累月干活儿打磨而成的。在没活儿可干的时候,他常常两手交替着相互摩挲,仿佛两只手在相互慰藉。不过他通常没有闲暇的时候,总是能找出各种各样零碎的活儿来干。他深灰色衣领的两个领尖卷曲着,这件衬里有毛的厚夹克衫已经穿了很多年,前胸的拉链也换了好几回,袖口的扣子颜色不一,一边是黑色的,一边是灰色的,袖口的边也磨出了毛。他一向如此,在穿衣上不是很讲究,这并不是说他穿得很脏,莫老太在这方面还是很关心他的。她对婚姻尽了一切看得见的本分。

老莫喝干净酒后把空碗递给莫老太,她便起身进厨房给他盛米饭。她一直舍不得用电饭煲煮饭,觉得费电。饭一直用煤气烧,但儿子回家时她便使用电饭煲,儿子总是嫌弃煤气烧出来的饭不好吃。从厨房的窗户往外看,天色已经黑尽了,天空黑黢黢的,没有一点星光。从窗户涌来的夜风带着河水的气息,这使厨房比别处更冷。假如是在夏季,这里便是最凉爽的地方,黄昏时窗外的景致也会更加绚烂,晚霞的光亮会从窗户透进来,落在火灶上,使厨房蒙上一层淡橘色的柔光。想到儿子,莫老太轻轻叹息起来。

他们安静地吃着晚饭,直到晚饭结束,没再说什么,一直在回避谈论那件事情。

深夜下起了雨，窸窸窣窣地落在屋顶上，并不大。通常这个季节的雨都不会大，有一阵没一阵地来。但这种雨如果下多了，无端端地便让人涌起愁绪。莫老太睡了沉实的一觉，这应该归功于晚饭时喝的那半碗米酒。醒来时她听见籁籁的雨声。老莫在身边打着轻微的鼾声，她感受到他身上散发出来的气息热烘烘的。莫老太睁着双眼听了一会儿老莫的鼾声，然后轻手轻脚起床，从床头的椅子上拿了厚外套，摸黑出了房间。

房间外很冷，深夜的寒冷气息渗透进这栋老房子，莫老太努力忍着要打出来的喷嚏，胸口一阵阵发紧，喷嚏被她生生忍回去了。她在黑暗中挪动脚步，渐渐适应屋里昏暗的光线，来到祠堂边上。她不想点灯，在神堂上摸索打火机，点燃已经燃了半截的蜡烛。

光一点一点地在房间里晕开，屋里的一切渐渐显露，都收拾得井井有条的。莫老太出神地望着祠堂，直到裸露的脚脖子那儿冷得隐隐作痛，才回过神来。她抽出三根香，对着蜡烛点着插到香炉里。她不是很相信这个，但此时她的内心如同这冷寂而空旷的深夜一样，必须要做一点什么来驱散这种让人发慌的空旷感，而这是她此时唯一能做的。她望着香火一点点闪烁，喉咙渐渐发紧。在这个小小的镇子上，她大半生都在努力而拘谨地活着，做了一切女人该做的事情，相夫教子，操持家务，本分守真，从未奢望过努力付出的这一切能换来她晚年的太平，在她决意生下儿子的那一刻，她就知道她的晚年将不会太平。

前两天，儿子回来请她去县里帮带孩子。那是个惹人怜爱的孙子，长得有点黑，很胖，手腕和脚腕处堆出层层叠叠的蜜色的肉褶子。儿媳妇怀孕时她去过两次,孙子出生后是亲家母伺候的月子,但她也常常带着家里养的鸡去看望儿媳妇和孙子。

"孩子上初中之前,得有个人专门照看。"儿子说。他是在饭桌上说的,只对着她说。意思是说,从现在起,一直到孩子上初中,莫老太必须在县城陪着孙子。而如今孙子才六个月不到,儿媳已经开始上班了,儿子让她最好是近几日就能去。

"近几日就去?!"莫老太在黑暗中默念这句话,这意味着她的家庭生活将会发生巨大的变化。

蛇皮袋已经很陈旧了,变得很薄,不过每过一阵子,老莫便会拿到河边去搓洗,因此袋子是干净的,尽管看起来它呈现出一种灰黑色,而当初它是洁白的。袋子里面装着他打家具的家伙,斧头、刨子、卷尺、墨斗,以及稍微显得有些长的锯子等。除了夏季收杵果的季节,他总是在镇子的周边村屯给人打家具,尤其是进入冬天以后,嫁娶的喜事多了起来,老莫变得更忙碌了,天天背着他的工具袋下村。农村的生活几百年来似乎都没有改变,镇子上其实是有家具店的,但农村人还是喜欢手工打造的家具。家里但凡有孩子出生,总会为孩子种下一片杉木,为将来的婚嫁做好准备。老莫打了半辈子家具,但到儿子结婚时,他连一件家具都打不上,儿子不需要这样的家具。老莫很难过,护了半辈子的犊子,终究也是白费了他一番心血。

今天他要去姜村老费家打一个六扇门的衣柜,办喜事用的。上周四,一个浓眉大眼的小伙子带着一包米花前来邀请,指定要今天开工,说今天是吉日。姜村费家,他当时迟疑了一下,还是答应了。他从来不拒绝上门来邀请的人,那是一份对人对己的尊重。

装工具的袋子常常被他甩着吊在肩膀上背，这是山里人的习惯。来这个镇子生活了三十四年，好些习惯他一直没能改过来，也许要一直带着它们进入坟墓了。想到死，他哀愁起来。得有人捧火盆，得有人披麻戴孝捧着香火在灵柩前引路，得有人将他的生卒记进家谱里，这一切都得自己的血脉骨肉来完成……

　　儿子的眼中总是带着隔膜和冷漠，老莫看着他呱呱落地，把他扛在肩膀上，教会他使用筷子、绑鞋带，尽了所有父亲该尽的责任。儿子小时候是很可爱的，但慢慢地，他小脸上的表情越来越倔强，他清亮的目光开始学会审视他所看到的一切。渐渐地，他的言行里开始有了对老莫的抵触和抗拒。当老莫以过来人的身份给予他一点生活上的建议时，他的眼里甚至带着明显的嫌弃与怨恨……儿子二十岁离开镇子去县城工作后，极少回家，但他会打电话回来。为了避免尴尬，每次电话响时老莫总是让莫老太去接，恰好逢她不在，就任由电话在那里孤单地响着。

　　他想象着她离开家后的情形，无论如何他也不愿意晚年落到孤苦伶仃的境遇。他并不缺乏独自生活的能力，他能料理好生活里的一切棘手事情，甚至连缝纫都会。他并不担心这些。他所不甘的是，作为一个男人，终其一生心血建造起来的家庭生活，就这样不堪一击。他在镇里人面前总是一副和善、凡事看得开的模样，但他知道自己还有另外一副面孔，这副面孔之下的他敏感、脆弱、小心翼翼。

　　出了镇子，朝那条渐渐往山上蔓延的山路走去，山风渐渐紧起来。山里总会有风，不过阳光很好，明亮地照耀着一切，看不出夜里曾下过雨，是个难得的晴天。凛冽的山风吹过来，贴着创可贴的大拇指一阵阵胀痛。那是前两天给上梁村老张维修他家厨房那扇后门时,被门扇上的钉子划破的,伤口不大,却相当深,生生地刺了进去。他是个好木匠,但他常常弄得两只手伤痕不断,活像个新学徒。

刚才出门前,莫老太拿出一副崭新的灰色棉线手套给他,他把手套放在祠堂边上了。

"在路上戴,手暖和一点。"莫老太说。她说的时候一直看着他,他的眼袋有些大,显然是夜里睡得不太踏实。他把手套放在祠堂边上,莫老太又拿起来,在手里摩挲着。她意识到他在拒绝她,这是不常有的。

天还早,不到九点半。老莫缓缓地向山上走,姜村并不远,翻过这座山就到了。虽然是深冬,但山上的草木并不萧条,只是有些枯黄。只要过了春节,再来一两场春雨,它们便又会变得绿莹莹的,它们从未轻易辜负过任何一个春天。他对山里的一草一木如同他对掌心的纹路般熟悉,连山风都是他想的样子。

在儿子七岁时,莫老太又怀过一个孩子,但在三个多月时,孩子流掉了,他们就这样失去了这个孩子。之后,莫老太再也没怀过。

半山坡上有个身影在移动,那面山现在还阴着,阳光还没照耀到那里。人影如同山上的阴影一样黑,他显然看清楚了光亮处的老莫,朝老莫举起一只手臂,老莫一时看不清那是谁。

"嗨,老莫!"

略显沙哑的声音,同山风一起送到他面前。他听出来了,是镇子上著名的流浪汉老耿。他从年轻开始,就着魔般一阵一阵离家出走,过个一两年再回来,待上一年半载又出去。很多人在县里,甚至省外都遇见过他跟叫花子一样沿途乞讨。没有人能理解他的行为,包括他自己。他一辈子都没结过婚,但他有儿子,这是全镇子都知道的事情。他每次离家出走和回来,都会在镇子上引起一场相当大的议论。老人和孩子们簇拥到他落满灰尘的家里,听他讲旅途的见闻。镇子上的人对他的际遇非常感兴趣,但却不太相信他说的话,觉得他在吹大牛。他们一致认为老耿在外边有不止一个老婆。老莫对这个老流浪汉充满无法言说的敬意,认为他是个能破坏生活的人,活得随心所欲,而自己却一辈子被生活捆绑住了,他的一生甚至连个好梦都不曾做过。

老莫站在光亮里,也朝人影挥挥手,等待从山上慢慢下来的老耿。他从暗处慢慢挪到了阳光照耀到的地方,老莫这才看清他的左胳膊用一根布带托着,吊在脖子上。

"老哥,"他朝老耿打招呼,"胳膊怎么回事?"

"折了,从床上滚下来,人老了骨头脆,还净做些吓人的噩梦。不瞒你说,我年轻时从不做梦,老了倒是梦多了。被一群没有面孔的人追着,没有面孔,他妈的,这叫什么梦!"老耿骂骂咧咧的,那张皱巴巴的脸被山风冻得通红。

"你该去瞧瞧,弄不好会留下毛病的。"老莫说。他当然一下子就想到了会接骨的莫老太,但他没说出口。莫老太会接骨,全镇子的人都知道。

"我觉得没多大事情,就是有点疼,得吊一吊。我记得这面山上有接骨木的,真是见鬼了,怎么也找不到了,莫非死掉了?"

"家里有,我晚上给你送过去。"老莫说,"好一阵子没见你出去旅行了。"

"不是要过年了嘛,打算过了元宵节再出去。我这双腿是闲不住的,除非它也折了,折了我就消停了。"

"哪能呢？人不会那么倒霉的，连老天都不会饿死瞎家雀儿的。"老莫说。

"嗐，老弟，这个镇子就只有你多看我两眼了。我真弄不明白，到底我招惹谁了？我昨晚叫侄子给我买把面条，你猜他干了什么？这个兔崽子，居然朝我吐了口唾沫，那可是我亲侄呀，这个兔崽子！"老耿气咻咻地朝地上吐了口唾沫，结果山风一吹，那口唾沫落到了他肮脏的鞋面上，两个人都笑起来。

"今天上哪个村？"他问老莫。

"姜村，过了这道山梁就到了。"老莫拍了拍工具袋。

"好的，不耽误你赶工了。老弟，你这也是一种旅行，乡间旅行。这个镇子的人全是趴窝的母鸡，一辈子没几个人走出过这个镇子，眼界比针眼还小。他们不知外边的世界有多大，这样的人生有何意义？没有的……好了，你走吧，改天我们哥儿俩来两杯。"

他们在越来越亮的冬日阳光里告别。老莫爬上了山梁，觉得胸口有点堵，在路边的石头上坐下来，没有来由的一阵委屈汹涌而至，瞬间眼泪汪汪的。他使劲闭了双眼，把打转的泪水逼了回去，然后捶打自己的膝盖。他不愿意回想过往，但内心总是有一股力量在驱遣着他，他常常会陷入对当年选择的迷茫里。究竟是对还是错？毫无疑问，他当年的选择是有私心的，不然谁会做那样的选择。但有一点可以肯定，他努力做了该做的一切。

老莫一进老费家，就看见莎莉依然纤细的身影。她当然也老了，头发已经灰白，但她的脸上带着安宁祥和的光芒，她不笑，却总是透出笑的模样。早年她可不是这样的，早年她是个不幸的女人。老莫知道她嫁到了姜村的费家，前两天那个请他出工的小伙子就是她的幺儿。这一切他都知道，譬如莎莉也知道他。

她正在院子里喂鸡，一群毛色水亮光滑的鸡挤挤挨挨围在她脚边。她抬头看见他，笑了笑，仿佛他们早上刚刚见过面。实际上他们今年最近一次见面是在八月十五，她带着她的大孙子去镇上赶集，他给她的孙子买了一包冬瓜软糖。

　　"来了。"她笑盈盈的，朝地上撒着金黄的玉米，阳光在她的指尖上跳跃着。

　　"来了。"老莫说，一种欢快的情绪在心里涌动。他想起当年的莎莉，年轻得像刚从地里拱出来的嫩笋，脸上总是带着让人舒心的笑容。老莫望着眼前的莎莉，忽然生出一种令他焦灼的牵挂，仿佛此时他和她天各一方，但她分明站在他的眼前，身上披着暖暖的冬日阳光。

　　"孩子们都出去了，幺儿说就按照六扇门的衣柜打，他说你明白的，你打过那么多衣柜。"她一直在笑，脸上是对他的赞赏。六年前的她不是这样的，他偶尔在镇子上的集日见到她，她总是愁眉不展。六年前她那爱喝酒打人的丈夫去世后，她信了基督教，成为一名信徒。也许是因为摆脱了愁苦的日子，或者是信仰给予了她力量，年轻时候的笑容再次回到她脸上，她变成一个安静祥和的女人，似乎忘掉了所有的不幸。莎莉的大儿子成家后，她一直和小儿子一起过。他知道她家里也种了一个山头的杧果树，日子并不拮据。

　　"我明白，如今年轻人都喜欢大衣柜，我们那会儿可都只是两扇，富裕的人家打四扇。嗐，一晃都这么多年了。儿媳妇是哪个村的？"老莫朝屋檐下那堆新鲜木料走过去，今天是不能动工的，他得先把适合打衣柜的木料选出来。有经验的人家一般都会给师傅先选出木料，但这样的活儿只能是家里有眼力见儿的男性长辈才能做到的,而这个家已然没有了男性长辈。

"上华村的。"莎莉说,她拍打腰间的围裙,右手腕上戴着一个细细的银镯子,"老韦家的二女儿,比么儿还大半岁,不过我倒觉得女的大一点好,懂事。一个家里成不成事,多半也是看主妇,主妇能持家,家里的光景就好。我这一辈子,也就剩这一件事了,这事一完,我死了也闭眼了。"她望着他,他也老了,两个嘴角松松垮垮地朝下吊着,这使得他的面相看起来有几分隐约的苦楚。他们是一个村的,后来老莫入赘到镇子上,她也匆匆嫁来姜村。

"嘻,哪能就死了呢,你还得享孙儿的福呢。"老莫开始搬弄那些木料,把用得上的选出来靠屋墙竖放。"孙儿"轻轻从他嘴里说出来,他的胸口隐隐作痛。莎莉有孙儿福享,莫老太也有孙儿福享,唯独他在享人生难以预料的苦涩。

莎莉瞧着他,往事在她的眼底变成了闪闪发光的泪水。那时候,她怎么都留不住他,她清白的女儿之身和骄傲的女儿之心,输给了已怀有三个月身孕的镇子上的女人。好多个集日,她到集市上去转,想见一见那个偷走了她意中人的女人。一直到莫老太出了月子,抱着白胖的儿子在街上转悠,她才远远地瞥了一眼,尘埃落定般的一眼。

如今她早就原谅了一切,上天给了她原谅一切的力量,包括那个让她吃了不少苦头的死去的男人。她对他充满怜悯,只有内心懦弱的人才会对人拳脚相向,他们不相信人内心的力量,只相信蛮力能征服一切。可怜的人。

莎莉想对他说,人来到这世上就是要受苦的,哪有什么福享,但最后她什么都没说。男人有时候是不开窍的,譬如三十四年前他做的那个决定,譬如那个总是喝酒打她的男人。她在阳光下安详地看着他,然后转身进了屋,片刻后端出来一碟玉米鸡蛋饼和一碗暗红色的醪糟甜酒放在院子里的木桌上,酒面上漂浮着颗粒饱满的糯米。

"我吃过了。"老莫瞧着那碟黄灿灿的玉米鸡蛋饼,心里五味杂陈。那是这一带待客的一种食品,乡下如今还在延续这种古老的待客习俗。相对来说,镇子上的礼俗就要粗糙多了,莫老太一辈子都不会酿制出这种用糯米和甜酒饼发酵的醪糟甜酒。

莎莉进屋拖出来两把靠背椅放在桌子旁,示意他坐下。

"吃一点,好歹也得吃一点。"莎莉笑起来,她的手里捏着一把瓷白的汤勺。老莫放下木板,她把汤勺递给他,两个人相对而坐。

"莎莉……"他捏着汤勺,搅拌还在冒热气的醪糟甜酒。他想说一句什么,鼻子却酸溜溜的,忽然觉得有说不出的悲苦。醪糟酒很甜,带着一股浓浓的发酵的酸甜味儿,这缕甜味儿好歹把他的辛酸压下去了。莎莉把那碟黄灿灿的玉米鸡蛋饼推到他面前,他掰了一块。她放了足够多的花生油煎,油沾了他一手。

当年,年轻气盛让老莫对一切充满了希望,那种盲目的希望最终促使他做出了让人不解的选择。他记得那场婚礼。那时候山上的家无疑是贫穷的,但老天在上,他从未对贫穷感到过恐惧,他也从未嫌弃过山上的生活,而他对镇子上的生活更是充满了难以遏制的热情。每次从山上下来赶集,镇子上的一切总是让他感到新奇和兴奋,琳琅满目的小商品,人来人往的街道,一排排整齐的房子(即便那时候只是和山上一样的木板房),小伙子们脸上带着的天生优越感和姑娘们的自豪,这一切都深深吸引着他。当年的老莫当然也知道年轻的莎莉对他情愫暗生,但是,那个对他充满憧憬的姑娘,愣是让他觉得她只是邻居家一个亲切的小妹妹。给他保媒的是外婆那边一个并不算近的亲戚,他随她从山上下来,穿着硬邦邦的簇新的蓝靛布料衣裤。他只和莫老太在她家的堂屋匆匆见过一面,她给他端了碗褐色的茶,之后便没再露面。老莫甚至都没看清楚莫老太的长相,他只看见她背后拖的那根麻花辫子。莫老太的父母和兄嫂都垂着头,仿佛亏欠了他。只有年轻的老莫兴致勃勃地坐在那里,想象着未来在镇子上的生活。二十天后,婚礼就举办了,去山上接他下来的是莫老太家里的八位族亲。当年这场特别的婚礼在镇子上引起了极大的轰动,老莫和接他的新娘家的人回到镇子上时,街道两边站满了人,连镇子周边村子的人也来看热闹了。他当时穿着一套有风纪扣的深色中山装,胸前别一朵大红色纸花,头发被伙伴们抹了芦荟胶,很硬挺地分成三七开。伙伴们也夹在送亲的队伍里,他们浩浩荡荡地穿过镇子朝新娘家走去,在路过镇子上那棵小叶榕时,拥挤在榕树下看热闹的人突然哄笑起来。那么多天,自从在莫老太家里看到她那天起,年轻的老莫一直沉浸在他觉得有能力变为现实的幻想中,直到婚礼上哄笑声起,老莫才像从梦中惊醒,一点一点被拉回现实里。他知道他将会面临一段长时间的尴尬日子,但那时候年轻的他相信时间会带走一切,他会赢得镇上人的信任和尊敬。

但是后来,他慢慢发现,并不是这个镇子不向他敞开心扉,而恰恰是他认为会与他相濡以沫的家人总是有意无意地对他筑起无形之墙。

"再吃一点吧。"莎莉劝他,"煎煎饼的花生油是立秋时新榨的,今年的花生长得不错。"

"在家里吃过了。"老莫把最后一口醪糟甜酒喝完,他很久没喝过这东西了,芬芳的酒香让他回想起还在山上老家时的年轻岁月。他有两个兄弟和一个妹妹,他是老二。母亲每年腊月总会酿一大缸醪糟甜酒,正月家里来客拜年,她会从窄口的瓮缸里倒出一盆,拿到火塘上去热,然后倒一碗给客人喝。四个兄弟姐妹也能每人分到一小碗。那是充满快乐的回忆,贫穷的家并没让他和几兄妹吃什么苦头,母亲总是能把家里单调而有限的食品做成可口的吃食,她温和而坚韧。当他做出那个决定时,母亲在火塘边整整坐了一夜,她从没苛责过儿女们所做的任何决定,她像信任自己一样信任自己的孩子们。没有人知道她内心对于这桩婚事的看法,她平静地接受一切。刚结婚那几年,老莫常常回家。镇子上的清洁干净让他觉得美好,但也有一些不好的东西侵袭着他,他的日子过得并不平静,这让他感到苦恼。而那时候的莫老太把所有的心思都放到孩子身上,几乎忽略了他的存在。儿子叫他爸爸时,莫老太会用一种探究的眼神久久看他,他不喜欢那样的目光。他带着情绪回到山上的家里,母亲看透了一切,但她给他的永远是温和而安详的笑容。他会从山上给岳父带回父亲酿制的纯玉米酒,给儿子带回母亲做的虎头鞋——每回一趟家,他便重新获得把日子继续过下去的勇气和力量。当他开始慢慢融入镇子里的生活后,老家的父母却离开了人世。他从山上的家里得到了太多的东西,但作为村里唯一一个进入镇子里生活的男人,却没能给家里带来任何荣耀——当莫老太怀上第二个孩子时,老莫几乎认为他一直想要的日子就要来临了。他想象带孩子回山上老家的情景,母亲夜里搂着他的孩子睡——但是孩子不幸早夭了,之后这场婚姻再也没能给老莫带来一男半女。在长期平淡如水的婚姻生活里，他慢慢继承了父母身上随遇而安的豁达品质，他不再有所期盼，也不再有所抱怨(有很长一段时间，他曾抱怨一切，抱怨自己当年的选择，抱怨对他的选择没有任何劝阻的父母，抱怨镇子上的人依然会在他毫无防备时给他屈辱的一瞥，抱怨妻子始终如一的冷淡)。他像一块海绵一样柔软，平静地吸收一切朝他涌来的生活的暗流，包括眼下即将面对的孤独的晚年，尽管他内心仍然无法真正接受它，因为这让他有一种彻底的挫败感。他望着莎莉，她平静地瞧着他，脸上的皱纹是舒展的，这使得她两道细弯的眉毛呈现出自然而好看的弧度，像预料到了人生所有的事情。她和妻子是多么截然不同的两个女人，他永远都无法足够了解自己的妻子，而莎莉则是一个你一眼便能望得到她内心的女人。可悲的是，他从未往"假如妻子是莎莉"这样的念头上想。

一只黄毛狗从院门外嗖地窜进来，一跃而起，把两只前爪搭在桌子边上，像个孩子一样站立在桌旁，伸出长舌头呼哧呼哧喘着气。莎莉笑了起来，目光朝院门望去。那个到镇上请老莫来打衣柜的小伙子肩扛一捆晒干的竹条进来，砰的一声摔到院子的地上，他朝他母亲笑了笑。黄狗立刻放下两只前爪，朝他扑过去。

老莫转过身，望着他，除了两条粗黑的眉毛，他长得跟他的母亲非常相像，一看就知道是个好脾性的年轻人。

"莫叔来了！"小伙子朝他们走过来，一边拍打自己身上的衣服，"我去地里拔了夏天搭的长豆角架子，挺担心错过你选木料。莫叔也给我讲讲，以后打个饭桌凳子也知道怎么选了。"

"你要夺莫叔的饭碗呢。"老莫站起来，笑着说。无端端地，他的眼角竟然泛起了闪闪泪花。他做梦都希望有这么一个孩子，和善地在他的身边打下手,对他所感兴趣的事情抱有尊重的态度。

一整天,他们一直在院子里选木料,老莫给那个叫亮子的小伙子讲各类木料的品质,打衣柜和打饭桌的木料如何不一样,打衣柜最好选多大树龄的木料,一棵树中哪一节才是最好的。这是老莫所擅长的,他很久没和什么人这样聊他最拿手的手艺了。岳父还活着的时候对他的手艺无动于衷,妻子则不闻不问,偶尔岳母会叫他维修家门板上松动的合页。他是孤独的。小伙子给他讲了很多关于他父亲的事情。尽管那个爱喝酒打老婆的男人死去多年了,但从他嘴里讲出来的关于他父亲的事情依然鲜活,好像他的父亲此刻还活着,只是不在家里。他喜欢给两个儿子买小时候他们爱吃的东西,并把东西装在衣兜里,然后示意儿子们伸手去掏出来。他沉醉在这种对孩子的爱的把戏里,总是把已经长大的儿子当成还爱吃油炸小三角粽的小孩,哪怕大儿子也已经当了父亲。显然是老莫的亲切勾起了小伙子对父亲的回忆。

"有一次,"小伙子讲道,"我爬上一棵枇杷树,不知怎么的,我在树上往下看时,突然感到非常害怕,拼命叫我大哥和我爸。我爸赶来了,站在树下鼓励我慢慢爬下来,还教我脚要踩在结实的树枝上。但我怎么都不敢动,抱着树干哭得脸都红了。然后我爸爸在树下张开双臂,叫我跳下来,说他保证一定能接住我。天知道呢,在他眼里那棵枇杷树并不高,但在我眼里简直能让我吓破了胆。我还是闭着眼睛往下跳了,结果爸爸没接住我,我像个烂熟的杧果那样砸到地上,他是故意的,还站在旁边哈哈大笑,骂我是胆小如鼠的蠢崽子。叔,真的,为这件事我一直记恨我爸,在孩子心里,有些事情是会一直伴随他成长的,多少的好处都弥补不过来,你们当父亲的,难道没想过吗?"小伙子放下手里的木板,瞪着他。

那双瞪圆的眼睛和他脸上的无辜表情让老莫暗暗吃了一惊。"是的,"他喃喃地说,"确实没想过,我们当父亲的,有时候确实很粗心……"

他们没再交流,老莫好像沉浸在某种突如其来的压抑情绪里,小伙子望向他的目光充满困惑。

白昼的暖意渐渐消退时,山风凉下来了,阳光从墙脚开始往墙壁上蔓延,天便暗了下来。老莫告诉小伙子,木板得晒两天,蒸发掉水分才能动刀斧。他让小伙子把选剩下的木板收拾好,可以留着打一套带十个凳子的饭桌椅。他谢绝了莎莉丰盛的晚饭,因为他从来不在主人家里吃晚饭。自从岳父母离世后,他就不再在主人家吃晚饭了,他要回家和莫老太一起吃晚餐。

莎莉给他一壶酒,说是木薯酿制的,叫他尝一下新口味。他把那壶酒装进工具袋里。在越来越暗的天色里,莎莉和他走出村庄,她说顺便要到地里给兔子拔点新鲜的萝卜。他明白她只是想陪他走一段。

"他是个好父亲。"老莫轻声说。远处黛青色的山体和渐渐暗下来的天光融为一体,一些像青烟一样的薄薄的雾气在山间若隐若现地飘浮缭绕。

"什么?"莎莉望向他。她的手里拎着一把小锄头,头上包着淡蓝色的头巾,一些卷曲的头发从她的耳边露出来,随风拂动。

"我可没他这么疼孩子。"老莫说,脸上凝滞着一种类似于痛苦的神情。遥远山头上最后一缕夕阳终于掉到山那边去了。

"莫哥,你已经做得很好了,我从未听见镇子上的人说过半句你亏待了那孩子,虽然那不是你的孩子。"莎莉说。他偏过头来看了她一眼,她的目光是坦诚的。这么多年,她是唯一一个对他这样说的人,他略微感到些许的安慰,一刹那后,那种痛苦的神色又回到了他脸上。

"他本该好好对你的。"老莫说。她的左边眉尾有一道细长的淡白色的伤痕,那是婚姻给她留下的印记。

"以前我恨他,但现在我不恨了,那也是我该得的。"莎莉轻声说,像是担心她的话被山风吹走似的,"他能感觉得到他妻子心里有没有他,这就是他打我的原因。"她把头巾往下拉,头巾稳稳地围在她的脖子上。她脸上的神情是安详的。

他们不再说话,在通往山上的岔路口,他们分手了。老莫答应她三天以后再来,假如天气还像今天一样晴朗,木板晾晒三天就足够了。慢慢走到山梁上,天一下子就黑了下来,天空像笼罩着一层黑色纱帘。山风刮过来,老莫终于迎着山风呜呜哭起来。

他一辈子都忘不了那件事情,他觉得那件昧了良心的事情是夺走他孩子的罪魁祸首。老莫和莫老太结婚时,莫老太已经怀有三个月身孕,这是全镇子的人都知道的事情。孩子的父亲跑掉了,而莫老太死活不愿拿掉那个未婚先孕的孩子。老莫从山上下来入赘,他觉得他至少会有两个孩子,亲生的。当然,他也会疼爱那个让他得以成为镇上人的孩子,这一点他从未怀疑过。就像莎莉所说的,这个镇子上没有任何人在他对孩子的态度上有过一句闲话。孩子七岁那年的夏天,莫老太怀上了第二个孩子。那时候家里还没承包山上那座矮山坡种杧果树,老莫整天早出晚归下村揽木工活。他马上就要有自己的孩子了,他想为孩子的到来多积攒点钱。那个夏天的傍晚,孩子们在镇子后面的河里游泳。对于这条河,镇上的人非常放心,因为它还从未夺走过任何一条性命,镇上的人哪一个不是在河里泡着长大的。那天傍晚,老莫从村里回来,来到河边磨刨子和斧头。孩子们在离码头稍远的河里游泳,一阵一阵的喧闹声荡漾在河面上。直到孩子们一窝蜂朝码头惊恐万分地游回来时,老莫才发现出了事情。一个孩子在河里举着两只细胳膊在水面上扑腾,脸蛋使劲朝天空仰望,脑袋几乎没在水下了。毫无疑问,有孩子出意外了。老莫扔下刨子,只来得及甩掉鞋就扑进河里。岸上的孩子们大声呼叫,在河边菜地淋菜的人们纷纷朝河边跑来。老莫来到孩子扑腾的地方时,孩子的脑袋已经在水下了,两只手拼命划动着。他在距孩子一胳膊远的地方沉了下去,想从孩子的背后拽住他。他捉住那只不断扑腾的胳膊,孩子转过身来,就在清澈的河水下,老莫看清了孩子的面孔,他正瞪着大眼睛慌乱地瞧着老莫,气泡不断从他张开的嘴里冒出来,他伸过来另一只手,企图抓住老莫的手。

然而那一刻,他看清孩子的那一刻,是不是有魔鬼附身了?老莫在水里愣了一下,他甚至来不及想什么,一下子就松开了捉住孩子胳膊的那只手,拼命扑腾的孩子一下子又沉了下去,瞪着老莫的双眼露出恐惧,更多的气泡从孩子的嘴里冒出来。老莫在水里闭上眼睛,安静地悬浮在水里,孩子往下沉时扑腾出来的水波摇晃着他。只是一刹那,他便又猛地睁开双眼,孩子已经离开他有一段相当远的距离了,他扑腾的两只胳膊看起来也渐渐无力了。老莫在水里打了一个激灵,他的脸扭曲起来,两只手捶打自己的脑袋,然后猛地往下沉,朝孩子游过去。孩子被抱上岸时软绵绵的,有人很快把孩子倒提起来,拍打他的后背,孩子艰难地吐出喝下去的水,一点一点地喘过气来。

不久之后,莫老太怀了三个月的孩子流掉了。老莫认为这是老天在惩罚他,愧疚和自责成为他内心深处无法示人的秘密。他尽其所能地去爱那孩子,企图弥补水下那瞬间罪恶的过失。

　　他慢慢迎着山风走,流在脸上的泪水凉冰冰的,工具袋沉甸甸地压在他右边的肩膀上,凛冽的山风吹过他粗糙的手背,上面细密的裂痕隐隐生疼。他想起莫老太早上给他准备的灰线手套,他干吗要在出门前把手套放下呢? 她是个话不多的女人,不知道她原本就是这样,还是这场并不符合她心意的婚姻改变了她。苍天在上,尽管她一贯对他冷淡,但总有那么一些时候,她也会很柔和。当她沉浸在某一件事情里时, 她似乎忘掉了不顺遂的一切,慢慢地,她的脸上会绽放出柔和的笑容,尽管他知道那柔和的笑容不是为他而来的, 但那一刻他几乎觉得一生所忍受的孤苦都是值得的。没错,那是孤苦,不会有人能轻易了解一个人赘男人内心的孤苦。整个家族没有一个人和你血脉相通,最亲近的妻子和你并不是同一条心。早先他还对未来的孩子有所期待,有了孩子,毕竟有了一个和他骨肉相连的亲人,但后来还没成为现实的期待也失掉了,他终于也慢慢变得心如止水。他以为会这样和莫老太平平静静走完一生,然而从眼前来看,似乎连最后这点愿望也不能实现了。

　　回到家里,天已经完全黑下来了,厨房里比别处更冷。莫老太重新把饭菜热了一遍,酒壶也放在热水里温着了。老莫没吃饭,甚至连汤碗都没碰,今晚的汤是野芹菜叶鸡蛋汤。他只喝酒,热乎乎的,第一次品出了热酒的滋味。以前为什么总是拒绝妻子喝温酒的建议呢? 他伤感地想。

　　"实在太冷,喝下去会伤着胃。"莫老太说完,举着筷子瞧他。

老莫不禁多瞧她一眼,以往她从没这么关心过他,似乎是临别之前想给予他多一点关怀。

老莫点点头。他刚才进了房间,发现她还没收拾东西,但给孙子缝制的肚兜已经做好了, 好几种颜色的丝线交织出鲜艳的图案。老莫望着那肚兜,有那么一刻失魂落魄。

"早上碰到耿大哥在找接骨木,他的手臂折了,吊了膀子,你过去给看看吧。"老莫说。

莫老太在饭桌那头望着他,她一直觉得老莫是个有点缺心眼的人,这个镇子上,他似乎跟谁都不近,独独就近那个老浑蛋,像是故意和她作对。但她知道实际上他不是这样的人,也不知道那老浑蛋身上哪一点吸引了他,犹如当初也吸引了她那样。

"我看见了,"莫老太说,"他想治伤自会找上门来。"

关于老流浪汉,他在他们夫妻之间从来不曾成为问题,他像镇子上每一个人一样平淡地出现在他们的生活里。

老莫端着酒杯朝她笑笑,不再说什么。她嘟囔了一声。他一向对她温顺,唯独当他有这副表情时,即当他向她提某个建议,而遭到她反对时,他不是进一步辩解,而是笑笑,那么她就知道这一次她非得按他说的做不可了。这是他性情上她所忌惮的一点,当然,毫无疑问,他大部分时候是顺从她的。

晚饭过后,她收拾了碗筷,站在那个超大的洗碗池边洗碗。从厨房的窗户望出去,外边黑黢黢的,厨房明亮的白炽灯照出一小片菜地,她看出来那是肉芥菜,宽大肥厚的叶子在灯光下显出淡淡的绿色。老莫喜欢用这种菜叶下面条吃。几十年来,他的早饭几乎都是面条,他对一件事情的执着程度有时候令她惊叹。他正在天井里磨刨子,一种类似踩碎枯叶的声音低低传来。她把厨房里的事情收拾完后，到菜园里摸黑砍了一些接骨木叶子，返回到天井，就着水龙头冲洗那些接骨木叶子。

"可能不太严重。"老莫说，他想起老流浪汉从山上下来时的敏捷劲儿。

"要摸才懂，也许用不上。"她说着，甩掉接骨木叶子上的水珠，走进堂屋。老莫望着她穿过堂屋，朝大门走去。她穿着厚厚的暗蓝色的棉袄，看起来显得有些笨重，已然没有三十多年前初见她时的轻盈和矫健。他愣愣地瞧她拉开大门出去了，当那扇暗红色的铁门重新合上时，一阵巨大的孤独感瞬间击中了他。

时不时还是可以见到他的，这是无法避免的，她没有权利要求他消失，她也没想过要这么做。莫老太寻思着，走在街上，手里那把湿漉漉的接骨木冷冰冰的。没有街灯，昏暗的光线完全出自街道两侧人家的门窗。人人都在家里吃晚饭。她熟悉这条街道，哪里有绊脚的坑洼她全懂。他的家门口有一块刚修补上去的水泥块，那里原来有一个挺大的坑，下雨时总是蓄满一坑水，车轮碾过去，溅起老高的水花。他家是一栋二层高、抹着石灰的小楼。他年轻时似乎在外头混得不错，有一段时间镇上人说他做玉石买卖，赚了点钱，所以把家里的木板房推倒重建成了水泥砖房。他的父母为此骄傲过好一阵子，而之前他们一直为有这么一个不靠谱的儿子苦恼万分。

门虚掩着，从门缝里漏出淡淡的光线。莫老太推门进屋，厅堂里很安静，祠堂上香火冰凉，那上面放着老流浪汉已经过世的双亲的黑白照。她熟悉他们，那是一对本分的夫妇。没有沙发，靠墙放着几把能折叠的靠背椅。这是二十世纪八十年代非常流行的椅子,如今已经不大用了,而在那几年,几乎天天都有人上门找老莫去打那样的椅子。那时候她的父亲还活着,不知道是真不喜欢这种椅子,还是不喜欢女婿,她家里从来没有过这种时髦一时的椅子。她瞧着那些陈旧的椅子,不确定它们是否出自老莫的手。

一阵拖沓的脚步声从里面传出来,莫老太没来由地紧张起来,当脚步声快要从一墙之隔的里间出来时,她又忽然觉得一切都已然无波无澜了。她目不转睛地盯着从厅堂通往里间的那道门。他出现在那儿,吊着左边膀子,右手扶在胳膊肘下,像是刚吃了晚饭,嘴里还咀嚼着什么。他见了她,在里间的门边站住了,有点吃惊地盯住她。

她朝他扬手里的接骨木。

"我觉得没伤到骨头。"他说着,从里间走出来,轻轻拍吊着的膀子,声音有些像做了亏心事似的喑哑。"我得瞧瞧,也许我也帮不上忙。"她说。他拖了一把靠在墙壁上的折叠椅出来,展开请她坐下。她也拖了把椅子给他。她闻到他身上淡淡的烟草味,有些惊讶,年轻时他可不抽烟,还爱留盖过耳朵的长头发。两个人在椅子上坐下来,显得有些尴尬,这个并不算干净、空荡荡的客厅并不适合待客,没有一丝人的气息。

"莫老弟真是好心眼,早上我们见面了,我以为他只是在安慰我,这个镇子上也就他能多瞧我两眼,天晓得我怎么得罪他们了。"老流浪汉目不转睛地盯住莫老太,她示意他把受伤的手臂解下来。

"我只喷了些治疗筋骨痛的药水。"他说着,小心地从吊带里抽出胳膊。

"假如是骨折，那药水就没有任何作用了，我得摸一摸手臂才能弄清楚。"莫老太心平气和地说。一路上她一直担忧会说出点什么带有情绪的话来，然而当她看见他脸上叠加的皱纹时，她内心那些蠢蠢欲动的情绪便烟消云散了。而有些话，她明明积攒了三十多年。三十多年来，这是他们第一次单独相处。

他的手臂有点肿，但并不厉害。

"你把手臂放下来，对，自然垂放。"她说。她从他的胳膊肘慢慢向手掌方向轻轻揉捏，肿胀的地方发烫，在接近手腕那里，她来来回回揉捏，那里有一块比别处更明显的肿块。她不断揉捏，仔细感觉手指之下的骨肉。

"是骨折，但问题不大。"她说着，把他那只受伤的胳膊托在自己的手上，"我记得你妈还活着的时候喜欢穿青色的衣服。"他闻言扭头朝祠堂方向看那两张黑白照片，莫老太的手动了一下，老流浪汉感到一阵尖锐的剧痛从手臂蔓延到全身，扭回头惊骇地看向莫老太。

"好了，复位了。"她说，瞧着他疼痛而扭曲的脸，这让她想起他年轻时脸上那副对什么都不屑的表情。她曾多么迷恋那副表情。这个镇子的人们过于淳朴，看不惯他流里流气的模样，而当时他已经开始断断续续外出，她总是说服自己去理解并接受他，她以为那只不过是年轻人的一时胡闹，她相信她有能力让他那颗不安定的心停留下来，最终和镇子上的人一样生儿育女，居家过日子。

"小心一点，把手臂重新吊上，不要摇晃它。现在我去把这叶子捣碎烤热后给你敷上。"她盯着他叮嘱，然后弯腰从地上拿起那把接骨木叶子。

"厨房里有火,不过是柴火。我没有煤气灶,你知道我不怎么在家的,我没有添置那东西。"老流浪汉把手臂放进挂在脖子上的吊带里,领着莫老太穿过里间那扇门。厨房里的灯火还亮着,古老的灶孔里微火隐隐。老流浪汉坐在灶孔前,往灶眼里添加了干燥的木片,火很快便燃了起来。莫老太捣烂接骨木叶子,搁到火上烤着,直到微微冒出热气。

老流浪汉皱巴巴的脸忽然抽搐起来,他吸溜着鼻子,她望了他一眼,他很快便平静下来了。

"我听说你要去县里享福了。"当她把烤得热乎乎的叶子敷到他红肿的手臂上时,他直直地问道。她瞧了他一眼,帮他把纱布重新包好。

"这个药一天换一次,我的菜园子里有,你可以过去取,在那儿我帮你换药。老莫也可以弄,他很清楚该怎么做。"莫老太说着,把纱布仔细打了个活结,然后站起来。

"我们就不能好好说上两句话吗?"老流浪汉凄然地仰望她。她犹豫了一下,重新坐下来。

"这样就很好。"他感激地说,然后沉默着,似乎在斟酌该怎么说。"我知道你有怨恨,"他艰难地说,"可是,你知道,阿玉,我身体里藏着一个魔鬼,这个魔鬼让我总是想东游西荡,那是我过日子的方式,你不要怪我。你不应该跟我过那样的日子。"

"那个魔鬼其实就是你自己。"莫老太平静地瞧着他。不可否认,她当然恨他,就在刚才来时的路上,她也还怀有一腔怨恨,但当他孤苦伶仃地吊着受伤的膀子出现在她面前时,她忽然觉得该完全放下过去了。当年他一走了之也许是对的。当她身上已经怀有小生命而他毅然决然离开时,她就应该知道不断离去就是他的宿命。她无法理解，但她知道会那样。

老流浪汉垂着头，往火灶里扔了块木头。"我知道，"他说，"但我管不住自己，我无法在一个地方待得太久，当初我就告诉过你……但不管怎么说，那都是我的错。你也惩罚了我一辈子，在街上碰面你从不肯和我说一句话。不管怎么样，我都是……"

"住嘴！"莫老太严厉地制止了他，她站起来，"你永远都不要抱有这种心思，你若抱有这种心思，就当我从没来过。"她警告似的说。

他再度沉默，皱巴巴的脸在越来越亮的火光里抽搐起来，他的肩膀也跟着颤抖。火光中，闪亮的泪水顺着他脸上的皱纹滑落下来。

"泪水并不能改变什么，也不能给你带来什么，你应该明白这一点。"她说，口气缓和了一些。

"我知道，"他用那只好手抹了一把泪水，"我只是觉得抱歉。很多次我发誓不再回这个镇子了，但我还是又回来了。尽管做不了什么，但看到你们母子安然无恙，我才稍稍安心。"

她静静地站着，居高临下地瞧着他。他才五十八岁，假如她没记错的话，但他的头发已经花白了大半，他看起来显得比他的年龄更老。她暗中叹了口气。"记得过去换药。"她说，然后走了出去。

街上更冷了。这个靠近河边的镇子，冬夜一般都会变得更冷，河里的湿气窜到街上，使空气显得湿冷。莫老太没有沿着街道往家走，而是绕到了河边，顺着那片临河的菜地缓缓往家里的菜地走去。冷风微微从河面吹来，但她并没感到有多冷。她想起老莫早上拒绝她的灰线手套，胸口隐隐疼起来。她当然明白这桩婚姻的实质。这像一场交易，老莫接受了他们母子，他如愿以偿成为镇上人。尽管她不觉得成为镇上人有什么了不起，但人和人不一样，对于老莫而言，显然那很重要。起初这桩婚姻是这样的，充满了苦涩——至少她品尝到的是这样的滋味。但随着他们一天天变老，一起挨过了生活的各种艰辛之后，他们相互为对方妥协了，体恤之情在各自的内心滋长。莫老太无法否认，她不曾向丈夫完全敞开过她的心扉，但心扉到底是什么？那很重要吗？她曾为那个喜欢四处游荡的灵魂敞开过她的心扉，又得到了什么？而她和老莫不一样，他们把彼此的朝夕给了对方，在很多个像这样寒冷的冬夜里相互陪伴，这些日子没有那么浓烈的爱意，但并不缺乏暖意。相比之下，那点隔阂又算得了什么？

　　她当然明白儿子对老莫的冷淡，她曾为此焦虑过。她从来不刻意对儿子隐瞒他的身世，但她还是希望儿子能平和地面对现实，并对后父的养育怀有感恩之情。但现在看来，显然她的希望并不如意。而儿子对她的爱，又到底有多少？这是儿子离开家以后她曾花好长时间考虑过的问题——他从来不曾像别的孩子那样回忆小时候的事情，每次回来只是在家里转上一圈，并拒绝她作为一个母亲对孩子出自本能的种种关爱。儿子在结婚时，拒绝了她给予他妻子的礼物——她给儿媳妇打了一个实心金手镯，在婚礼当天，她把金手镯包在一块柔软的红丝绸里给儿媳妇。婚礼过后，儿子又坚决地把金手镯还给了她。她明白他心里有怨恨，似乎也鄙夷她年轻时候的轻薄，给了他这样一个身世。儿子这次需要她，仅仅是需要她帮上他一把，仅此而已。

　　空气越发地冷了，莫老太终于忍不住，在徐徐吹来的冷风里呜咽起来。她是爱儿子的，假如当初她听从母亲的建议拿掉了他，今天她所面临的种种心酸处境也许可以避免，那将会是另外一种人生。但苍天在上，她从未为生下他而悔恨过。她的内心对他充满了爱和怜悯，因此她放弃了另外一个孩子。当另外一个生命来到她的生命里时，她充满了煎熬和迷茫。她担心她对他的爱会因为另外一个孩子的到来而减弱，也担心这个因为交易而缔结的婚姻因为另一个孩子的到来而失去了平衡。那个尚未成形的孩子，在她的体内存在了三个月后，被她用一碗草药水流掉了。她的梦中因此常常有婴儿稚嫩的哭声困扰，她再也无法平静地正视自己的丈夫。

她边在暗夜里行走边呜咽，拿头巾的一角捂住嘴，拼命吞咽下那些涌上喉咙的哭泣声。那就这样吧，她想。她为儿子做了所能做的一切，给孙子的肚兜也缝制好了，她会在肚兜里再一次捎上给儿媳妇的金手镯——这也是她该做的，然后让班车把自己托运到县里。接下来，不管现实再给予她什么——也许最终会被儿子遗弃，那也是她该得的，她会像当年接受他那样，接受一切。

有人深夜放烟花

夜幕徐徐降临，气温明显降了。步行街早已一片灯火通明，但从头望到尾，整条街行人寥寥无几，只有灯火在独自璀璨。似乎从雅戈尔专卖店那里传来很有俄罗斯调子的歌声："晚星就像你的眼睛，杀人又放火……"这首叫《漠河舞厅》的歌曲最近很火爆，抖音上的短视频动不动就拿它来做背景音乐。歌手有些悲凉的调子放大了夜幕之下这条步行街的空旷与寂寥。不，这种寂寥和天气无关，和时间段无关。这两年新冠疫情所到之处无不关门闭店，景致萧条。特别是去年，春节过后一直到六月份，整座城市就像死去了一般，工厂停工、学校停课、机关停班，人们被这种传染性极强的瘟疫囚禁于家里寸步难行。下半年慢慢恢复生产生活后，很多店铺再也没能重新开门营业，而是像个烫手山芋般被盘出去了，到处都是"旺铺转让"。步行街也关掉了好几家品牌服装店，昂贵的店面租金和萧条的生意彻底拖垮了他们。陆连芝所在的品牌服装店在新梦之岛还有一家分店，也没能熬过这场灾难，撤柜了，如今只留下恒基广场商业街这家。这是家老店，开了有十几年了。去年六月份恢复生产后，它也按时开门了，然而日营业额还不及疫情之前的一半。老板愁,陆连芝她们两个导购员也愁。

她站在店门外,隔着一层明亮的玻璃橱窗凝望店里那些悬挂的服装。她在这家店服务三年了,还没买过一件衣服,思索着今天要不要买一件。最近来的新货中有一件大红色连帽中款羽绒服,她试过了,很合身,心里就惦记上了。阻止她拥有它的当然是并不比她的底薪低多少的价格,即便她用的是员工内部价格。她当然知道实际上它并不值那么多,甚至连标价的一半都不到。

冷气从脚腕处钻进来,顺着腿往上爬,她忍不住打了个寒战。双脚只裹着一层薄如蝉翼的玻璃丝袜,好看但并不保暖的黑色中跟单鞋。上班必须穿丝袜和单鞋,这是规定。陆连芝最后往步行街深处望了一眼,真像一条望不到头的幽深暗道。她当然也没忘往那件红色羽绒服上望一望,忽然整个人像是被一股电流击中了一般,猛地激灵一下,也就在这瞬间,她就放下了那件在心里挂了半个多月的红色羽绒服。她暗自笑了一下,并非自嘲的笑,而是释然的笑。这是她引以为豪的一个优点,她总能在犹豫与矛盾间迅速做出正确决定,极快地恢复正常情绪。比如今天。陆连芝上的是晚班,下午三点她到店里,看见她们那位四十五岁还单身,长着一双风流桃花眼,颇有女侠义气的女老板时,她就知道在服装店的导购员工作结束了。营业额一直上不去,老板在前两个月就透露过要裁掉一名导购员,她要亲自站台了。陆连芝想都没想就知道自己将是被裁掉的倒霉蛋,理由很简单,她的业绩一直略逊于她的同事。在销售界为了冲业绩,流行一句口头禅:只要价格合适,同事也可以卖……在销售界里,业绩就是你的价值,没有价值自然会被淘汰。和陆连芝搭档的同事是个九五后,书没读好,高中没念完就出来混社会,能喝更能说,见人说人话见鬼说鬼话,并且看人很准,基本上只要顾客一进来,她扫两眼,便明了是不是准客,一扫一个准。这样的导购员哪个老板都不会放过的。不服不行,陆连芝不仅输在眼力见儿上,也输在嘴皮上,心服口服的。老板一般只在每晚打烊之时前来看一下当日营业额,今天她却在上下午班的时间里准时出现在店里,而今天又是发工资日,陆连芝当即就明白,以后的下午班老板要亲自站台了。没有过多的客套话,老板直接挑明情况,陆连芝倒是喜欢她的爽快性格。她接过包含这个月工资与提成的红包时,那个喜气好看的烫金红包立刻让她从低落情绪中缓解过来。她谢过老板,祝老板生意兴隆,早日遇到金龟婿。两人相视一笑,没有难过与尴尬。刚收拾完一些放在店里的私人物品,店里就陆陆续续进来一些客人,差不多都是陆连芝的熟客。她觉得拿钱就跑未免显得气量太小,一如既往笑脸相迎,竟也走了两单,差不多四千块钱的销售额。待客人一走,她朝老板做了个鬼脸,老板定定地瞧着她,不声不响再度给她封了个红包。意外惊喜,她没拒绝,收下后决定站完最后一班岗,老板欣然应允,又留下她一个人看店了。

她慢慢收拾个人物品,装在一个纸袋里,半饼生普、一管防晒、一只粉盒、一只变色润唇膏、一双七厘米高的褐色蕾丝高跟鞋、一件防晒纱衣、两只透明玻璃茶杯,这就是她的全部,拎走就和这间店面再也没关系了。嗯,客观地说老板人挺好,从没拖欠过她们的工资,每月休两天,节假日有聚餐以及小额红包,不在于钱的数额,这是联络情感,她们懂。如今就要告别这一切了,眼前的一切渐渐就有些模糊起来,她仰头,把那点模糊的东西逼了回去。

进入店里，她倚靠在柜台边上，望着门外半明不暗的夜色，内心平静如水：一种茫然无措的平静、虚空、无助、无力。她极讨厌这种情绪，但又一时无法挣脱掉。

一束新鲜的百合从店门外朝她而来，还有清幽的香气。挪开花束，是老板笑得真诚、妆容精致的脸，另一只手也从身后伸到她面前，是一个小蛋糕，她猛然记起后天就是她生日了。这是惯例，她和九五后同事每年生日都会收到一束花和一个蛋糕。老板也许是在她领了工资后，还留在店里帮忙那会儿想起她的种种好，又顺带记起她的生日，提前就把祝福送出来了。陆连芝接过百合和蛋糕，欢喜得脸都绯红了，眼里那点模糊又弥漫上来。她拥抱了一下老板，然后抱着百合，拎上蛋糕和纸袋，匆忙把自己隐进寒意森森的夜色里。

如若不是在这里上班，陆连芝应该没什么兴趣来恒基广场商业街逛。这条街上连烤红薯都卖得比外面贵，显然在这里卖的不是烤红薯，商业街的名气，花钱的顾客买的也是一种心理上的优越感。生长在消费主义时代、接近九〇后的陆连芝，对于花钱从没刻意克制，但那些冤枉钱她是一分都不愿花的。出了商业街，迎面是车来人往的马路，人行道上摆满各种小摊子。疫情缓解后，政府鼓励摆地摊，马路两边的人行道在夜幕降临之时，各类小摊子奇迹般冒出来，货品琳琅满目，针头线脑、不锈钢餐具、各种小型节能灯、头花发夹、袜子抽纸、水杯茶具、山寨版的名牌鞋子、孩子的玩具文具，都是日常百货，不是什么值钱东西，把人行道的人气一下子带来了。也只有从商业街步入这里，陆连芝才感觉回到热气蒸腾的人间。她热爱这嘈杂喧闹，热爱这嘈杂喧闹里的烟火气息。她缓慢而小心地穿行在人流里,小心避开迎面而来的路人,避免怀里的百合被碰着了。好些路人的目光落在她的花束上,转而又落在她的脸上。她朝他们善意地笑笑。肯定没人想到她是个刚刚失业的倒霉蛋。她想。失业与鲜花,她忍不住轻声笑出来。

不然呢?

清晨,轻微的脚步声照例惊醒了陆连芝,声音停在她的床头,一缕温暖且带有沐浴露薄荷清香的气息向她微微袭来。她闭着双眼,从被子里伸出胳膊,准确无误地把站在床头的小小身子揽过来。她挪了一下,自己的头就埋进那个小身子里,这瞬间让她获得一种脚踏实地的满足感。

"宝贝,今天我们不上学!"好一会儿,她才轻声说,在曚昽的晨光中抚摸过一张温暖而柔嫩的小脸蛋。小身子静静站了一会儿,又像来时那样,踩着轻微的脚步声一声不吭地离去了。

此时是清晨六点半,夏季时早就天光大亮了,她一睁开眼就会看见默默经过一夜的饱睡后健康红润的小脸蛋。她们没有闹钟,从来都没有,默默六点半准会站在她的床头,好像她的身体里有个闹钟。孩子会站在床头目不转睛地看着她,也不叫她,直到她睁开眼睛起床,洗漱好并等她送自己去幼儿园。当然,这是四年前的事情了。默默两岁半开始上幼儿园,虽然仅去了一年,上幼儿园的时间却像刻在了她的脑子里。她从来不用别人操心她起床的事情,这一点,她比太多的孩子都强。陆连芝从来不承认自己的孩子有什么异于常人的毛病,尤其是在智力方面。

在曚昽的晨光里,她看见走出去的小小模糊的身影,心里疼了一下。她知道孩子想去上学，但没有一所学校肯接收她。先天性自闭症。在此之前陆连芝从未听说过这个词，这种莫名其妙的病症就这样猝不及防地落在她的生活里。默默从出生就一直很安静，极少哭泣，对大人的逗弄也爱搭不理，随便一个玩具就能玩到累了独自睡过去。陆连芝觉得这只是孩子的性情所致，这是个安静内向的孩子，怎么可能和疾病有关？直到上了一年的幼儿园后，园里的心理健康老师建议他们（那时候林喆还没离开她们）带孩子去医院好好检查，他们就把孩子从幼儿园接出来了，却再也没法送回去。两年后，林喆选择离开，他说他受不了……

陆连芝有喝早茶的习惯，不是讲究，只是种习惯，譬如有人喜欢起床后冲一杯咖啡醒醒神。她换过多种茶，最终选择了冻顶乌龙，冲泡出来有一缕被阳光晒后的干草气息，这气息让她无比迷恋，回甘的芬芳也是她的生活中不多的快乐之一。这并非说陆连芝是个悲观的人，但乐观并不等同于快乐。

照例是先去默默的房间，一间贴着粉蓝色壁纸的小屋。孩子谜一般喜欢蓝色，墙壁是淡蓝色，小床上的铺盖是深蓝色，小衣柜是亮蓝色，小书桌铺着黛蓝色的桌布。默默穿戴整齐坐在床上，正在翻看最近新买的童话绘本。她在床边坐下来，目光落在孩子圆圆的脑袋上，孩子的头发光洁细软，在白炽灯下散发着乌黑的光泽，预示着孩子的营养及健康状况良好。陆连芝有种满足，是的，至少她凭一己之力把孩子养得还不错。她忍不住伸手抚摸孩子的脑袋，孩子对她的爱抚无动于衷，沉浸在不为人知的世界里。

默默的世界于她来说是个谜。孩子来自她，她创造了这个生命，但绝大部分时候她不知道孩子在想些什么，她们几乎没有任何默契,默默总是一个人安静待着,几乎不开口表达她的想法。你从她的手里夺走她心爱的玩具,她也只会静静地望着你,平静的眼神和表情使你无从判断她的喜怒。她也极少哭泣。从幼儿园接她去检查后,有两年时间,她和林喆带着默默东奔西跑求医,医生最后建议把孩子送去心理健康保健机构进行心理治疗,可是这座小城市哪有什么心理健康保健机构。后来她在别人的介绍下将默默带去找一位本市退休的心理健康顾问。那是位满头银发的老太太,孀居,儿女都在外地,修养极好。她答应试试。有将近一年的时间,每天早上九点她把默默带去给老太太,下午六点接回来。老太太了解她的生活状况,未收取任何费用,权当多了一个孙女陪伴她打发寂寥白日。变化是有的,每次家里来客人,进门的那一刻,默默会从她沉浸的事情里抬起头,眼神略带点疑问和吃惊地打量来客。陆连芝牵着她走在大街上,碰上感兴趣的东西,她的目光也会追随着那东西移动。根据她的表情,陆连芝渐渐了解到孩子喜欢吃包菜、木耳、菠菜和甜玉米,喜欢的水果是木瓜、酥梨和柿子。她讨厌猪肉和鸭蛋,还不怕辣,但反感醋酸。有一次,陆连芝去接她回家,在小区的花圃前遇见了一只瘸了腿的流浪猫,猫的左前腿蜷曲着,走路全靠三条腿,这使它走起来头重脚轻的,仿佛随时都可能一头栽倒。三脚猫一蹦一蹦走在她们面前,她们越过猫时,她挣脱了陆连芝的手,在猫的身边站住,瞪着一双吃惊的眼睛。猫很警惕,喉咙里发出呜呜的警告声。

"受伤了!"她轻声说。

陆连芝当时愣住了,她不记得有多久没听到孩子说话了。后来她把这件事告诉老太太,老太太说应该把那只受伤的猫带回家,也许会是一个良好的开始。

遗憾的是疫情来了,全国人民禁足于家中,老太太在漫长的禁足期里可能一个人憋太久,生了一场病,被外地的儿子接走,默默的治疗就断了。老太太临走前告诉她,尽可能发现孩子感兴趣的事情,找到共同的情感共鸣点,这也许是个不错的突破口,更重要的是要多陪伴,患自闭症的孩子通常都是异常孤独的。默默还算好,有些患者还会有危害他人和自身安全的行为,比如对火感兴趣,动不动就想放火烧东西,包括点燃身上的衣物等等。默默的独立性很强,这也是她的优点,切记,一定要多陪伴。

　　她记住了。她把情况和老板以及九五后同事说明,她们都同意她上下午班,每天下午三点后,默默便只能独自一人在家了。她有些不放心,但默默也很快习惯,陆连芝陪伴她吃了早饭和午饭,晚饭提前做好,放在一个双层保温饭盒里,一遍又一遍教她怎么打开保温饭盒并取出饭菜。到饭点时,陆连芝便打她的手表电话,默默一般只会按下接听键,并不出声。但只要能按下接听键,陆连芝便放心了,她的耳朵紧贴着手机,仔细捕捉那头的点滴声音。她从手机里听到孩子细微的呼吸声、翻看画册的声音。陆连芝告诉孩子该吃饭了,口渴就吃已经洗干净的酥梨。她告诉孩子现在就去打开保温饭盒,接着她便听见默默走动的脚步声、打开保温饭盒的声音。有时候她听见那头传来一声轻微叹息,她便知道今天把保温饭盒盖子拧得有些紧了,孩子在使力气。这声叹息像极了一把锤子,冷不丁给她的心脏来那么狠狠一下。她的眼眶瞬间温热起来,对孩子的种种亏欠爆满她的心胸。日子算不上辛苦,也或许是她心大,她真心没觉得怎么辛苦,当然也会为钱发愁。她没多少存款,但她始终相信自己身上一些令她安心的品质,只要她还健康地活着,这些品质便可保证默默和她在任何情况之下，每天早上有温热的早餐，每天晚上有温热的洗澡水，这一点她保证！只是除了温热的早餐和洗澡水，作为一个母亲需要尽的责任太多了，不能做到的都是亏欠，这一点让她受不了。她常常在电话这头轻声对默默说："妈妈爱你，宝贝，你很棒！"

默默的早饭一般是两个南瓜小馒头、一杯豆浆和一个鸡蛋。她不喜欢喝牛奶，这一点还是老太太告诉她的，而之前她的早餐一直备有牛奶。今天早上她想换一换。陆连芝一边烧水煮茶一边琢磨吃点什么。她查看了冰箱，菠菜还有一点，西红柿两个，杂菌一袋，够了，这些都是极好的配菜，可以煮两碗营养周全的面食。一杯芬芳的热茶下去，身体彻底苏醒了。这时候明亮的阳光刚好从厨房的窗户斜照进来。一个冬日的好天气。薄薄的阳光顿时让陆连芝有一种莫名的好感，对周遭的一切都抱有柔软的好感。这套八十平方米的两居室是二手房，已经是多年房产。那时候她和林喆没那么多钱为结婚购置新房，只能退而求其次。跟房主进来看房时，一看到厨房里这扇望出去便是田野的窗户，她便下了决心。果然，每次做饭她都会因为窗外的春播秋收而释怀掉来自琐碎生活的纠结。林喆把房子留给她，购房所欠的部分借款他承担了。

母女俩安静地吃早饭，陆连芝很少动筷子，手边的茶水烟气袅袅。她一直盯着默默。孩子吃东西很雅致，闭着两片红润的小嘴唇细嚼慢咽，每一口都吃得很认真。她的嘴唇像林喆，这也是他身上最吸引她的部分，两个嘴角天然上翘，仿佛唇边时刻挂着微笑。眉毛也像他，粗而黑。额头随她，发际线很整齐，不过略微低了些。长相不算出众，不过很耐看。快要七岁了，她想。所有的小学都不肯接收，她接受这个现实。老太太教会孩子认识不少字，她感激。接下来该怎么办？这个问题像个钟摆，始终在她的心里摇来晃去，如今又添新愁，失业了。

她伸手摸了摸孩子的头，相对于同龄孩子，默默个子偏矮小了些。

"默默，妈妈失去工作了，没有班上了。"她轻声对她说。她从不隐瞒什么，包括和黎尚的交往。她相信孩子能理解，她从来不怀疑孩子的智商。

默默垂着眼皮，认真吃着一个带皮的西红柿。

好多年没来商都地下商城了。商都并非南城百货或恒基广场商业街那样的高消费之地，这里的东西是真的物美价廉，你当然不能奢望衣服鞋子包包的料子和针脚像窗明几净的专卖店里那样结实、整齐、细密，这里卖的是时尚与款式，价格亲民，从几十到几百，主要消费人群是二十岁上下的女孩子，口袋里没什么钱，但有青春，仗着青春逼人，只挑选扎眼的款式，不求质量。曾经有差不多六年时间，陆连芝每天两趟进出于商都地下层二号门。那时候她在里面租有一个六平方米左右的小商铺，卖款式时尚超前的单鞋，生意还可以。她也是书没读好，高中毕业出来做了三年美甲，攒了点积蓄，租下商都地下商城的六平方米小铺，自己当起了老板。那时候日子多么敞亮啊，总有使不完的精力，算不上起早贪黑，晚上十点商都关门，早九点开门，和她刚失掉的工作一样。她家不在市里，在边上的农村，属于郊区，一辆电瓶车载着她奔波在农村与城市之间，拐上往城里去的平坦大道，她发誓要把自己从农村的泥泞中连根拔出，移植到城市里。树挪死，人挪活。有一次，她的小铺电线短路，商场管理办公室派来一个叫林喆的小青年维修员，向上翘起的两个嘴角让小伙子看起来有种喜庆感。他们谈了五年,快活地攒钱。林喆比她小两岁,标准的姐弟恋,也真像个弟弟一样黏她。结婚时陆连芝二十七岁,从小和哥哥一起长大的林喆还像个没长开的小弟弟,这让陆连芝有些隐隐的忧虑。果然。

　　来这里并非要回忆或留恋。陆连芝是个不肯回望往事的人,回忆不管多美好,都是条泥泞的路,只会让人深陷其中。此时,她的右手掌心里,牵着一只活生生的温暖柔软的小手,她如何能回忆过去陷入过往,她只能义无反顾地往前走。只是有时候,也要稍微缓缓脚步,看顾一下生活之外的枝蔓,松弛松弛心情,不是吗?她愿意走一走,熟悉的地方让人有种内心安稳的感觉。

　　母女俩走在暖融融的阳光下。商都周边一溜卖小吃的,有一家卖黑芝麻粥,那种暖香她一直记得。她的目光逡巡着,也许能带默默去吃一碗。那间窄小的芝麻粥铺却已不见踪影。意料之中。入了商都地下层二号门,那种一年四季都温热、夹带廉价布料与皮革味的气息迎面扑来,似乎又回到了热气腾腾的往昔。变化还是有的,以前这一层并没有小吃,如今专门腾出一角,几个小得只能搁张小圆桌的小门脸儿挤在一起,卖馄饨饺子面食,闻一闻,这一层又多了葱花香菜的味道。熟悉的面孔荡然无存,她挨个门脸儿走过去,都是些二十来岁的小姑娘在撑门脸儿。精致的妆容和淡定的表情,无所畏惧的样子,你从跟前过去,她的货就在那里摆着,也不招呼你。陆连芝不由得笑起来,跟当初的她何其相像。她特别讨厌超市里导购员那种令人有压迫感的咄咄逼人的热情,买了委屈自己,不买似乎辜负了人家的殷勤。陆连芝朝这些年轻的面孔友好地笑笑。她的门脸儿不知道换了几回租客,当初是转给一个戴眼镜的小妹子卖云南绣花手包和珠串,如今是一个板寸头的长脸姑娘在卖发套。她在门脸儿正中略略站了站,像是在回应过去。好不容易在西北角那里遇见了一张熟脸,卖越南黑咖啡和拖鞋的蓝梅大姐,买卖还是原来的买卖,只是当初她的门面并不在这一角落。她当然知道不同位置的门面租金不一样,这样偏的角落,图的是低价位的租金。

两个人招呼打得热络。陆连芝结婚和默默满月时,蓝梅大姐和这里的几个小姐妹是随了礼的。她没什么变化,连发型都没变,基督徒的面孔如她偏于一隅的门脸儿一样安静。姐妹们说她四十五岁,也有说其实她不比她们大多少,她的脸没有皱纹,亦看不出忧愁。她一直单身,与世无争地活在这个似乎没什么是永恒的世界里。

蓝梅的目光平静地落在默默的脸上,陆连芝连忙轻轻把孩子推到她面前。她完完全全地接受自己的孩子,这只被上帝咬过一口的可爱苹果。小姐妹们也听说过孩子的不足之症,她没必要藏着掖着。孩子很安静地站着,接受那只轻轻落在她头上的手。陆连芝和蓝梅都沉默了,目光落入彼此的双眼里,一个什么也不问,一个什么也不说。但还是有一点难过的,陆连芝又轻轻把孩子拉回来,心里那点难过变成了细微而尖锐的疼。

其实日子不用挨也是会过去的,没有什么能够留住它的脚步,走着走着,就到了十一月底。陆连芝真正清闲起来,每天早上,当阳光从厨房那扇窗户斜斜落进来时,通常是早上差不多十点的时候,她们母女俩出门了。今年冬天的阳光真好,入冬以来来过那么两三回冷空气,阴雨天也有几次,但很快就过去了,大部分时候天气晴朗暖和。在陆连芝的印象中,好像没有哪个冬天有那么多的阳光,簇拥着塞满城市每一个角落。她带着默默进行了长时间的散步,走一些老城区的小巷子、河边的沿河道、农贸市场、有公交车到达的郊外水库。她给孩子指认古旧巷子里冬天依然枝繁叶茂的榕树,河边飘摇的灰白芦苇,农贸市场里的各色农具,水库的大坝。她自言自语,默默像她的影子,她们连在一起,却像两个世界。她的世界期望向她的世界流淌热情、爱、温暖,甚至她的全部,而她的世界则始终不喜不忧、波澜不惊。她在孩子面前蹲下来,孩子的脸平静如常,黑白分明的双眼如此纯净。每当有人试图捕捉她的目光与她对视时,她总是垂下眼睑,将自己隐匿于两片薄薄的眼皮之后……她多么希望默默的世界能对她有一点点反应,哪怕就一点点,让她知道所有的煎熬和忍耐都是有意义的。然而什么反应都没有。陆连芝累了,她把头埋在孩子的胸前,明亮的阳光落在她们身上,她在孩子的怀里,小声地、悲怆地抽泣起来。

去郊外稍远一点的花鸟市场,是黎尚开他那辆二手面包车带她们去的。他在城西综合市场有一间电器维修店,四十一岁,身材保持得不错,遗憾的是已经开始谢顶了。他有过一段短暂的婚史,"那玩意儿跑了",他对陆连芝这样解释他的前妻。至于为什么跑,他没说,这已经是差不多二十年前的事情了。陆连芝当然是他婚姻失败后交往的女性之一。这个维修店小老板性格相当随和,对于默默,他也关心,情理之内而又有度。他很认真地帮默默打听过学校,并且谈到了钱的事情,他可以有所支持。陆连芝便有点动心了,一个男人能和女人主动谈钱,起码证明他是动了想和你过日子的想法的。后来陆连芝告诉他,能想的办法都想了,他便没再坚持。他们之间的联系并不频繁,起码不像一般的恋人,实际上陆连芝也并不确定他们是否在谈恋爱,他们之间完全没有那种当初她和林喆相恋的感觉和情形。更让她不解的是，他们交往大半年以来，他似乎从没流露过"需要"她的想法。他去她那里吃过几次晚饭，都待得很节制，十点钟必定起身离开，恰到好处的一个时间点，礼貌而克制。陆连芝便明白了，他不想占任何便宜，他需要完全把握他们之间的主动权，留下或抽身离去都不会对她有太多亏欠。很精明，也算是光明磊落的精明，陆连芝倒有点敬佩他。

以前，还是一个完整的三口之家时，他们养过几盆绿植，水养的那种，透明的玻璃瓶灌上清水，插上绿植，白的根须漂在水中，叶子绿得发黑，让简陋的屋里多了几分生机。后来疏于打理，营养液也不喷了，那些绿植便渐渐失掉了颜色，瓶子里的水也污浊起来，生机全无，颓败气息出来了，便扔弃了。太多的有心无力，她早就坦然接受了。

黎尚极少在午后跟她联系，一般是快要接近晚饭时间时，他才做一点提议。她用微信主动联系过他几次，回复均姗姗来迟，她便有所收敛。她当然明白他们之间的落差，但这并不意味着她得放低姿态委曲求全，好的坏的，所见即是她，谁能做到委屈一辈子来求这个"全"？这个"全"又是什么？只要她和默默健康活着，于她而言就是"全"，其他的量力而行。

一路西行，一派冬天的景色，倒也不是说一片枯败，树木还是绿的，三角梅还是红的，只是和夏季相比，少了不少蓬勃，处于一种收敛状态，看着便少了许多热情。陆连芝和默默坐在后排，她搂着孩子，轻轻抬起默默一直微微垂着的头，朝车窗外拨过去，让她往车窗外的世界看。树木、花草、阳光、田野、行人，她真希望默默能认真看一看。

通往花鸟市场的是一条四级公路，缺乏保养，到处是坑，黎尚把车开得很稳。他极少穿衬衫，今天在黑色夹克里穿了件墨蓝色衬衫，这种庄重素净的颜色使他今天看起来多了些陆连芝说不出的感觉，似乎他想要压抑或掩饰某种情绪。她还没告诉他她失业了。花鸟市场是她提议来的，她从没尝试过让默默接触小动物，也许应该尝试一下。暂时的，她还不愿去想今后的打算，并非逃避现实，逃不逃现实也会与你劈面相迎，她只是想先放一放，弦绷得太紧会断的。

花鸟市场其实就是一个硕大的铁皮棚子，格子间的布局，花的种类大同小异，价位并不算高，奇珍异草少有，这座城市的消费能力在这里可见一斑。营养液和专业的精心护理使这里的花草时刻处于它们生命中的鼎盛时期，开花就开得灿烂，长叶就长得葱茏，季节在这里被忽略掉了。客人不多，倒是一个可以清心赏花草的好时节。有一种叫"玛格丽特"的小雏菊长得特别娇憨，簇拥在小塑料盆里，各色都有，也不贵，二十来块钱一盆。陆连芝看得欢喜，端着盆子左看右看，还是放下了。这种长在温室里的娇嫩花草，是顶难养好的，养活都难。黎尚让她挑选喜欢的花草，要送给她，她没挑上什么，实在是没精力心力去伺候这些娇嫩的生命。小动物区在花卉区之后，走进去，默默的身体与她开始形成了一种隐隐的对抗力，需要她稍微拽着才能朝前走。箱笼里的各种小动物看起来温顺灵巧，兔子也不怕人。陆连芝拿着默默的手，鼓励她伸进笼子里去摸那只洁白的短尾巴兔子。孩子使劲缩回手，脸都憋红了。她对聒噪的鹦鹉、毛茸茸的小奶狗、好动的小猫崽、颜色鲜亮的小金鱼都没什么特别的表现。似乎没什么是她特别喜欢的,相对于花草来说,她可能对小动物比较有点感觉,也就有一点而已。

黎尚走在她们身后,手里转动着半瓶矿泉水,他很少说话,但耐心的笑容依然挂在脸上。他的目光常常落在默默身上,陆连芝偶然回头,总是碰见他垂落于孩子身上的目光。不小心与她相望,他便一笑。她问他,看上什么了吗?他摇摇头,告诉她他对小动物的体毛过敏,虽喜欢它们的乖巧,但不能过于接近。陆连芝有些惊讶,才发觉她其实对他了解得相当少,年轻时喜欢一个人就恨不得钻进他心里去看个里外通透的热情已然没有了,她无法确定,重组一个家庭,自己是否有足够的热情来尽该尽的责任和义务。她有些抱歉地朝他笑笑。

默默终于在一家宠物医院停下了。这间小隔间装满小笼子,一些看起来不那么活跃的小动物安静地待在笼子里,居然还有一只小金毛在挂吊针,宠物医生说它在拉肚子。金毛趴在一小块褐色的毛毯上,小小的脑袋搁在两条前伸的前腿之间。毛孩子显然相当不舒服,几个人站在它跟前,它也一动不动的。默默挣脱陆连芝的手,在小金毛跟前蹲下来。针是打在金毛左前腿上的,前腿膝盖之上的一小块地方,那儿的毛被剃掉了,针就扎在那地方。她盯住那里。她对打针并不陌生,她患过很多次感冒,医生说这孩子的肺部功能先天稍弱,容易着凉感冒。打针时陆连芝总是把她抱在怀里,让她的脸埋在怀中,避免她看见针头扎进她的皮肤里。当尖针刺入她的皮肉里时,她小小的身体便哆嗦起来。她也会哭,扁着嘴巴,满脸通红,眉毛和鼻子缩得皱巴巴的,泪珠快速滑落,从她尖尖的小下巴滴下来,就是不出声,那模样比哭出来更令人揪心。默默伸出手,用食指轻轻碰小金毛下垂的柔软耳朵,小金毛的身体动了一下,像在回应。

"它在生病!"陆连芝温和地对她说。那根手指便缓缓朝金毛扎针的地方移过去,小金毛觉察到某种危险在靠近,柔弱地哼了一声,默默的手指立刻缩了回来。

"它不咬人!"宠物医生是个长着一张娃娃脸的小伙子,干净的白褂子和温和的笑容让人感觉他天生就适合当个医生,哪怕是个宠物医生。他对陆连芝笑了笑,意在叫她放心。他在默默身边蹲下来,默默却站起来了,瞪大一双眼睛在各种笼子间逡巡。

"它没有妈妈!"年轻医生跟着站起来。默默猛地抬头望他,目光中有疑惑和恐惧。陆连芝有些意外,这个年轻人居然能一眼明了孩子的心思。

"小金毛是主人买来的,断奶就买来了,照管得不好,拉肚子,只好送来这里治疗,就像你生病了要上医院。"他拍拍默默的肩膀,孩子的目光停留在他的脸上,然后慢慢垂下来,落到小金毛身上。她重新蹲下来,却再也不碰触它。他们站在孩子的身边,谁都猜不透此时她心里在想些什么。陆连芝在她身边蹲下来,看见默默双脚前灰白色的干燥水泥地上滴落的泪水。

后来他们离开宠物医院,默默再也没往任何景致上看一眼,她的小脸上有一种孩子气的苦恼,两条小眉毛微蹙,紧紧贴着妈妈走。那种尖锐而细微的疼又在陆连芝心里弥漫开来,这个不说话的孩子其实是很有爱心的,上天给了她一副坚如磐石的沉默外表,这层坚硬的躯壳之下包裹的是一颗稚嫩而柔软的心灵。陆连芝怕她的沉默之下是无动于衷,是麻木不仁,是冷淡抗拒,是自我封闭,只要她的内心对这个世界保有善意,多说一句或者不说又有什么关系。隐隐地,陆连芝像捉住了一个模糊的希望。她打算以后多带她来这里，或许那个熟稔孩子内心世界的年轻医生可以帮上点忙，无论如何要试一试。黎尚买了一盆剑兰送给陆连芝，执意要送，争执的时候他甚至微微红了脸，有些急的样子，像是这盆花能弥补他某些隐秘的愧疚。他一直是个情绪相当稳定的人，今天却显得有些激动，让陆连芝感到莫名其妙。

回城时已经接近黄昏，阳光弱了下来，开始吹来有些刺人的晚风。冬日黄昏时分的郊外旷野显得有些苍凉，是种收获过后的落寂。城市矗立在不远处平坦的地平线上。黎尚选了条老路进城。新的环城公路投入使用后，这条路便渐渐车少人稀了，不过路况还是相当好的。这条路两边种满了三角梅，如今疏于修剪，长得越发的肆意，靠近马路的枝条已经伸出了路基。这个季节基本上三角梅的叶子已经落光了，只剩下光秃秃的杆子挑着枝条末端一簇爆炸般的玫红色花簇，随晚风摇曳，一路望过去，像着了火。黎尚把车速放慢了，他回头往后座上的母女望了一眼。默默靠在陆连芝怀里睡过去了，斜阳从车窗照进来，洒在她的身上。她沉睡过去的面容是安详的，嘴角自然地向上翘，像是在梦中笑着。陆连芝朝他平静一笑，感觉他有什么事情要说。车似乎要停下来，但又继续前行了。他们什么都没说。进了城，一直到小区楼下，黎尚始终一言不发。陆连芝轻轻拍醒了默默，她从沉睡中醒来，却不肯离开妈妈的怀抱。她只好抱她下车。黎尚端着那盆剑兰站在车边，陆连芝望了他一眼，笑起来。

"假如你不愿上去，放地上好了，我会下来拿。这花，谢谢你。"她说，语气平静。

黎尚跟她上楼了。直到进了家门，她也没放下孩子，一种突如其来的悬空感使她觉得需要一些踏实的东西支撑。他把剑兰放在饭桌上,环视了一圈屋里,一切都是他所熟悉的,窗户边挂着一串五颜六色的套娃,那是他第一次来这个家时送默默的礼物。他们静静站着,他的目光终于落在她的脸上。陆连芝抱紧孩子,鼻腔里有冰凉的东西在慢慢滑下来,她吸了一下鼻子。

"以后,恐怕不能再来了!"他说,口气倒也坦诚。陆连芝望了他片刻,平静地点头。突如其来,似乎又理所当然。

"家里有什么事情需要帮忙的,随时联系我,不管什么时候,你明白吗?"他说,声音有些喑哑。

她再次点头,喉咙变得紧而疼,始终一言不发。他朝她们走过来,伸出双臂最后一次拥抱了她们。

默默对于那些受伤和生病的小动物很感兴趣。陆连芝每天骑电动车载她去花鸟市场那家宠物医院。她和宠物医生说明孩子的情况,年轻人很乐意接受这位特殊的"志愿者"。他耐心教会她如何给小动物换温暖的饮用水,给它们洗澡,护理一些小伤口,以及怎么去安抚一些刚刚进店、情绪烦躁的小家伙。她依然不肯开口,但她的目光会跟随宠物医生的身影移动,温顺地按照他的指点做事情。她灵巧地走在小店里,把柔软的爱心撒在那些生病的小生命身上。陆连芝围着花鸟市场绕圈走着。从来没有这么好的阳光,透亮温暖,棉花般柔软地落在人身上,一寸寸舒适的温热透入人的肌肤里。她需要不断走动。她的内心冰凉,积郁着乌云般的沉郁,走动能让她缓解身上的沉重感。她从没试图去思考原因,她只接受结果。她没失去什么,表面上看起来是这样的,她的生活依然如常,和以前一样,没有任何变化。但明显的,像有什么东西从她的身上抽掉了,留下了一种轻盈而有温度的东西。这半年多来,这种东西慢慢变成一种看不见的力量,一点一滴渗入她的身心,她的步履变得轻盈起来,仿佛有一个隐约可见的目的地在前方等着她。毫无疑问,这一切都是黎尚带来的。如今这个目的地忽然消失了,她便犹如黑夜行驶在苍茫大海上的没有方向感的孤舟,内心的茫然和疼是不可言喻的。她只能沉默,在冬日的暖阳和如春的花棚里,在寂静如常的时间里,承受内心某种东西无可挽回地静静坍塌掉。

陆连芝回到宠物医院,目光落在默默身上,她在窒息般的沉重感里稍稍缓解过来。

黎尚送的那盆剑兰长得很好,陆连芝在花鸟市场买回营养液,喷到狭长的叶子上,在阳光照进窗户时,把花盆移过去,让它沐浴在柔和的阳光里。她又买了些很家常的绿植回来,虎皮兰、芦荟、吊兰、铜钱草、绿萝、红掌,摆在一些角落和厨房洗碗池上,并花了好几个黄昏彻底清理了一遍屋子,把那些已然被遗忘或不会再使用的杂物清理掉。那些东西在客厅的地板上堆了一堆,旧衣服旧鞋子、瓶子罐子、快递纸箱饮料瓶子,甚至有好几件林喆的物品,他的钥匙扣、鞋油、一双灰色的船袜、一粒大衣黑色纽扣。她望着这些东西,忽然意识到林喆已经很长一段时间没来看望默默了。他爱默默,这一点她可以肯定,他从未缺席过默默的生日和每一次生病,抚养费也按时打给她,有时还会多给一些。她明白他在尽其所能地弥补。离开她们之后他换过几次工作,甚至开过一次烧烤摊。有一次他约她们母女去吃烧烤,他既当老板又当小工,汗流浃背地伺候两三桌人。那就是一个路边的小摊子,简单,一个烤炉,三张桌子,不过他做得不错,蛮受学生们喜欢。他们拍着他的肩膀叫他小哥。他似乎没怎么变,依然像个小弟弟，这场婚姻从开始到结束，看起来没在他身上留下任何印记。在烧烤时升起来的烟雾中，林喆抬头冲她们笑，并为默默细心剔除掉烤鱼里的辣椒和鱼刺。但烧烤摊没开多久，他又跑去当洗车工了。这就是林喆，似乎永远也长不大，做事情全凭一时兴起，责任心和耐心淡薄。或许他们分开于她和默默而言，并不是一件坏事。她对他始终恨不起来，没法恨。

母女俩把清理出来的杂物装进垃圾袋里，提下楼放在垃圾桶边上。房间顿时空了很多，像要接受整个冬天所有的阳光。她从窗户望向天空，天空洁净明亮，柔和的夕阳落在万物之上，有一种沉静肃穆之美。默默在沙发上翻看绘本，她也学会了选择和放弃，那些两三岁时玩的积木、拼图、能跑会爬的玩具也被她清理掉了。以往她总是静静待着，沉浸在她的世界里，如今她在屋子里的走动变得多起来。她肯从她的房间走出来，从一个角落走向另一个角落的脚步是轻快的，她不说话，但脸上有了细微生动的表情，会轻轻笑，浅浅皱眉毛。有一次吃饭，她坐在饭桌边等陆连芝时，手里拿着两双筷子，陆连芝坐下来后，她把一双筷子无声无息地递给她，陆连芝非常惊愕，而后喜极而泣。她抱住默默，深深呼吸清冷的空气，在心里一遍遍告诉自己，别慌，真的不要慌，生活不可能让她一无所获。

元旦那天，林喆一早打来电话，说晚上要请她们吃饭，约在老地方见面。他在电话里的声音有种抑制不住的喜悦，陆连芝对他太熟悉了，他并非一个难懂的人，心事和情绪让人一目了然。

"爸爸想你了，今晚我们和他一起吃饭。"她对默默说，她从未因为林喆不负责任的离去而刻意疏离他们父女之间的感情。默默正往一幅铅笔画上涂抹颜色。她画的是一幅向日葵，照着绘本画的,绘本上的向日葵是黄色的,她涂成淡蓝色,叶子是红色的。陆连芝没纠正她。她连头都不抬,像没听见说话。陆连芝不禁叹气。她整日与孩子形影不离,默默尚对她无言无语,又怎么会对一个离她的视线和生活都很遥远的人有感触?她们午后休息了一会儿就出门了。

阳光透亮如水,街上的树挂满小红灯笼,一些公共绿化区营造得很喜庆。庆祝元旦,大家都在庆祝。不管好的坏的,去年已经一去不复返,一切都是新的开始,而新年的第一天如此温暖,暖阳洒在每一张脸上。陆连芝牵着默默的手,走在人行道上,忽然发现一些卖烟花的小摊贩。这座城市前些年为了治理环境污染,节假日禁放烟花爆竹,过了好几个孤冷清寂的新年。据说去年市里召开"两会"时,有部分代表和委员提交了恢复传统节日燃放烟花爆竹习俗的提案,看样子提案应该是通过了,政府重新恢复了这一传统习俗,允许定点燃放。默默路过烟花铺时,脚步迟疑下来,那些五颜六色的烟花吸引住了她。陆连芝便推她走向烟花铺。她当然见过烟花燃放的模样,当烟花在暗夜的天空中璀璨绽放时,从她的双眸中便可看见两朵小而亮的火光在跳跃。陆连芝给她买了几只可以放在地上点燃的烟花,并告诉她天黑燃放才好看。

她们在公园里喂了大半天金鱼,到达"东北之家"时,夜幕已经开始降临。街上的行人却并未减少,在这个节日里大家都往外赶吃一顿轻松的节日饭。东北之家是一家东北人开的饺子馆,主营北方口味,也有南方菜品。他们家的猪肉蘑菇馅饺子备受吃客欢迎,是招牌菜,默默也极为喜欢。每次他们见面,都选择在东北之家。店里生意火爆,暖菜热汤让屋里温暖舒适,人的食欲一下子就上来了。一见面,林喆就把默默抱过去,头埋在她的颈窝里,深深呼吸孩子身上特有的暖香气息，脸上的沉醉表情像一只饿极的小兽遇到丰美的食物。陆连芝静静看着他。他有些变化，具体是什么变化一时又无法说得上来。他的脸上依然是那种当初让她无比心动的孩子气，自然上翘的嘴角和似笑非笑的表情也是她所熟悉的，但他似乎变得更有活力了，没错，是活力。她蓦然明白过来。一明白，她的心便狂跳起来，透过屋内蒸腾的热气，她看他时，内心起了一阵刺痛。

依然是一大份猪肉香菇馅蒸饺子、半只秘制烤鹅、炸南瓜饼、卤鸭翅膀、素炒菜花。卤鸭翅膀是点给陆连芝的，她喜欢这种咸中带辣的冷味。她几乎没怎么吃，一个鸭翅膀都没吃完。林喆一直在细心帮助默默吃饺子，给她蘸醋，剥掉烤鹅肉上油汪汪的酥皮，夹菜花。温热的食物让默默的小脸变得红润起来，黑白分明的双眼没有一丝杂质，她的世界如此单纯宁静。

"你不吃？"林喆看了一眼陆连芝面前的碟子。

她什么都没说，一种被连根拔起般的感觉罩住了她，虚弱、无力、茫然。一直到刚才，对于林喆，尽管他们早已分开，但他们有默默，默默的存在始终让她觉得林喆与她们是不可分割的。现在看起来事实并非如此。

她对他笑笑，告诉他自己已经不喜欢吃卤鸭翅了。

他停下咀嚼，有些疑惑地看她，说："你喜欢什么？你去点。"他朝她递过去菜单。她发现他的右手食指上缠了一块创可贴，之前他对这类小小的创伤从来不曾在意。

她摇摇头。他的脸忽然之间红起来，似乎怀揣的某种秘密被人发现了。

他们吃到很晚，还有客人陆陆续续进来。结账时已经十点半了,默默似乎有些困,要抱抱,陆连芝提醒她,还要放烟花,她便一下子清醒过来。他们出了东北之家,外边清冷的空气让三个人不约而同打了个冷战。街上行人依然多,大家都在等待新年的钟声。陆连芝要带默默去民生广场,那儿是燃放烟花爆竹的指定地点。林喆蹲下来,把默默抱进怀里,捉住她的手掌按在自己的脸上。

"你去吗?"陆连芝问他。

他站起来,手掌摩挲默默的头顶。"我不去了。"他说,目光在昏暗的招牌灯之下闪闪发亮。

"好。"陆连芝说着,牵过默默的手。

林喆似乎欲言又止,她便静静站着。

"我要结婚了。"他轻而急促地说,似乎这句话让他很难以表述。那种被连根拔起的感觉又回到陆连芝身上。她把默默拉近自己,让她的脑袋埋在自己的腰间。她需要依靠,不管是什么。

"祝贺你。"她吸了一口清冷的空气说。

他们就这样在元旦的夜晚分别了。陆连芝牵着默默的手朝民生广场走去。路边的灯火在她的眼里渐渐迷离起来,她感觉到泪水滑落时的冰凉。

民生广场人很多,已经有人开始放烟花了,暗沉沉的夜空中不时爆出耀眼的光芒,照亮了冬夜的天空。陆连芝找了一块人比较少的地方,教默默怎么点燃,然后坐在一边的石凳上。默默却一直拿着烟花站在她身边。

"去吧,你是勇敢的孩子,就像妈妈刚才那样做,很安全。"她对默默说,泪水却一串串滑落下来。默默一直低头不吭声。陆连芝忽然之间就忍不住了,抱住默默痛哭起来。她把脑袋埋在默默的怀里。于她而言,如今只有这个小小的怀抱是真正属于她的。

她在孩子的怀里呜咽了很久,才把头从孩子的怀里抬起来,快速擦掉脸上的泪水,冲默默笑。

"去吧。"她轻轻推开孩子,让她去燃放烟花。

默默离开了她,把一个烟花放在地上,并点燃了点烟花的长香。陆连芝双手捂住脸,泪水从她的指缝流下来,她的双肩在清冷的暗夜里轻微抖动着。

一只温热的小手轻轻扯住她的手腕,让她把手从脸上拿开。她挪开双手,默默站在她面前。

"看,烟花,别哭!"默默轻声对她说。她朝孩子指的方向看去,地上的烟花已经被她点燃了,从烟花筒里向上喷射出一串串五颜六色夺目的烟花,照亮眼前一小片清冷的黑暗。

海边的火光

　　小镇和大海之间隔着一条宽敞平坦的马路,来往车辆极少,因此这条隔离路多半时候是空荡荡的,只有临近黄昏时,镇上那些散养的狗才会来光顾一阵子。谁都不知道它们为什么唯独喜欢这个时间段,而白天又躲到哪里去了。小镇一年四季雨水极少,即便是台风季,也鲜少有几场像样的雨水光顾。台风也像个极为客气的远房亲戚,来去匆忙,不作久留。到了风平浪静的秋季,阳光坦坦荡荡落在小镇上,辽阔的海面看起来像凝固了,需要久久凝视,才能看见粼光闪闪的波纹在律动。平静的海面会给人一种时光永恒的错觉,像是能永远停留在某一个时空里。小镇的周边、街道两旁和海边路都种满了杧果树,这种热带植物生命力极为顽强,因此能适应小镇的炎热、少水,以及永恒的孤寂。到了夜晚,次第亮起来的灯火让安静的小镇有了点"闹"起来的意思。灯火色彩斑斓,原因是民宿极多,几乎每家都有两三间对外开放的房间。这些民宿的门面依据其主人不同的审美眼光,装修得五花八门的,但它们都有一个共同特点:在门面上装饰满烦琐的五彩迷你灯,它们一亮起来,"闹"的意思便出来了。镇子不算大,因其临海,也就有了吸引游人的资本,只是吸引的力度不大,这个镇子从未刻意去做这方面的宣传,安静蛰伏于临海一湾中。她是敞开的,接纳所有不期而遇的游客;她也是传统的,固守自己的风俗与品性。这里既是他人的星辰大海,也是本地人的红尘俗世。这没什么不好。

总体上来讲,小镇其实和二十多年前没多大区别。当然,多出来了那条落寂的隔离路,而以前那里是一片掺杂碎石的裸露之地,从小镇一直延伸到海边。镇子后面早先那片阴森森的长满野生桉树和苦楝树的林子被砍伐殆尽,种上了不畏炙热与干旱的杧果树。

正因为几乎没什么改变,所以一切悲喜也被凝固了,无法被有效淡化并带走,一切都像刚发生在午饭前那段时间般鲜明。至少黎海生是这样认为的。

一入夜,他便开始在小镇游走,像一部老挂钟的时针那样一圈圈旋转,缓慢、坚定。他熟悉沿途的一切:房屋、门店、灯火与街巷的深窄,以及拂面而来的海风和海水的气息。黎海生冷峻地扫视一切,尤其是迎面而来的每张外地游人的陌生面孔,一眼扫过去,迅速判断游人的身份和特点。会有极少警惕性极高的游客感知并挑衅般迎接他的目光。黎海生确定并无异常之后,目光软和下来,点头致意:朋友,海边落日不错,好好欣赏。他从来不建议观看海上的日出。

他喜欢每天落日那段时间。清晨的蓬勃和中午的旺盛过去后,平缓的黄昏来临了,白天与黑夜衔接处那段短暂柔光,会让他变得松弛不少。这种时候他会做到和自己坦诚相见,他看见并接受自己的孤独、脆弱、破碎,以及无能为力。这一刻他变成了真实的自己。没错,一天的时光当中,除了温和的黄昏,他从来就不是真正的自己。

夜晚来临后,小镇白日的灼灼热浪渐弱下来,从海面吹来的凉风把人抚慰得恰到好处,完全松弛下来了。夜晚的黑色有危险,也容易麻痹人的神经。黎海生经历温和黄昏的短暂松懈后,夜幕落下来,他又开始变得警觉起来,身上每个毛孔都被极度打开,灵敏感触每一寸流淌的空气。危险。这是他想捕捉的气息,他对它简直有难以遏制的渴望。

走完小镇三条主街道,再绕到镇子后面那片黑黝黝的杜果林。小镇的灯火在这里隐退了,边界感非常强。这是一片完全黑暗的地带,杜果树繁茂的枝叶挡住了天上的星光,漏下一丁半点的亮光并未给人任何光明感,反而衬得这片地带黑得更加彻底。黎海生知道里面其实什么也没有,他早就把这片林地的每一块地表都摸清楚了,没有哪一片绿叶逃得过他的双眼,每条地面裂缝都填满过他审视的目光。

林子是不用进去的,他站在边上默默盯住这片幽暗之地,将林子深处传来的任何细微声响准确纳入听觉系统,并作快速分析。它们来源于什么?是人还是物?

毫无例外,那都是些大自然中司空见惯的声响。之后点上一根烟,他抽得很大口,像是在吃,很明显烟已经不是烟了,吸入吞咽的是另外一种看不见的东西。

…………

“不用老去那地方,里头连只搞事的老鼠都没有。”黎海生绕完整个镇子后,落脚点固定在安迪纳斯酒吧。十二年前,一个梳着辫子的苏州小伙子随游人来到这个海边小镇,在海边沉默地看了半个月日出后,决定安身于此,遂盘下这间店面。当时这里还是一家小饭馆,夫妻店那种,几经装修后成为如今的样子·屋内以黑灰为主色调,吧台、桌椅、地板、墙壁、天花板、女服务生的制服和烟熏妆容等,配以柔和得近乎朦胧的灯光,就算在烈日如火的白天步入安迪纳斯,也会有种一脚踏入黑暗地狱之感。然而往往这种魔幻般的幽暗迷离世界最能吸引人类。来小镇的游人晚上几乎都聚集在安迪纳斯,将身心置于黑暗色调之中,小酌两杯酒水,音乐恍若从遥远天际漫过来。此时你是谁都不重要了,异域与异质空间造成的双重迷离与恍惚让人感觉承载俗事的肉身已远离而去,只剩下最本质的、最纯粹的你,无比轻盈与真实。

黎海生往往一眼便能望穿这些形形色色、此时真实的灵魂无处逃遁的陌生人。无非是一些处于热恋中的情侣,两个婚外的冒险者,逃避熟悉环境的同性恋者。单独端坐一隅的孤客是他重点关注的。然而也没什么异样,这些人无一例外是破产、失恋、抑郁不得志者,抱着避难心态来到海边小镇,期望一段陌生之地的时光能帮助理清茫然无绪的人生方向。

扫了一圈安迪纳斯的客人后,黎海生照例落座于吧台前的高脚凳上,平头悄无声息地从黑暗中浮到他身边。他们二十多年前是同事,黎海生那时刚迈入而立之年,平头略小几岁,未成家,而他已有妻女。平头在夜晚巡街时,有时候会尾随他,他知道身后跟着条尾巴,平头也知道他知道自己跟着,两条影子相安无事默默相随,心照不宣。如今两人都过了知天命的年纪,坐在彼此对面,对方脸部下垂的肌肉、松弛的眼袋、往上爬的发际线、鬓角的斑白,像看见渐渐被时间淘尽、生命力越来越衰弱的自己。这是黎海生所不能接受的,他越来越不愿意面对平头,他不能接受流逝得越来越快的生命力。

吧台服务生给他们递过来两瓶常温苏打水。他们已有二十多年不喝任何含有酒精的饮品了。

"随便走走。"黎海生含糊地说。这样的对话他们进行过无数次,彼此也知道不会有什么结果。平头劝不住黎海生,黎海生也不能打消平头的劝阻。平头在幽暗的灯火下打量他的伙伴:日益消瘦了,比年轻时整整小了一圈。事情发生之后的最初那几年,平头一直想调离这个小镇,报告打好了,调离原因也很充分,且是平调,难度不大,但每次快提交报告时,总像有只魔手拽住他,最后不了了之。肉身可以逃离现场,良心呢?

"今年台风少。"平头拧开苏打水瓶盖,望着幽暗之光中的客人说话。他的面部表情和黎海生的严峻恰恰相反,他始终是一副漫不经心的模样,惺忪的单眼皮之下泄露出来的目光也是涣散的。但你若认为他真是个混沌之辈,那你可就大错特错了。在杂乱无章的人群中,最细微的不轨之举也休想逃过那双惺忪之眼。

"上个月发生的抢劫案结了。"

…………

"乔巴收到警校录取通知书了。"

…………

平头自顾自说,不介意黎海生坚如磐石的沉默。黎海生对后一句轻轻点头,算作答。通常也是这样,平头说三五句,黎海生回一句。他只针对主要事情回一句半句,且这"回"多半也是轻微摇头或点头,不吭声。

一声突兀的闷响打破了安迪纳斯的沉静,某种和谐立刻被无声击碎了。那是空啤酒瓶底与桌面碰撞时发出的声音,来自酒吧内最边缘那一角。光线朦胧,两个高凳上的男人还是看清了鸭舌帽之下那张掩在幽暗中的瘦长脸,他面前的方桌上至少立着五个空啤酒瓶。女服务生慌里慌张从吧台后出来,平头制止了她。他挪下高凳,朝那角落走去。黎海生则低下头。情绪外露之人一般外强中干,遇弱则强遇强则弱,典型的㞞包,连瘪三都算不上。他对这种货色毫无兴趣。

半分钟不到,平头就回来了,示意女服务生过去买单。买完单,㞞包夹着两个瘦削的肩膀出了安迪纳斯。

两人都没兴趣谈论这个毫不起眼的小插曲,这种事情每天都发生。镇上的人谈不上有多善良,基本上也不会主动惹事,挑事的大多是外来游客,尤其是那些孤客,本来就是带情绪来的,惹出点事情来也挺正常。

两个人面无表情沉默地坐着,幽暗的灯火像打在两张面具上。通常就是这种状态,他们早就无话可说了。黎海生几乎每晚都会来安迪纳斯,平头并不是,一个星期来一两次,主要是为了见见黎海生。他们的家都在镇子上,见面其实很容易,但他们几乎不在家里见面。

两人像两尊石塑般坐到晚上十点半,平头拿出手机扫码付了两瓶苏打水钱。

有夜风,凉丝丝飘浮在巷子里。两边民宿门脸儿上的彩灯闪着迷离的光彩,一路往巷子深处延伸。三三两两的行人穿梭其间,被斑斓的灯火一打,像一个个虚幻的鬼影在飘荡。都是游客。两人在安迪纳斯门口告别,没有言语,只相互对望了一眼。平头朝安迪纳斯左边走,巷子尽头是小镇派出所,他已经在里面待大半辈子了。二十多年过去了,里面其实没多大变化,前些年新起的两层办公楼分毫不差落在旧址上,除此以外无任何变化:四方小院子,院中央巨大而沧桑的小叶榕,从枝干上垂下来的根须粗得可以挂人;一张水泥乒乓球台立于树荫之下,两台永远处于半新半旧的警车靠院门右侧围墙停放。不用刻意回想,这一切早已刻入黎海生的脑海。二十多年前,他和平头堪称派出所"双雄",发誓以命护卫这座海边小镇。那时候他们年轻强壮,热爱生活,两人面对面坐着审案卷,偶然抬头,四目相对,默契无比地迅速站起来,脱下制服直奔院子,一场格斗就此展开:那是他们想要打开被困住的思维时所采取的调节方式。黎海生善于防守,平头擅长攻击,进攻的招式凶狠致命,防守的见招拆招化险为夷。那时候所长五十岁出头,是个爱过敏的山东雄武猛汉,一米九的个子杵在边上作壁上观。他冷眼观了一阵,嫌弃他们斗得不够狠,气势出不来,二人格斗遂演变成三人混战,厮杀声震天,小院被虎虎生风的拳脚弄得灰尘漫天飞。格斗声招来闲逛的狗,也招来看热闹的人,簇拥在派出所门口像发生了群体性上访事件。镇上就有人说,这个派出所的干警有股匪气,动不动就斗狠。山东猛汉巨目一瞪:我们不狠,你们连梦都做不稳。小镇离市里远,离省城更远,海风海浪通常悄无声息,晨升朝阳昏落晚霞,一切都是缓慢而平淡。那时游人远没现在多,小镇生活平静得近乎枯燥。两个生龙活虎的年轻人倒是实在人,并未有落寂感,平静甚至枯燥亦是另一种平安,这是他们毕生所要守护的,没什么好抱怨的。那时候,他们常结伴狂奔于黄昏的海边,一奔来回二十公里,拂面的柔和晚风和宽广平静的海滩,让他们极有成就感:这个镇子的每寸土地及每个生命,皆因他们的存在而拥有宝贵的清宁……

　　带着淡淡海水腥气的夜风吹来,不远处海浪席卷而来的声音像黑夜发出的呜咽。夜晚的海面其实并不黑，海水在黑夜里会呈现出一种类似打磨过后的灰白亚光，像一面幽暗中的镜子，越往海面深处延伸，这种光越明朗，接近即将黎明的天色。暗夜中模糊的大海，让黎海生觉得极像人生本质：没有明显边界，黑白相互交融，任何试图想要将其弄得一清二楚、黑白分明的想法都是徒劳的。这种顿悟常常让黎海生产生与人生际遇和解的想法。而到了白天，面对深邃高远的蓝天和灰色海面形成水火不容般剧烈的反差时，他又恢复了那个凡事追求非黑即白的自己。他站在隔离路上，面朝幽暗之光中的大海，二十多年来，时刻蛰伏在他胸口的痛变得更为剧烈了，这让他怒火中烧。他离开隔离路朝海边走下去。长长的海岸线在灰白的海面映衬下，几个彼此相隔遥远的模糊人影凝固般立在海边。每个在夜晚凝望大海的人都有他秘不示人的理由。黎海生缓缓蹚入海里，当海水没到他的膝盖时，他双膝一折跪在柔软的泥沙里，弯下腰将头埋进冰凉的海水中，把他灼热的剧痛与燃烧的愤怒，他的无奈与泪水一并埋了进去。

家务活是永远做不完的，乔黛和镇子上大部分女人一样，每天从天色微茫开始料理家务，到落日时分，一个普通家庭的日常便基本完整成形，也将变成无可挽回的昨日。她的家务活其实很少，但她善于将它们不断细化，在细化过程中又往往节外生枝，因此她总有忙不完的活儿。移开靠墙的沙发，打算清洁沙发底下的地板时，却在落满灰尘的地板上发现一枚黑色的方扣子，它躺在那里，散发着谜一样的气息，成功地将她从清洁工作上引开。这枚充满悬念的扣子躺在她的掌心里，让她思索起来：它来自哪件衣服？是她的还是黎海生的？如今衣服在哪里？接二连三而来的疑问将她从沙发旁带走，领她进了卧室，箱柜成为她新的忙碌场所，客厅移开的沙发就这样被搁置了。翻箱倒柜的过程也不能保证万无一失，偶然往旁边梳妆台一望，幽暗光线中的镜面又向她展现了一个充满疑问的世界……

　　这些琐碎的家务活当然不是一开始就如此无孔不入占据她的生活的，它们在她的生命中赢得一席之地只是近几年的事。在过去二十年的时间里，她全部的热情和精力都倾注在要生一个孩子这件事情上。乔黛恐惧并痛恨所有的夜晚，各种关于孩子的梦反反复复出现在她的睡眠中，她被困扰、诱惑、折磨。在梦中，不同年龄的孩子总是待在她前方不远处：婴儿躺在不远处的摇篮里啼哭，孩童坐在不远处的地上流泪，十来岁的孩子站在不远处抽泣。她向他们伸出双手，朝他们走过去，不断朝他们走过去，那段近在咫尺的距离却总走不完，她一直向前走，孩子一直往后退，彼此之间的距离充满弹性，永无止境。这段像被魔鬼操控的距离让她疲于奔命，她在梦中走过无数山道、丘陵、断桥、沟壑、森林、河流。当她精疲力竭地快要赶上孩子时，孩子忽然间从她眼前消失了，像被一只看不见的巨手猝不及防掳走，只留下空空的摇篮、散落一地的鞋子、被扔掉的衣服。这种梦长着非常尖利的牙齿，会咬人，乔黛每天都遍体鳞伤，对孩子的渴望变得近乎痴狂。她必须要尽快怀孕、分娩、哺乳、抚养，重新成为母亲，将那些虚幻之梦变成触手可及的现实。她似乎又回到充满激情的新婚时期，肉体无比丰盈敏感。她变得主动起来，带着宗教般的虔诚与热烈在暗夜将自己完全打开。黎海生是犹豫的、被动的、悲怆的，这种状态在乔黛的主动热烈抚慰下往往激发出最为强大的爆发力。他们完全颠覆了以往的温情与体贴，极具进攻性地进入彼此，索要彼此，给予彼此，激烈、坦荡、决绝。

　　旧有之物被她清理一空了，在这点上乔黛似乎表现得极为理性。她将它们归置于一处，并将家中里里外外仔细检查了一遍又一遍，确保不遗漏任何相关物件，然后按照小镇习俗，在夜晚将它们于海边焚烧殆尽。当然，这种理性绝不是一蹴而就的，而是漫长剧烈痛苦蜕变的结果，实际上也是不得不接受。要重新开始，必须走出泥泞旧日。她重新购置了纯棉婴儿衣物、奶瓶、体温计、婴儿车、玩具。乔黛是有经验的，所购置物品基本上是在经验指引下进行的。她精心准备一切，年复一年，关于孩子的物品越来越多，置放在布置一新的婴儿房里。她深信心若唤物，物必至。她用全部生命在呼唤与等待。

　　新生命迟迟未从梦中走到现实。她无法参透自己身体内部的奥秘，就像无法参透那些厄运降临的因由。四十五岁之后，她的生理期开始紊乱了，对此她并没怎么灰心，多年来持续燃烧的期待之火几乎变成一种固若金汤的信仰。让她忧虑的是黎海生日渐衰老下去的身体，不管是他的精力还是体力，都肉眼可见地在日渐流失。她对自己有信心，却担心黎海生力不从心。特别是近几年来，黎海生变得越来越不配合她了，他的抗拒很明显，当然，他从未对她表现出不耐烦。他终日沉默，有时候她觉得待在身边的其实只是丈夫已然空无一物的躯壳，心和灵魂早已不知去向。乔黛当然是爱丈夫的，她的感情从未发生过任何偏差，并且一直在向他传递这样的信息，她相信黎海生能感受到这一点。乔黛的忧虑变得日益沉重，因为它所指向的是她的愿望很可能将一辈子无法实现的可怕事实。除了对生孩子持续倾注热情，她开始将自己的精力细化，挤压一部分到家务活上，尽可能填满白天的每一分钟,将困扰她的隐忧逼入无路可去的死角,最后迫使它们销声匿迹。

白天大部分时光,她都在这个小小的房间里度过。他们的房子和镇上的所有房子一样,一楼是水泥砖搭建,二楼全部由木板构建,屋顶青瓦覆盖其上。二楼的木板墙壁常年经受风吹日晒,看起来陈旧不堪,其实稳固性极好。千万别小瞧它们的造价,上好的木料通常要比死气沉沉的水泥砖贵重得多。二十多年前,他们家也在二楼开过家庭旅馆,有三个房间及一间公共浴室,后来关掉了,在房子外搭了通往二楼的外置楼梯,另开门窗,封闭从屋内二楼通往一楼的楼梯,将经营权租给邻居。

这个小房间紧挨着她和黎海生的房间,四面墙壁没有任何污痕。当然,它们早已不像刚粉刷时那样亮白如雪,如今呈现出一种像置放多年的白纸般淡淡的幽黄。而当初,这间房内的四面墙壁,除了被小衣柜遮挡的部分,一米高以下的地方全被各种颜色的水彩笔涂抹得一塌糊涂,那种杂乱无章且稚嫩的线条带着生机勃勃的热闹。生机勃勃,曾经是他们家醉人的生活氛围。如今,那些五颜六色的涂鸦全部消失在后来粉刷上去的泥子粉之下了,与此同时消失的,是一个家庭几乎全部的活力。

如今这个小房间里,陈设着多年来乔黛精心准备的各种婴儿用品,清一色的粉白和粉蓝,这些颜色和新生儿的纯洁与娇嫩无比般配。她当然无法做到完全决绝地只朝前看。比如现在,她坐在婴儿车前,温暖的海风从敞开的窗口吹拂进来,阳光清寂,家里寂静,而她分明听见了啼哭声、奔跑的脚步声、尖叫声、打闹声。她竭尽全力清理全部与孩子相关的看得见的物品,而那些看不见的东西,稍不留神就排山倒海般涌现。对此她毫无办法,因为她从未做到真正舍弃它们,而它们也从未真正离开过她。与这些从深处记忆流淌出来的声音相随而来的,是让她欲罢不能的一幕幕过往生活片段:刚出生时的沉睡憨态,跌倒又爬起来的倔强,开始走路时的凌乱脚步,被惹恼后的张牙舞爪,习惯双手捂住小脸蛋的娇憨,顶嘴时的伶牙俐齿,稚嫩却又令人开怀大笑的恶作剧……这些片段如幻灯片般缓慢回放在眼前,它们从过去走到现在,由幻觉走到眼前。乔黛盯住眼前实际上空无一物,于她而言却充满欢声笑语的空间,眼里燃烧着热烈的渴望与爱。周围的一切变得暖洋洋的,她浑身暖洋洋的,她的怀抱暖洋洋的,她完全毫无知觉地遁入了一个已不复存在的过往世界里。

"你这只母老虎,菜烧得那么咸。"

"你晓得吧?盐巴吃多了人会变黑。"

"我爸说的。"

"又黑又胖。"

"又丑又老。"

"啊……又要打我。"

"你完全不讲道理,女人真奇怪。"

"我爸说的。"

"这个我不吃。你再逼我,总有一天我会像鱼一样游进海里逃走。"

"唉,咀嚼东西时要把嘴巴闭起来,你这孩子怎么老记不住呀。"乔黛忍不住轻声呓语,朝眼前的虚空伸出手。她的呓语和动作瞬间让虚幻世界灰飞烟灭,令人绝望的空洞在现实剧烈现身了。她像被突然抛入决然的陌生之境,炽热的爱之火在眼中骤然黯淡、熄灭,暖洋洋的气息也凝结成了冰。

空无一物的现实世界让乔黛产生了强烈的不安。她从婴儿车里把那些粉嫩的衣物抱进怀里。它们早就被她细心用温水和无味的婴儿专用洗涤液清洗过了。它们从未在阳光下晾晒过，只在遮蔽性良好的屋内风干，因为它们缺乏光明正大呈现于睽睽众目之下的依据，因此这些衣物散发出一种不太清爽的、湿闷的气息。乔黛把这些衣物抱在怀里，在她强烈的意念中变成了她所渴望的东西，慢慢将她的不安一点一点驱散掉。这间房间平时是关着的，当然不是锁死，钥匙常年悬挂在锁孔上。黎海生极少主动打开这间房间，假如乔黛在里面待的时间过于长久，他便在房门上轻声叩敲，绝不推门而入，仿佛那是独属于她的隐秘世界，而他被禁止了。

乔黛从未去想这间房间的存在对黎海生来说意味着什么。

她从婴儿车边站起来，过去与现在的快速切换使她一时无法适应。恍恍惚惚出了房门，发现客厅饭桌边站着一个人，她却一时无法辨认出是谁，怔怔望着来人，直到他把什么东西放到饭桌上，发出一声钝钝的闷响，那层梦幻般的恍惚感才彻底离她而去。镇上的人家白天没有关门闭户的习惯，邻里之间随时可以进来串门。

"老家寄过来的。"平头说着，目光落在她的怀里。职业病，他总能敏锐地抓住关键性的东西。饭桌上是一篮个头儿饱满的荔枝，连带枝叶，很新鲜。

乔黛瞧着他，轻轻点头。这么多年来，这个也已是知天命的男人像个弟弟一样存在于他们的生活中，实际上她也将他当成了兄弟，眼见他从一个血气方刚的青年变成终日郁郁寡欢的中年人。他们熟悉彼此的家庭、日常、性情，但有些东西，乔黛还是不愿意让他看见的，比如此刻她因惊慌不慎掉落于地上的这些婴儿衣物。

平头从饭桌边踱过来，当他看清楚散落一地的物品时，像猝不及防被猛烈烫了一下，弹着往后退。乔黛把衣物捡拾起来，放回那间房。

"你坐下。"她从房间出来，将荔枝倒到饭桌上，腾空篮子还给平头，然后转身离开客厅。他看她穿过天井，脚步依旧轻盈。乔黛年轻时很瘦削，上年纪后体态变得略微丰盈，并非胖，而是一个中年女人该有的一种健康体态。她性格很安静，极少笑，沉静的面容下却有一种很明显且让人极为舒心的和善，那种万事万物都可以被接纳和理解的和善。平头并非镇上人，警校毕业后来到这个海边小镇，浑身是胆，生活能力却接近智障者。黎海生看不下去了，将他带回家里。有差不多三年时间，他的饮食穿戴都由乔黛帮忙打理，对此他从未感到任何不安，乔黛不动声色的和善轻而易举地就让他感觉到自己其实也是这个家庭中的一员。也是基于这一点，那件对于这个家庭来说简直是灭顶之灾的事情发生之后，他才依旧有勇气走进这个家，有勇气面对她。想到这个安静和善的女人遭遇的厄运，他通常会产生无法遏制的想要将自己从里到外撕个粉碎的暴怒。

他默默坐在饭桌边，听到从厨房那里传来锅碗碰撞的声音。每次送什么东西过来，乔黛总会给他煮一碗什么东西吃。他从来不拒绝。他明白这是她的善意，她以这种方式给予他安慰，而他也需要这样的安慰。这么多年来，每一天对他来说几乎都是难以承受的煎熬，对此她显然了于胸。饭桌对面的墙壁上挂着一块猫头鹰钟表，此时是下午四点十分，那根细致的秒针在寂静的屋内发出细微而清脆的脚步声。时光从未停止流逝,他的内心也变得越来越迷茫。悬而未决的案子,从古至今其实都有,对此人是无能为力的,只能任其带着永远也无法破解的谜渐渐沉入时光深处,成为永恒的未知。他明白这个道理,但他无法接受这种结果。事情发生后,黎海生作为案件当事人的近亲属,被要求回避了。他当然明白这是办案规定,但当时他已经完全失去理智,一怒之下提交了辞职报告,单枪匹马逐一排查被他列入可疑范围的可疑人。不仅是本镇人,还包括那天进出本镇的陌生人,黎海生为此在外奔波了两年多,寻找各种蛛丝马迹。平头也从未放弃,这二十多年来,每天他都将自己变成一台高度灵敏的探测仪,探测筛选一切与之相关的可疑线索。然而一切都让人痛苦万分、无迹可寻,似乎罪犯来自不为人知的异域空间……

乔黛穿过天井而来,把一碗放了蒜蓉和剁椒酱的魔芋炒鸡蛋放到平头面前,将筷子递给他。

"魔芋很新鲜。"她说完,在旁边坐下来。

没有客套,他们之间不需要这些,他开始吃起来。乔黛平静的目光落在他身上,他看起来要比黎海生略显苍老、消瘦,但并不单薄,是一种充满力量的干练的消瘦,这得益于年轻时的锻炼。他的板寸短发几乎全白了,根根钢针般挺着,额头和眼角皱纹明显。不过,他的目光依然如初,看似涣散之下透着难以觉察的坚毅与机敏。

"你要吃一点肉,没必要这样的。"乔黛轻声说,她觉得他的过早衰老和长期素食有直接关系。平头并不算是个性格复杂之人,但他有点固执,有时会近乎偏执地相信一些东西,比如他觉得素食在一定程度上是一种惩戒,他这样自我惩罚已经二十多年了。

他吃得很仔细，没有一般男人大口吃肉大碗喝酒的豪爽，每一口都细嚼慢咽，无声无息的，从吃相上透出一种令人隐隐心疼的小心，似乎旁边有人在严厉地监视他吃饭。他吃东西的模样总让乔黛觉得他其实还很年轻。

"嗯，习惯了，没事的。"他轻声说，然后轻轻咽下最后一口食物，将筷子整齐放置于碗边。

"结果怎么样？"他沉默了一会儿才问，好像极不情愿提这个问题。乔黛站起来，进了房间，一会儿拿出一个牛皮纸袋递给他。他从中抽出一沓化验单逐一仔细看起来，良久才抬起头看她。他的脸在沉默中开始一寸一寸涨红起来，脖子青筋暴起。这已经是第三家医院的检查，结果大同小异，应该不存在误诊了。

他们又要再一次面对猝不及防的残酷现实。

"有什么打算？"他的声音透出精疲力竭的喑哑。

乔黛轻轻摇头。

"家里有点积蓄，随时可以拿。"他思索了一会儿后说。

乔黛瞧着他，并不怀疑他的诚意，但她又朝他再次轻轻摇头。他便明白了，并非钱的问题。他们了解黎海生，他不会做没有希望的徒劳努力。

两人一直安静坐着，直到夕阳斜照进门里，平头才起身。他们没有道别，他像个微醺的人，脚步踉跄离去。

这一带的海岸线很少有人来，因为它与镇子有一段距离，且没有相对辽阔、可供散步的平缓沙滩。这里的沙滩长满杂乱的灌木，灌木里还有不知怎么会出现在这里的各种颜色的玻璃碎片，从岸上到海边的地势落差也比较大，白天其实也不太好走。但对于乔黛来说，即便是此时没有月色的暗淡夜晚，她也能清晰辨认出这一带的地形，知道脚下的每一步都踩在什么之上。她何其熟悉这一带，这么多年来，每当半夜从梦魇中醒来，再也无法入睡之后，她便悄悄从黎海生身边起来，走出镇子，来到这片海岸线，席地坐在海边，出神地凝视灰蒙蒙的辽阔海面，仿佛夜色下遥远而模糊的水天相接之处会出现她所期待的某种奇迹。有时她会坐至天色微明。

婴儿车已经被她处理掉了。它相当稳固，为此她花了整整一个下午，耐心将其一点一点完全拆散。每拆下一根铁架，都像是从她身上拆下一根肋骨，让她回忆起分娩时撕心裂肺的痛楚。她最后将七零八落的婴儿车零件以及玩具、奶瓶等比较硬的物品严严实实包裹在一个大纸箱里，在夜晚将其置放于垃圾箱旁。婴儿衣物她全部收起来装进拉杆箱里。那间房间又变回当初空荡荡的模样。

乔黛其实并不能理解落到生命里的那场厄运。不管是在那之前还是之后，她从未有过任何逾越天理伦常的言行举止。她和这个镇子上绝大部分从未出过远门的女人一样，相信天道胜于律法，相信因果轮回。这样的"果"结在她的生命里，到底"因"在何处？无论怎么努力去追寻，她始终无法获知答案。

拉杆箱的轮子陷在柔软的沙地里，变得很沉重，乔黛拖着它在朦胧的黑暗中慢慢往海边走下去。周围很安静，夜风从海面吹过来，裹着熟悉的咸腥味，平缓的海浪朝岸边涌来时发出呜咽般的声音。这么多年来，她无数次于深夜出现在这片海岸线，从未遭遇任何意外。她多么盼望能发生点什么，也许从所发生的事情里可以追寻到点什么，但什么都没发生。而在二十多年前，那件事情发生后的第二天,人们在这片海滩找到了英慧的蓝色裤子。确定就是英慧的裤子。因为左边膝盖处被刮破了,乔黛在那里用黄色丝线绣上了一朵黄灿灿的向日葵,权当补丁,因此这条裤子被那孩子格外喜爱。只有那条裤子遗落在这片灌木丛生的海滩上,孩子却不见踪影,直至如今。这证明在这片错落小镇的杂乱海滩上,曾经发生过可怕的事情,并不像现在看起来的那么平静。

乔黛对于落在自己肉身上的厄运并未有多大感受。醒来时她发现自己躺在冰凉的菜地里,从脑袋深处衍出一圈圈剧烈的痛,导致她没办法立刻从潮湿的菜地里起身,也无力做任何呼喊。四周的桉树挡住了菜地与小镇之间的视线,但黑暗中还是能听见从镇子上传来的隐约嘈杂声。剧烈的头痛慢慢退去后,她立刻意识到在菜地边上等待的英慧,撑起身子时,又一阵来自脑袋深处的剧痛侵袭而来,差一点让她重新栽倒。她在黑暗中摸索着爬起来,头痛导致她失去了平衡,她跌跌撞撞朝地头跑去,呼唤孩子,并未意识到自己的下半身是赤裸的。她不知道自己在菜地里躺了多久。厄运就这样降临了,毫无防备,她从未想过会发生这样的事情。这片菜地她如此熟悉,菜地边上的桉树林也是常常走过的,而在夜晚为两个喝酒的男人来拔几个解酒的白萝卜并非第一次,平头非常喜欢生吃白萝卜。

警方在她的身体里提取不到任何来自人的分泌物,只有一些人工合成的润滑物,罪犯显然是有备而来的。乔黛根本提供不出任何清晰的线索,黑暗中从背后而来的一击使她瞬间失去所有知觉,之后对自身所遭受到的侵袭更是毫无感知,因此,多年来使她无法从厄运中走出来的,实际上是五岁英慧的失踪,这对她造成了永远无法平复的打击与剧痛。想到孩子可能遭受的种种遭遇，她便会全身战栗，几乎丧失了所有生的欲望。

终于来到了海边，拖着沉重的拉杆箱使她气喘吁吁的，她将拉杆箱立于海边。海面如此辽阔，在暗夜中发出金属般的粼粼幽光，海面之上的夜空深邃而宁静，没有月亮，幽远的星星零散而缥缈。这暗夜中的一切，熟悉她的呼吸、泪水、她所盼望的奇迹以及反反复复的希望与绝望，却不曾给过她任何关于人生事件的暗示。很多事情没有开始，没有过程，将结果直接粗暴地推给了她，而她唯一能做的，只有承受。

她站了一会儿，渐渐适应暗夜的光线，可以清晰辨认周遭一切了。一切如常。乔黛将拉杆箱平放于沙滩上，打开，然后在边上坐下来，手放在那些柔软的婴儿衣物上。棉制品的柔软与温暖，传递给她一种关于嗅觉上的强烈回忆，恍惚中她闻到浓郁的奶香味，闻到婴儿身上如草木般的馨香，以及那段日子黏稠如蜜的甜美气息。她无比依恋这些衣物，这么多年来，这些物品一直被她赋予最为热烈的期待，它们于她而言就如同呼吸，欲罢不能……她静静坐着，强烈的美好回忆带来的眩晕感使她忍不住轻轻战栗起来，呜咽在喉咙里最终无处可去，爬上她颤抖的双唇。她哆哆嗦嗦地将那些小衣物取出，堆放到旁边的沙滩上，在黑暗中凝视它们，然后俯下身子，将脸深深埋进那堆衣物里。

她依恋它们，无比地依恋它们。黎海生从来不肯靠近这些东西，她其实早就该明白的，他所背负的不仅是妻女遭受厄运的痛楚，还有对她们难以启齿、永远无法弥补的愧疚：作为一名警察，在妻女遭遇毁灭般的人祸之时，他居然醉倒于酒桌边。而后者对他的折磨也许更为不堪。乔黛将这些衣物留存于他们的生活里，等于在不依不饶地提醒他所犯下的过失，长期被这种强大的愧疚感折磨着，足可摧毁任何健康的生命，比如，催生了吞噬生命的癌细胞。

它们早就该被彻底清除出他们的生活了，它们的存在不仅让灾难始终无法真正变成过去，反而将灾难无限拉长，成倍放大。她痛恨自己未能及早明白这个显而易见的道理。

乔黛哭泣起来，明白她将要失去更多的东西，失去得很彻底。她从温暖的衣物中抬起身，暗夜中的脸沾满泪水。她再一次抚摸那些柔软的衣物，然后抽回手摸出打火机，咔的一声点燃，将那簇闪动的赤红色微小火苗伸向它们。很快，微小的火苗渐渐变成闪耀的火堆，黑暗中的空气散发着棉制品被烧焦的强烈煳味。

一个人影从暗夜中闪出来，跳着脚想要踩灭越来越旺的火苗，乔黛一把环抱住了他的双腿。

"烧了它们，烧掉它们，哥，让它们远离我们。"她跪着，把脸埋在那人的双腿上。他的双腿被她箍得动弹不了，眼睁睁看着火势越来越旺，熊熊的火光照亮了他们周边的暗夜。他慢慢蹲下来，将她抱进怀里，在跳跃的火光中将沾满泪水的脸埋进她温暖的头发里。